诺贝尔文学奖获奖者小说丛书

最后的夏天

[苏联] 帕斯捷尔纳克　著
王连琦　译

Прошлым летом

БОРИС ЛЕОНИДОВИЧ ПАСТЕРНАК

江苏凤凰文艺出版社
JIANGSU PHOENIX LITERATURE AND ART PUBLISHING, LTD

图书在版编目（CIP）数据

最后的夏天 /（苏）帕斯捷尔纳克著；王连琦译.
— 南京：江苏凤凰文艺出版社，2014（2022.8 重印）
（诺贝尔文学奖获奖者小说丛书）
ISBN 978-7-5399-7484-2

Ⅰ. ①最… Ⅱ. ①帕… ②王… Ⅲ. ①中篇小说—小说集—苏联②短篇小说—小说集—苏联 Ⅳ. ①I512.45

中国版本图书馆 CIP 数据核字(2014)第 134818 号

书名	最后的夏天
著者	（苏）帕斯捷尔纳克
译者	王连琦
责任编辑	孙金荣
出版发行	凤凰出版传媒股份有限公司 江苏凤凰文艺出版社
出版社地址	南京市中央路 165 号，邮编：210009
出版社网址	http://www.jswenyi.com
经销	凤凰出版传媒股份有限公司
印刷	三河市燕春印务有限公司
开本	880 毫米×1230 毫米　1/32
印张	9.25
字数	200 千字
版次	2014 年 8 月第 1 版　2022 年 8 月第 2 次印刷
标准书号	ISBN　978-7-5399-7484-2
定价	49.00 元

目　录

最后的夏天

那个夏天，
生命看上去仍旧关注个体；
那个夏天，爱比恨更容易、更自然。

一

一九一六年初，萨拉日前往索利卡姆斯克去投奔他的姐姐娜塔莎。在过去的十年里，关于这个故事的零星碎片一直在我的脑海中盘旋。早几年的时候，也就是革命爆发那会，这个故事中的一部分内容终于找到了印刷出版的机会。

读者们最好忘掉早期的那些版本，不然，角色的最终命运会令你们倍感困惑的。我已经换掉了其中一些角色的名字。这些年来，他们的命运如同树下的积雪一样被隐藏着，现在，我终于发现了这些命运的归宿。我晚些时候写的诗体小说《重生》中的观点和这篇散文中提到的观点并没有太大不同，二者都取材于同样的生活体验。

准确地说，萨拉日前往的地方，并不是索利卡姆斯克，而是奥斯列。在奥斯列，白色的高大建筑群在河的对岸发着光。从来到这的第一天起，人们就可以很容易地从工厂的滨岸上、从医生新漆的公寓的厨房里抓住这个城市的命脉。这命脉包括这座城市的缘起、归宿和大意。大教堂和政府办公大楼里，那些商用的石屋已经随着军火的爆炸而令人满意地消失了。大量的粉末闪耀着，摩挲着。当这些粉末渐渐减少，当眼前的景象终于变成一个个整齐的方块，河对岸的那些大场面，那些可怕、怪异的伊万手工艺品，那些闪烁着的、像新涂了油漆一样的医生家的窗户，就都被搅和起来了。成袋的米色浮渣在木框子上展开，像是在纪念河对岸那不太友好的远景。是的，它本该如此。住宅小区里，那些没被完全爆裂的栅栏看上去毫无用处。

在灌木丛里，仿佛是为了帮助一群乌鸦，解冻以局部开裂的方式开始了。雪下那黑色的水坑似乎是由这荒僻的声音孵化出来的。在威洛蒂，机车转轨的哨声与孩子们嬉戏的叫声交替着。短柄小斧子砍向近处的建筑上的植物，发出沉闷的声响。这声响使得那些听流行管风琴的人也不由得分了心。这一切就像地处偏远的工厂突然移动位置一样富有吸引力。想像五个冒烟的帽子同时出现会是什么样的景象。比起它们发出的声音，这可能更容易想像吧。马在嘶叫，狗在狂吠。一群小公鸡突然被冲乱了，它们刺耳地尖叫着，抖动着，活像停在喉咙上的小甜点。柳树林被看上去让人感到昏昏欲睡的胡须裹着。由于雪在漂动，柳树林就像竖起来了一样，它看上去好像还有点愤怒。远处是某条河的支流，上面传来了发电机的轰鸣声。这断断续续的声音听起来有点中气不足，像喝醉了酒的人发出来的声音，听起来叫人不由得想发怒。在它们中间，用来形容冬天平原景象的那些孱弱又表意不清的句子卷曲着，忧郁着，放肆着。乌拉尔山边上的小山丘已经按着当地的习俗（也可能就是邻近的村子里的习俗）被周边的某个平原藏匿起来了。

萨拉日在门口撞上了她的姐姐娜塔莎。当时，她正离开房间去屋子里做点什么事。她的身后站着一个裹着皮草外套、长着翘鼻子的女孩。见到萨拉日，娜塔莎把购物袋扔到窗台下，立刻就跑过来和她的兄弟寒暄、拥抱。此时，那个女孩一把抓过萨拉日的小提箱，踩着看上去宽松到晃荡的靴子，像一阵风一样走到公寓里面。她的身子完全倾斜着，就像一个被吊着的、正在转动着的大圈环。她竟然没有撞上饭厅里的桌子！在被一连串的问题狂轰滥炸后，萨拉日的姐姐终于发现了一件事。那就是他长高了，也变得更加瘦削了。很快，萨拉日开始笨拙地用喀山肥皂洗去那些脏兮兮的痕迹，这些痕迹都是由刚刚过去的、无眠的四十八个小时带来的。然后，他刮了胡子。他的姐夫卡利亚津工作去了。娜塔莎从卧室里拿出卡利亚津的剃须刀，当然也包括剃须刀的所有配件。这些东西让萨拉日有些泄气。明亮的饭厅里散发出带着善意的香肠味。长着十三个枝丫的棕榈树像攥着拳头一样，气势汹汹地压在钢琴的黑漆上。在它的重压下，拧紧的黄铜烛台所发出的光芒就像受到了惊吓一般。娜塔莎说："我们从巴夏[①]的前任那儿继承了这一切。家具和公寓都是一体的。"她的话跌落到牛奶色的油布上，无可争议地吸引着萨拉日的眼球。娜塔莎犹豫了一下，补充说："我特别想听听你对孩子们的看法。以前，你只在照片上见过他们。"

孩子们去散步了，随时都有可能回来。

萨拉日静下心来喝茶，顺从地对着娜塔莎。他开始向她讲起他们的母亲那完全令人意外的离世。这是一件令他感到多么震惊的事啊。那个夏天，她徘徊在鬼门关外。时至今日，她的死仍旧令萨拉日感到无比恐惧，即使萨拉日当时已经多次去探望她了。

"当然，那是在你考试之前。他们都写信告诉我了。"娜塔莎插话说。

"啊，是的。"他接着话头说道。他几乎被呛了一下。"是的，我去参加考试了。为了能让自己统统过关，我当时费了很大劲。但是现在，大学里的那些时光已经被彻底地抹掉了，我的脑子就像被一块抹布擦过了一样。"

萨拉日揉着发黏的果肉，继续用小口抿着玻璃杯。他主动告诉

① 高级官员的尊称，置于姓名后。

了娜塔莎一些事情。他告诉她,在她去莫斯科后的那个春天,他是怎样准备考试的,继而他又是如何不得不因为母亲的病情而放下了所有的事情的。那时候,他曾计划去彼得堡旅行,他还打算做点其它的事。他再次把一长串的清单重温了一遍。而在这之后,也就是在冬季学期开始之前的那一个月里,他又不得不把心思全放在工作上。从儿童时代起,他就不时地被别的事情分心,这是他的根深蒂固的一个习惯,对他来说,这也是所有困难中最难克服的部分。当他说"一鸟在手强过十鸟在林"时,他隐隐约约感到了不快。这是他们的父亲在世时常说的一句格言,他的姐姐显然无法完全参透它。她显然也无法理解父亲留在家族中的、那绵延不绝的暗示,而这种暗示对萨拉日来说却具有特殊的意义。

"那,后来又怎么了?"娜塔莎问,她急忙掩饰自己的无知。

"怎么样?什么怎么样?每天,每天,我要做的就是跟上生活的脚步。就这样。"他试图让她相信,没有什么快乐能让生活中的角逐变得均衡起来。他曾经十分偶然地将这种角逐定义为"一刻不停地兴高采烈"。对萨拉日来说,只有某种智力游戏才能帮他控制住这种与生俱来的诱惑,比如说音乐,从那时起被放弃的音乐。为了防止姐姐突然打断他,萨拉日快速转换了话题。在这中间,他甚至没有用任何过渡性的语句。他告诉她,因为发生了战争,莫斯科正在经历因为建筑物激增而带来的炙热。起先,一些停下的工程又重新开工了。而现在,很多工程又停了下来,那些房子根本就不可能完工。

"为什么?"她提出了异议,"你就没感受到一点希望吗?比如说,战争有可能会结束?"

萨拉日保持沉默,他在设想另外的景象。这里就跟其它地方一样,比起那些无法想像的和平景象,战争则是他们更频繁地谈论的话题,而且,卡利亚津一说起这个话题就会变得滔滔不绝。

突然,娜塔莎强烈地感受到了一个她不想看到的现象:萨拉日已能越来越娴熟地、越来越成功地避开她的好奇心了。娜塔莎意识到，萨拉日已经疲惫不堪了，她建议萨拉日更衣睡觉去。就在这时，一阵铃声软弱无力地响了起来，可能是孩子们回来了。萨拉日本想跟在姐姐身后，可是娜塔莎却挥挥手向他低语了些什么，随后，娜塔莎便消失在卧室里了。萨拉日走到窗户旁边，他把手背在背上，盯着空地发呆。

在高度心不在焉的状态下，萨拉日完全没觉察到隔壁房间里正在释放的愤怒。娜塔莎用尽最后一盎司力量抓住电话听筒，她连珠炮似的将一大堆客气话抛到他兄弟凝视着的那一片空气中。在无尽的栅栏所延伸到的村子的尽头，一个男人正迈着谨慎、沉重的步子向这里走来。他之所以如此令人瞩目，是因为在他行走的那条小路上，除了他根本就没有别的人，那里甚至连个鬼影都没有。萨拉日机械地看着他朝另一个方向走去。他看到村里长满树的那些地方，来时他曾经过那片树林。然后，他又看到了车站，看到了条凳支撑的板子上的那些临时凑合的自助餐。他看到高过信号机的小山，还看到在积雪成堆的小山丘上，乘客们或闲逛，或狂跑，或挤来挤去。积雪成堆的小山丘也分开了寒冷的火车车厢和自助餐中那些热气腾腾的馅饼。

卧室里正在发生着变化。电话那头狂吼的尖叫声停止了，娜塔莎仿佛解脱了一般，咳嗽了一下。她询问她的衬衫要过多久才能好，并告诉对方应该怎样缝它。

“你猜到他是谁了吗？”她走进来，接过萨拉日那盘查的目光说道，“他是列莫赫，他在这里的工厂里做生意，整个晚上他都会和我们在一起。”

“列莫赫？你一直在对谁大吼大叫？”萨拉日用一种低沉的声音打断她，“你或许提醒了我。一个人在漫不经心地闲谈，一个人独自呆在房间里，而另一个人则在另一个房间里工作！想到这些就让人难过，你应该告诉我你叫裁缝过来了。”

起先，这样的误解造成了一些不和谐，但很快大家就释然了。结果就是，没有其他人再待在卧室里。那位坐在村庄另一端更为偏远的办公室里的接线员切断了电话，娜塔莎结束了与她的交流。

“一个可爱的女孩。”娜塔莎补充说，“她也是个裁缝。她说她今晚会来，但也不一定，她来这里前还要去拜访另一个地方。”

“你知道吗，”萨拉日突然宣布道，“我想我真的该去休息了。”

“很好。”他的姐姐很痛快地同意了。她把他带进一个房间。在得知萨拉日要来的那一天，这个房间就被准备好了。“他们能放你出来，我很惊讶。”在去房间的路上她评论道。娜塔莎瞥了一眼萨拉日，接着说道：“你一点都不跛。”

“是的。专家委员会一致认为我身上没留下任何后遗症。你在做什么？”他大叫道。萨拉日发现，她的姐姐正在扯下床罩，准备铺上床单。“放在那里吧，我自己会弄的，这些事情没必要由你来帮我做。”

“好吧，随你。”娜塔莎让步了。娜塔莎像家庭主妇一样在屋子里瞥了一圈。然后，她站在门槛上说：“睡个好觉。放心，我不会让他们弄出一丁点动静的。万一你睡过了，我们就不和你一起吃饭了，稍后会有人给你热饭的。不过，你要是忘了列莫赫，那可就真的不能原谅了。他是一个非常值得尊敬的人，也是一个非常有趣的人，而且，他在恰当的时候也非常热情地问候过你了。”

“那么，你觉得我该做些什么呢？”萨拉日问道。“我从未见过他，如今我是第一次听到他的大名。”

萨拉日还处在自己的思绪中，姐姐则用一种温和而略带责备的方式关上了门。

萨拉日脱下吊裤带坐在床上。他解开了他的靴子带。

把萨拉日带来的那列火车也给韦勒帝克带来了一位水手。在离开诺维克号鱼雷艇后，他就上了岸。他的名字叫法蒂巴乔夫，他带着他的小衣箱从车站直接奔向办公室。在去办公室的路上，他还亲了在办公室工作的某个雇员的亲戚。然后，他大踏步地走向机械厂。他的脚步碾碎了路上的冰，溅起不小的水花。他的到来在机械厂引起了一阵不小的骚动。不过，在周围拥挤的人群中，他并没有发现他要找的那个人。很快他便得知，奥瑞珍涅夫已经到一个新建成的工场工作了。于是，他便以同样的速度向第二援军的那个营地进发了。不久，他就在位于窄轨铁路分叉处的储藏所后面发现了第二援军的营地。火车的轨道顺着陡峭的斜坡的小卷边令人厌恶地爬行着，它看上去明显缺乏保护自己的能力，这让人不由得感到担心。森林的边缘，一个装备了来复枪的哨兵走来走去。法蒂巴乔夫放弃了公路，他直奔田间。他小步疾跑，翻过一个又一个小土丘，最后消失在由于夏天到来而变得腐臭的水沟间。

他爬上高地，木质的兵营就矗立在那里。兵营里不时吐出一口口水蒸气，这是将它们与一般棚子分别开来的唯一特点。水蒸气出现在这片由静寂统领的地方，就像空旷的大地上出现了一团雪球。

“奥瑞珍涅夫！”法蒂巴乔夫跑上台阶。他用他的手掌猛砸着门柱。这时，休假的水手又开始哼哼起来。“奥瑞珍涅夫！”他继续着先前的动作，并逐渐进入到建筑物的里面。在那里，几个农民正拽着一个大口袋从一边走到另一边。一个马达勃然大怒般地咆哮着，让人感到十分不安。马达的飞轮本该闪电般地运转着，但是现在，它却不动了。由于罩了一个宽松的罩子，马达没有暴露在露天里。马达的旁边有一块天气预告板，除此之外，屋里便别无它物了。马达的下面，连杆的杠杆正环绕着活塞疯狂地转动着。杠杆扭曲着没入地板，就像蹲着的人猛拉回他那扭伤的脚一样痛苦，整个建筑物似乎都因为它而散发出让人感到恐惧的气息。

“你这是榨的什么果汁?”新来者用欢迎跛脚懒汉的口气问他。跛脚懒汉拖着萎缩的腿一瘸一拐地走向前。

“叶廖姆卡!”他被苦涩的、如同一大块碎片一样的咳嗽击中了。而此时,那位类型化的人物刚好可以还击。“氯仿!”奥瑞珍涅夫发出一种被酒精浸透后特有的沙哑声音,这样的声音暗示出他患了结核病。随后,一场新的发作再次带来了一阵短促而尖利的咳嗽声。咳嗽过后,奥瑞珍涅夫有气无力地挥了挥手。

“沥青搅拌机,那就是你!”水手热情地叫着。他在等他朋友的这阵咳嗽发作过去。

但咳嗽并没有结束。和其他人分开后,两个鞑靼人迅速地爬上了一个墙梯,他们开始从上面把石灰倒进搅拌机里。这带来了一阵令人难以忍受的嘈杂声,一时间,屋里充满了白色的石灰粉和四处飞扬的灰尘。在这团云雾里,法蒂巴乔夫开始大喊大叫,他抱怨办事的人吞噬了他有限的时间,而他的日子似乎已经少得能数过来了。与此同时,他开始不停地催促他的朋友在他离开后去打猎。从某种意义上来说,法蒂巴乔夫已经在身体力行他的这一建议了。从下火车的那一刻起,他就在穿越开阔的空地了。

随后,法蒂巴乔夫把时间花在了嘲笑学徒这件事上。那些学徒正等着工厂开始开启和战争有关的工作,这样,他们就会被人们想起来了。时间慢慢流逝,法蒂巴乔夫终于准备离开了。他提到了一件事。就在不久前,准确地说,是在圣诞节前,法蒂巴乔夫在一个德国人的雷区被雷炸到了,当时,他正扬帆要驶出芬兰湾。不过,法蒂巴乔夫的这些话以及他提到的那些人,其实都是他编造出来的谎言,因为当时他在诺维克号上。诺维克号是舰队里的另一艘鱼雷艇,他的工作就是训练这艘鱼雷艇的喷射装置。

黄昏降临了。霜冻在空气里弥漫着,水汽也被人们带到了厨房里。孩子们刚进来就被"嘘"声赶走了。娜塔莎不时偷偷地靠在门上听一下屋里的动静。其实,萨拉日并没有睡着,他只是假装睡着罢了。外面,暮色笼罩,屋子正渐渐走进夜晚。地板和提桶发出充满质感的奴隶之歌。萨拉日想,当所有这些动静都停下后,眼前这一切会以怎样的方式消失在渐渐暗下去的光线中呢。他感到自己以前好像来过这里。他认为自己已经休息好了,他觉得自己的精力已经充沛到可以和任何人讨价还价了。照明灯在某种程度上已经算是弄好了,它那神奇的感觉已经能被人们初步体会到了。它翻腾着,从一个地方扩展到另一个地方,发出低沉的声响。它存在于孩子们那些"舅舅在哪里"以及"他准备什么时候离开"的询问声中,它存在于无辜被责骂的小猫玛什卡那冷峻的目光中,它存在于一大堆充满着母爱的劝告声中。它在热汤产生的水蒸气的周围横冲直撞,在围裙和盘子间轻拍着它的翅膀。由于没遭到任何反抗和阻挠,这种感受既没有被神经质的双手卷成卷儿弄出门外,也没有被迫在门外做着齐步走的动作。为了避免寒冷的空气进到屋子里,它急急忙忙地穿过了大门。过了不多久,也就是那个傍晚更晚些的时候,这种感受便体现在卡利亚津那突然闯入的声音中了。他的手杖和厚重的胶鞋套发出低沉的声音,在他十年的婚姻生活中,这声音还从未被中断过。

为了帮助睡眠,萨拉日倔强地描绘着一些常见于夏天的晚上的场景,他还联想到经常与这些场景一起出现在眼前的那些东西。他知道,如果这样的景象能够被清晰地勾勒出来,而且他还能控制得住它们,那么,他的眼睛就会被牢牢地抓住,而那时,他就会从头到脚迅速地打起鼾来。然而,他躺在那里已经很长时间了,七月的夜景依然在他眼前不断浮现,睡意仍旧拒绝光顾他。事情之所以会这样,是因为此时正是一九一四年的夏天,这是一个能使一切都变得蹑手蹑脚的夏天。这显然打乱了萨拉日所有的盘算。在这个夏天,空洞的凝视已经不可能帮萨拉日达成心愿了,这种凝视透过混浊的眼睛吸走了所有具有催眠作用的简单思绪。现在的情况是，萨拉日真的开始思考了。他的回忆从一段跳到另一段。既然如此，那么我们似乎也应该离开奥斯列的这间房间并让精神好好地恍惚一会儿才对。

娜塔莎收到委托的地方正是奥斯列。那份清单因为带着匆匆记下的简短笔记和不时涂改的痕迹而变得有些难以辨认。一九一三年的春天，她走遍了整个莫斯科。然后，她在萨拉日家附近停了下来。现在，从建筑木料的味道中，从周围的嗡嗡声中，从乡村道路的路况中，萨拉日仍能想见娜塔莎当时不停奔波的情景。萨拉日能想见她一整天都不在卡索沃卡的房间里，也能想起当时她试图为之效劳的每一个人。在真正友好的关系中，工厂的雇员像家人一样一起生活。丈夫的使命被委托给妻子，而娜塔莎在一九一三年的旅行也得到了官方的认可。废话有可能变成现实，但这只能出于一个原因，那就是：某个人把存在于废话和现实之间的那根抽象链条联系了起来。这根抽象的链条会毫无意外地产生在人群拥挤的地方。所谓挤满了人的情况其实包含着这样的场景：在一个极小的小岛上，本来隔着三千公里的人们，不得不穿过整个非文明的地带，然后和各种不同文化程度的人聚集在一起。然而，这段抽象的链条最终却因为旅行中产生的花费而被迫终结了。为了能从海洋事业中获利，娜塔莎甚至从管理经营活动中获取了力量，这种力量使她能够站在自己的立场上来协调、澄清那些微小的又具有相似性的误解。这也是娜塔莎为什么要经常去伊琳卡的原因。但是，她自己却用一种具有歧义的方式来解释这样的拜访。她把与之有关的电话用代表强调同时又非常滑稽的“引号”封装起来。一方面，它们可以被人们理解，另一方面，这些引号又包含着“极其重要”之类的意义。在她闲暇的时候，尤其是在傍晚的时候，娜塔莎会拜访居住在莫斯科的她自己的和她丈夫的朋友。

她和他们一起去戏院，和他们一起去音乐会。娜塔莎常以商务形象出现在那些娱乐场合里，这情形就同她去伊琳卡的办公楼时一样。当然，这样的形象是不允许有引号的。“过去”经常束缚住那些和她一起去莫斯科艺术剧院和科尔施剧院的人。在经历过新时代的筛选后，每一个经历过旧时代的人都可以从那些充满热情的解读上感受到所谓的“过去”。“过去”仍旧是他们之间的那些关系的唯一证据。他们又相遇了，虽然他们曾经彼此远离，但是现在，他们却被重新焊接起来了。现在，他们正积极从事着不同的职业。在他们中间，有些人是医生，有些人是工程师，有些人是律师，而另外一些人，即那些没能及时更新被临时中断的研究的人，则继续在《俄罗斯世界》的办公室里工作。他们都有家庭。除了那些从事文学的人外，他们还都有孩子。当然，不可能所有的人都一样，但至少，他们在生活着，不是在熙熙攘攘的地方，就是在不同的街道中。为了拜访他们中的一个人，娜塔莎要步行穿过从克索沃卡亚到沃索维真卡的电车车站，而要是再拜访另外一个人，她又要沿着卡泽那亚和卡莫尔斯基再向前走。她要沿着一个个越发强劲有力的弯曲着的街道，走过一个又一个碎布市场。

应该这样说，在娜塔莎的旅行中，她很少听到有关“过去”的讨论，除了在乔瑞伍斯基大街的时候。在那儿举行的音乐会上，契诃夫的作品会被朗诵，而歌手们也会陆续登场。娜塔莎不得不在参加义演音乐会之前就打电话给她的朋友们。在好朋友的梳妆盒中，娜塔莎找到了少女时代独有的那种红色的领带。在这样的场合中，娜塔莎的记忆开始放纵起来。她的朋友们已经完成了穿衣打扮。他们转过身去背对着镜子，复活的镜像在镜子里浮现出来。包括她朋友的丈夫在内，镜子里总共有三个人。当时正值春天，绿色的空气像玻璃一样冷峻，而他们却不约而同地投进了这傍晚独特的氛围里。谁也没有提到“过去”，在内心深处，他们相信革命还会再来的。出于尚且能被我们的时代允许的这种自我欺骗，他们想像着革命重新开始的情景。在他们看来,这种周而复始的循环就如同一个一度暂停,然后又重新上演且角色固定的戏剧。也就是说,到那时,他们中所有的人都将重操旧业。这种幻觉非常自然地深植于他们共有的天性之中,也存在于他们的假想之中。他们都抱定了这样的一个观点:考验这些幸存者的信仰是非常有必要的,而这样做的目的则是为了能巩固这种信仰的完整性。从某种程度上说,正是普通俄罗斯人对生活的看法造就了他们对革命的怪异想法,而唯一能令他们感到迷惑的,则是那些能专业而又灵巧地处理此项事业的人究竟何时才能出现,他们可能是精神饱满的临时志愿者,也可能是决定献身于此的专职人员。

像所有其他人一样,娜塔莎坚信,她年轻时所拥有的那种承载着精湛技艺的特质只是被暂时延误了而已,这种特质并不会随着时间的推移而从她身上溜走。这种信仰也能解释娜塔莎性格中的所有缺陷,包括她那过度的自我肯定。只有在她完全无视自己的缺点的时候,这种性格特征才会被弱化一下,而此时,娜塔莎性格中那种毫无目的的正义感和善解人意也能被解释清楚。这些特点从精神上启发着她,照亮着她,就像一束用不完的光。同时,这种性格也使她在遇到事情的时候能表现出一种不与任何人相同的反应。

娜塔莎从亲戚那儿听说,萨拉日身上发生了点什么事。她想到了所有的可能,从萨拉日的旧情人奥尔加开始,到奥尔加开开心心地嫁给一个工程师结束。她并没有问弟弟任何问题,但她却像极了一个能鼓舞人、影响人的智者。娜塔莎把她这种处理问题的能力归功于她所属的那个阶层所特有的一种优良品质。她没有询问萨拉日,她觉得萨拉日应该主动把自己的事情告诉她,而她此刻也应该化身为敏感而细腻的关怀者,从而让萨拉日心甘情愿地向她敞开心扉。娜塔莎正等待萨拉日自己打破沉默,她声称她有权突然听到他向她承认点什么。她用一种非常专业的、不耐烦的态度等待着。在她兄弟这件事上，娜塔莎既考虑到了自由恋爱的因素和因循守旧的婚姻契约，也想到了激动人心的心灵碰撞和自我感觉良好的强大权力。天啊，这几乎就是列昂尼德·安德烈耶夫[①]作品的全部，娜塔莎必将因此而遭到嘲笑，在那些嘲笑者中，当然也包括萨拉日。同时，有约束感的陈腐之气比不加约束的、机智活泼的愚蠢行为更加强烈地影响到了萨拉日。而且，他一旦失控，他的姐姐就会用她自己的方式解释他所有的拐弯抹角。从萨拉日极不情愿遗漏的那些内容中，娜塔莎可以推想到一点，那就是，那些关于情侣的一切猜想其实都错了。但是，她的胜利感却变得更加强烈了，因为，从现在开始，上面那些最具吸引力的记录只能增加一些戏剧性因素，而这种戏剧性因素对于娜塔莎来说又非常必要。对于她来说，被比她晚出生五年又几个月的兄弟疏远是一种必然的结果。她明白无误地注意到，萨拉日没有流露出天生愚蠢或者淘气的倾向。戏剧性，这个娜塔莎和她的朋友频繁使用的词，竟是唯一一个没能从她兄弟的词汇中听到的词。

二

萨拉日成功地通过了最后一门功课的考试。烦心事终于落到身后去了，他如释重负。萨拉日开始在大街上闲逛，他兴奋地凝视着四周。一个年轻的依兹沃特克人正坐在驾驶员位置的另一边，他满不在乎地等待着来自宽敞的广场的召唤。抬高的长筒靴子分开了他的长袍，他瞥了一眼马下一到二英尺的地方，他已经完全屈服在那明亮的五月的空气中了。一匹长着灰色斑点的母马和他一样无精打采，它令人生厌地站在柱子那儿，和依兹沃特克人一样呈现出松弛而舒

① 安德烈耶夫(1871—1919)，俄国小说家、戏剧家、戏剧理论家。

适的姿态。铺满圆石的街道发出低沉的声音，正是这声音强行把它带到那儿的。在弓形的柱子下面，它被套上了马具。周边所有的东西都好像在效仿他们。干净的鹅卵石星罗棋布，路缘石和路灯如同街道的镶边一般，鼓起的路面宛如一份有饰章的文件。在未被春日占满的不眠之夜，房子毅然矗立，它们就像站在一个由四个轮胎支撑起的弹性底座上。萨拉日看了看四周。栅栏后面，一扇笨重的门懒散地挂在灰暗、破败的东西上面，那扇门在他尚在学校读书的时候就曾被关上，不同的是，那时它只是像关禁闭一样被暂时关上，而现在，它则被永远地关上了。萨拉日走回了家。姗姗来迟的落日带来了刺骨的寒冷，凉意突如其来，好像要把尼克茨卡亚街折断了一样。冷若冰霜的紫色紧紧地握住岩石。萨拉日感到无比窘迫，他甚至无心瞥一眼匆匆而过的行人。发生在他身上的事情都已写在他的脸上了。从他脸上窜出的微笑，那跟莫斯科此刻的生活一样昂贵的微笑，牢牢地抓住了他的表情。

第二天，萨拉日去拜访他的一位朋友。由于此人在一所女子中学教课，所以他能比一般人更敏感地觉察到别人身上正在发生着的变化。这个人曾在某个冬天向萨拉日提到树立“标杆”的问题，那时，他们正站在一所位于巴萨马拉雅大街的私立中学里。这个所谓的“标杆”指的其实是文学老师和心理学老师所能达到的某种造诣。通常情况下，只有到了退休的时候，他们才有可能达到这样的高度。

萨拉日无法忍受学校里教授的那些文学和心理学。除此之外，萨拉日还清楚地知道，自己永远也无法在一所女子中学里教课，因为，当面对一群女孩子时，他会无缘无故地出汗。显然，这对别人也没有任何好处。当被多门考试带来的兴奋和紧张搞得筋疲力尽之后，他反倒放松了下来。萨拉日终于可以按照自己的意思来度过每一天、每一个小时了。萨拉日看到，有人在去学校的路上打破了一罐果酱。那时，带毛的、苦涩的果子打着滚，和整座城市一起摇摆起来。

在这些果子粗暴的摇晃中，萨拉日也放松了自己。在这样的心境下，他闲逛到了布列琴卡的一个十字路口，那里是他那位教师朋友的临时居所。

在那里，整间房子都被一个巨大的教练场围着，与外界彻底隔离开来。在这里，你可以强烈地感受到由明目张胆带来的新鲜感和广阔感，它们正在扩张，让人感到十分揪心。比起刚才走在大街上，现在这种感觉更为强烈，因为在大街上你可能会看见很多你不想看到的东西，比如粪便，比如干草。萨拉日的目光扫过一间弥漫着烟雾、充斥着唠叨声的房间，这个房间竟是由一个三条腿的路灯支撑住的。随后，他匆匆走进巴斯马纳亚街的暮色中，走进院长夫人那无比沉闷的谈话中。竖立着的枝桠发出嘎吱一声，它的下面竟然隐藏着一个鲜为人知的大花园，那里布满了私立女子学校特有的那种银鼠色的地线。从某种意义上说，这种地线早就被人们谈论过了。

在过去的几个星期里，萨拉日的生活忽然发生了一个转向——他的生活朝着慵懒的方向转去了。萨拉日发现自己住在一个公馆里，他当上了弗列森家的家庭教师。他们给萨拉日提供食宿，给了他一份比中学教师多两倍的薪水。除此之外，他还在教室旁边获得了一间有着三个窗子的大房间。忙完学生的事务后，萨拉日就可以自由支配自己的闲暇时光了。他几乎被给予了弗列森家的一切权力，当然，教士服除外。在以前的生活中，他从未像现在这样感受到生活的惬意。这样看来，他确实取得了很大的进步。在吃过茶、看过书之后，萨拉日戴一顶柔软的帽子从大理石门厅里走出来。他走到了街道上，走到了由阳光新烤出来的炙热当中。街道上，两条勉强平行的人行道着急地伸向广场，鞭打声在街道的转角处响起来。这里是萨莫特克区。除了经常在邻居家遇见的那些角色外，萨拉日有生以来第一次在散步时邂逅了两个“熟人”。第一个人是一个正在马路对面散步的年轻人。在某个值得纪念的夜晚，在巴兹家，这个年轻人就曾经出现过。当时,他和哥哥在一起,他的哥哥是一位工程师。当时,他向萨拉日谈起了自己的人生规划。他说,在读完商科后,他要去服兵役,但是他还不能确定他是自愿去报名还是等到征兵的时候再去。如今,这个年轻人已经穿上了志愿兵的制服。这让萨拉日颇为尴尬,因此他没做停留,只是向对方点了点头。同样,这位志愿兵也没有停下,这大概是因为,虽然远在街道的另一边,但他仍旧感觉到了萨拉日的尴尬。萨拉日不知道他们兄弟两人的姓氏,因为他们还没被正式介绍过。而且,萨拉日的记忆也有些模糊了,他只记得哥哥是个非常自信的人,或许还是位成功人士,而弟弟看上去则更内向一些,他的为人好像也更好一些。

另一次邂逅发生在街道的同一侧,萨拉日碰到了一个长得结实、本性善良的人。他是彼得堡一家杂志社的编辑,他的名字叫卡瓦林卡。他知道萨拉日所从事的工作,并且对此十分赞赏。除此之外,他还十分乐意接受来自萨拉日的某些帮助,即由几个先前令人十分钦佩的怪人来更新一下他对文学的见解。当说到如同装了水泵一样源源不断的能量或者其它一些类似的废话时,他总能保持一成不变的微笑。这种微笑是他的特征之一,但这个特征使他看上去好像一直都在探寻某种滑稽的情境。为了避开萨拉日那些礼貌的询问,他开始反问萨拉日。他问他现在正在做些什么。可是,当他谈到弗列森公馆的时候,萨拉日却开始回击他。为了防止出现意外,萨拉日甚至撒起谎来。他说他正在创作一个新故事。如果卡瓦林卡问及故事的细节,萨拉日将立即在脑海中展开创作。

但是,卡瓦林卡并没有这样问。取而代之的是,卡瓦林卡约萨拉日一个月后再见,也就是他下一次去莫斯科的时候再见。当时,卡瓦林卡还没来得及停下脚步,他就想起了和他同住在那间空荡荡的公寓里的朋友,也想起了一些关于他们的事情。他在一张纸上草草地写下他们的住址,萨拉日看也没看就接了过来。他把那张纸折了四下，然后把它塞进马甲的口袋中。卡瓦林卡自始至终都带着他那具有反讽意味的、标志性的笑容，但这笑容只是一份笑容，它无法向萨拉日传递出更多的信息，因为它只是卡瓦林卡本人不可分割的一个部分而已。

为了离开这位真诚的祝愿者，为了避开和他同行的尴尬，萨拉日决定绕道返回公馆。然而令人感到意外的是，这个人却以十分确定而熟练的音符自然而然地结束了谈话。突然，一阵旋风掠过萨拉日的头顶，这让他倍感惊奇。这已成为他首要关注的事了，但他没有注意到，这其实并不是风，而是他想像中的那个故事的延续。刚刚发生的邂逅已渐渐退去了颜色，这个故事也在渐渐收尾。萨拉日也没意识到，这个故事的主题其实就是他极易被自己的想法启发，极易被自己的想法影响。萨拉日的感情已经被搅动起来了。他突然感到，周围的事物竟是如此地美好，在学业、工作和其它方面，他竟是如此地成功。

萨拉日在弗列森家担任家庭教师期间，弗列森一家经历了一系列变故。这些变故，有的是萨拉日到来之前就已孕育的，有的则注定会继续生发下去。萨拉日到来之前，弗列森和他的妻子就已经处在“交战”状态了。当时，他们划出了各自的界线。楼下一大半的房间，包括入口处的门厅、育婴室的右半部分以及萨拉日的日常活动区域，全部被弗列森先生占领着；而弗列森夫人则获得了楼上的控制权，那里，除了三间卧室和一间画室外，带庞贝式中庭的大舞厅、朝向两边的全部窗户以及连带着服务室的饭厅都归她所有。

那年的春天来得特别早，那年的正午是又温暖又开胃。在满满的水蒸气中，春天赶在日历之前迅速蔓延，它开始煽动这一家人为暑假做准备了。弗列森家在图拉省还有一处房产。此时，镇上的公馆里还只有穿堂风而已，那是由卡车和行李箱在温暖的早晨抵达这里而产生的。在公馆的前门处，人们开始接待那些想在夏天租住房子的年轻小姐们、母亲们。苍老的手被人们殷勤地问候着，它就像昂贵的尸体奇迹般地回归到了家人的怀抱。和新来的这些人在一起时，他们讨论的话题是，石头间吹过的风和徜徉在村舍间的吆喝声。当站在前厅准备离开的时候，他们纷纷对亚历山斯基的空气质量表达充分的认可，他们觉得这里的空气格外地滋养人。他们也认可了这里的美景，认为无论怎样赞美它都不过分。顺便说一句，这些评价还真没言过其实。

庭院里，人们正在拍打着地毯。油脂块似的云彩悬浮在花园的上空，愤怒的灰尘带来的一缕青烟被放置在了油滑的天空上。空气中好像充满着将要到来的暴风雨。地毯上的灰尘覆盖在看门人的头上，并在那里结了一层网。沿着看门人看天的方向望过去，人们无法看到注定有雨的确证。男仆莱文蒂没有穿燕尾服，而是穿了件表面光滑的夹克，胳膊下面夹着一个拍东西的家伙。他穿过前厅来到院子里。闻着石油精的气味，听着女士们的只言片语，萨拉日意识到，公馆已经在为即将到来的出行盛装打扮了。它似乎随时都可以跳进那满满一帐篷的月桂树的下面去，跳进那颤抖着的、又湿润又温热的桦树的枝桠下面去。除了公馆外，弗列森太太的朋友们也活跃起来了。她还没说解散，他们就跑去别的地方了。

而那个安静的“她”却只想找一个新环境，在这个新环境里，她希望自己可以不在工作日露面。她的名字叫安娜·阿里尔德·特恩斯基伍德。为了省事，这家人一般都叫她阿里尔德夫人。她是丹麦人，由于总是穿着黑色，她总是给人一种又沮丧又奇怪的感觉。也正因此，别人很难在她不想暴露自己的情况下充分地读懂她。

阿里尔德夫人精确地撑住了自己。她穿着一件宽大的裙子，头发像一个帮凶似的被高高的发结盘着。在“强制孤立自己”的想法的引导下，她正大步流星地斜穿过门厅。她总是带着同情的神情对萨拉日微笑着。

这一天终于不知不觉地到来了。萨拉日被学生崇拜着，而弗列森及其家人也用最友好的方式（无法判断谁的方式更好一些）收拾着由他们造成的残局。他们心情不错，他们尽情地分享着那些在私下里被传来传去的风言风语，他们要和萨拉日一起放纵一下自己。萨拉日追着一只猫，从院子里来到花园里。花园的小径上撒满了掉落的丁香花瓣。好像只有两三朵丁香花从头开到了尾，它们经受住了树荫下的灌木的摧残。在这些丁香树下，阿里尔德夫人坐在那里写着些什么。她的双肘放在桌子上，头则朝向另一边。一枝落了灰的泰德海德花轻轻地在丁香树下摇晃着，它徒劳地探出头来，仿佛只是为了能看清她到底在写些什么。路堵住了外面的世界，堵住了本应带给她的那些信，也堵住了给她送信的通信员，而立在她那栗色头发上的发结似乎也因此倍受伤害。一堆拆开的信放在桌上，跟一些纺织物混在一起。天空中游过轻轻的云，游过丁香和笔记的颜色。天空呈现出钢铁般的灰色，天气渐渐变冷了。听到脚步声，阿里尔德夫人小心地吸干了信上的墨迹，然后平静地抬起了头。一把铁制的花园椅紧挨着她坐着的那把长椅，萨拉日在上面坐了下来。他们之间，发生了下面的对话，用的是德语：

“我知道契诃夫和陀思妥耶夫斯基。”阿里尔德夫人说道。她的胳膊弯曲着绕过长椅的椅背，她直勾勾地看着萨拉日说：“我来俄罗斯只有五个月的时间。你们比法国人还要糟糕，为了能把一个女人独特的生活方式讲通，你们竟然将产生这种生活方式的原因归结到她的那些个令人不愉快的小秘密上。在合法的光芒的照耀下，她就像是没有光彩的花露水一样。但是，当伤风败俗的阴影被投射到屏幕上时，事情就变成另外一回事了。你们对投在屏幕上的剪影没有提出任何异议，你们甚至觉得观看它本身就是一件物超所值的事。

我还没见过俄罗斯乡下的景色，但是我却在城市背阴的小胡同里看到了你们的种种弱点。我发现，其实你们也没有在过属于自己的生活。你们中的每一个人都在人群中竭尽全力地争取着自己的分量，而这种分量无非就是让你们看上去和别人不一样而已，在丹麦，人们就不这样。等等，我还没有说完……”

她注意到一堆丁香花正落在她的信上。于是，她把头转向了和萨拉日相反的方向。她非常认真地把它们吹开，这一动作只耽误了一小会而已。她接过刚才的话头继续说道：

“去年春天，也就是五月份的时候，我失去了我的丈夫。他死的时候还很年轻，才三十二岁。他曾经是一位牧师。”

“请听我说。”萨拉日打断了她的话。他现在很想说点什么，那应该和他实际所说的有点不一样。“我读过易卜生，但我还是不能理解您。仅仅从一个家庭就判定一个国家，这样是有失公允的。”

“啊？您这是什么意思？您是指弗列森一家吗？您不应该这样看我，您对我应该有更好的看法才对。比起我，您显然离错误更近一些，我马上就能证明给您看。您是不是觉得他们是基督徒，并且向我们隐瞒了这一点？”

“胡说！你都是从哪儿听到这些的？”

“您是多么地善于观察啊！但是，这一点我真的十分确定，或许，我正是因此才无法克服讨厌他们的情绪的。请不要跑题。”她激动起来，她没有给萨拉日任何解释的机会。萨拉日想，如果追溯到父亲的血统关系，令阿里尔德夫人如此讨厌的那种血统其实也在他的静脉中流淌着，当然，你无法在这座公馆里寻找到它的痕迹。按照他原来的想法，倒是有一个名字能消除这一血统所带来的那种厌恶感，而且，这个名字还能打破她的那些关于“荒淫好色就是十足的托尔斯泰”的想法。对，正是托尔斯泰，这个令所有俄罗斯人都值得骄傲的名字。

“这不是重点。”她不耐烦地插嘴说道，她迫不及待地想要结束这场争论。她快速地把身子移到长椅的边上，这样她便离萨拉日更近了一些。“听着!”她激动地叫着，并抓住了他的手，“你的任务就是看好哈利，但我可以肯定的是，其实你不必在清晨的时候给他洗澡，而且，你也不用每天都向老人们汇报这些事。”

出人意料的是，萨拉日竟丢开了她的手。

“在柏林的时候，整个冬天都没有人提到过这事。”她继续说着，“我曾经去阿德隆旅馆商议过具体的条款。当时我们说好，我将作为弗列森夫人的陪伴人被她雇佣，但我并不是她的女侍，不是吗？这一点，在你——一个心智健全的、明事理的人——看来，应该是能理解的吧。先别说话。那个公告现在还贴在一个很遥远的地方，贴在一个陌生的国家里。我同意了。你知道我是怎样被骗的吧？我不知道弗列森夫人是怎么引起我的注意的。一开始，我无法通过她的种种表现来判断她的为人。但是，这一切很快就都变了。当到了边境的另一边，过了沃兹堡……不，等等，我还没说完呢。那时，我是带着我的丈夫去柏林做手术的。他就死在我的臂弯里，我把他埋葬在那儿了。我没有亲戚。哦，这其实是句谎话，我还有一个亲戚，下次再说他吧。那时，我的处境非常糟糕，我感到活着没有任何意义。就在这时，忽然就有了这么一个机会。我在报纸上读到了它，惊喜得不得了。如果你能理解我当时的处境的话，你就能知道我对这个机会是多么珍惜了。”

她把身子移到长椅的中间，但她的手还放在萨拉日那儿，她一直保持着这个寓意不明的姿势。

弗列森夫人穿过玻璃回廊走进公馆的厨房里，女管家在后面跟着她。萨拉日立刻就后悔了，他错误地领会了阿里尔德夫人的姿势的含义。她似乎并不想在别人面前隐藏什么，相反，她提高了音调，并用一种不自然的方式匆匆转换了话题。她用带着讽刺和鄙视的音调继续宣布着什么。但是，弗列森夫人显然什么也没听到。

“你、她还有哈利在楼上一起进餐。当有客人到来的时候，客人们也和他们一起进餐。当时，你曾经茫然地问我为什么不在桌子旁边。我亲耳听见他们说，我病了。这不假，我的偏头痛的确经常发作。但是，你是否记得，那天吃过甜点后，在你和哈利胡闹的时候——拜托，请不要像想起同性恋桥段似的点头，我要说的并不是你没有忘记的那个桥段。我要说的是，当你走进餐厅的时候，我羞愧得几乎就要死了。他们向你解释说，我更喜欢和女管家在门后的角落里用餐——女管家才喜欢在角落里用餐呢！我提到的这些事，不过是生活中微不足道的一小部分罢了。每天早晨，我必须参加那令人发指的‘重要’事务。比如，当孩子在澡盆里洗澡时，我要站在她旁边卷床单。在做完这些之后，我就筋疲力尽了，但是我还要继续用布、刷子和多孔石给她揉这儿揉那儿。”突然，她用一种低沉的声音做起总结来。她像刚跑完步一样深深地吸了一口气。然后，她擦了擦她那张已涨得通红的脸，转向了萨拉日。

萨拉日继续保持沉默。阿里尔德夫人正从他那殉道者般的表情中猜测着她的话是否已经深深地触动了他。

“不必安慰我，”她从长椅上站起来乞求道，“因为这并不是我真正想说的事情。我其实特别不想说德语。当我觉得我值得为你付出自己的自信时，我肯定会用不同的方式对待你的。不，不是用丹麦人的方式。”她停顿了一下，然后又用英语说道，“我们会成为朋友的，我肯定。”

萨拉日没有告诉她，他其实是懂英文的。萨拉日也忘了，他本来是不该说英语的。他又说错了话。但是，阿里尔德夫人仍旧用英语温暖而直白地提醒他。很快，她又用冷酷的口气把它译成了德语。她叫他不要忘记她告诉过他的那些事情，包括那些屏风和背阴的小巷。她说，她是斯堪的纳维亚人，是个有信仰的女人，她不能忍受行为放纵的人。这听起来既是请求也是警告,他必须牢记在心里。

三

天气冷得令人窒息。在语法学的帮助下,萨拉日正在渐渐拾起已经被他忽略了多时的英语。在就餐时,他和哈利经常走到楼上那间他们曾经踢着脚跟跳舞的舞厅,去等候阿里尔德夫人。等她出现以后,他们会跟着她走进餐厅。阿里尔德夫人通常比弗里森夫人早到五到十分钟。萨拉日会一直大声地和这个丹麦女人交谈,直到女主人的出现。然后,萨拉日会带着明显的歉意和阿里尔德夫人分开。随后,由弗列森夫人带头,另外三个人的行列会走进餐厅里。他们越靠近门口,女主人的队列就越向左边散开。终于,他们的队列解散了。

有时,弗列森夫人不得不容忍萨拉日的一些怪异的行为。他坚持将主餐厅作为厨房,而将靠近门边的另一间屋子——他们切鸡肉和摆冰激凌的地方,作为餐厅。所幸,她早已预见并习惯了这些怪癖,因为她早已把萨拉日看成是一个怪人了。虽然她不能每次都听明白他讲的笑话,但她还是十分信任这位家庭教师,而且她确实也从未失望过。萨拉日对她并无怨恨,即使是现在,他也没有对任何人产生过怨恨的念头,更不用说把这种怨恨藏在心里了。在人类这个群体中,萨拉日只憎恨过自己的对手,比如说,轻蔑的挑衅者,那些在生活中太容易获得成功的人,或者那些忽略了所有困难、忽略了每个珍贵时刻的人。但实际上,这些人只不过是一些抽象特征的化身而已,有这些特征的真实个体,萨拉日还真没遇到过几个。

吃晚饭的时候,整盘整盘的和谐氛围竟被打破了。它们先是被击碎,然后又沿着楼梯滑到楼下。甜点也纷纷滚下来,并在意外的爆炸声中裂成了碎片。这次意外是如此引人注目,它的显著性远超过任何一个笨拙的侍者。在这汹涌的滚落发生的过程中，大片夹杂在训斥声中的沉默蔓延着。楼上的人是阿里尔德，她在那扇垫了垫子并紧紧关闭着的门的后面。她正在三角钢琴上弹着舒曼和肖邦的曲子。此时，情不自禁地想要瞪着窗外看的欲望强烈地撞击着大家。但是，在她那儿你却看不到任何的变化，广阔的天空也不会因为倾泻而出的这些东西而起变化。它继续无动于衷地立在那里，像一根迷人的柱子。在它之上，挡雨的装置好像已经被安装上了，因为在天空之下，方圆四十英里的区域里都弥漫着死海一样的灰尘。它们像献祭的火焰一样，在五个国家的遗址上被马车夫们同时点燃。它们在筑有中国长城的城市之外，它们经过几个不同的地方，最终辗转到由砖头砌成的沙漠的中心。

一切都乱了套。弗列森一家留在城里，阿里尔德夫人则继续留在公馆里。令人无法理解的是，他们竟把离开的时间也推迟了。这令所有人都感到惊讶。当这一切发生的时候，突如其来的命运又让一切变得公平了。哈利得了麻疹，去乡村庄园的行程不得不被推迟，要等他康复以后，人们才能成行。卷着风沙的旋风并没有减弱，不知什么时候才会到来的大雨还是看不到任何征兆。日子就像他们的生活那样，处在停滞的状态中，大家已逐渐适应了这种状态。但是，多余的日子并没有被拖到警察局去。这种日子肆意地增长，并开始欺凌每一个人。现在，连街上的每一条狗都知道了这些。但是，在那些能够呼吸到鬼影的晚上，人们仍旧能从目击这些景象中获得愉悦，人们还能在凋零的日历中重新获得乐趣。

街道就像是罂粟花的花床一样，被点缀着到处游荡的植物。那些植物被灰色的阴影包围，正在茫然地移动着。它们低着头，沿着柔软的小路飘荡着。利用某个间隙，萨拉日和阿里尔德夫人冲出城去了，这是他们来到弗列森家后第一次这样做。他们驾车到了索科尔尼基。在那里，池塘的上方盘旋着似火的空气。但不同的是，在这个城镇里，湿热难耐的感觉并不像在别处那样能被轻易地觉察到。在这里，湿热是看得见的，它混合着灰尘、雾气和机车冒出的烟，像一把办公室里的尺子一样吊在空中。它还把黑色的小树林团团围住。当然，这种高纯度的焦虑感显然要比街上那种单纯的湿热更加可怕。

空气层吊在离水面很远的地方，这样一来，小船都可以自由地滑到它的下面去了。从船尾走向船桨的时候，年轻的女士们不住地惊叫着，而和他们在一起的那些年轻人则站起身来让她们走过去。他们站在油晃晃的泡沫上，抓住了自己的软帽。池塘边上，落日的余晖冒起了烟，发出别扭的嘶嘶声。落日上面的那层紫色就像是生铁上的那些突起部分一样。这些突起部分能把白色加热，也能把白色淹没在沼泽地里。河岸的一侧，青蛙的叫声产生了光滑而又悲伤的回响，随后，这回响又在爆破的水泡上游弋起来。

就在这时，暮色降临了。阿里尔德夫人用英语说着些什么，萨拉日则不时地回应几句。捷径总是容易把人带回到出发的地方。这条路显然是去税卡最近的路。几乎所有的情侣都爱围在小树林的周围，但他们和其他散步的人却有些不一样。这特殊的一对儿看上去特别焦虑，他们刚刚出来，夜晚就接踵而至了。他们回头瞥了一眼，好像在测量夜晚追逐他们的速度。在他们的前面，在他们踏过的所有的小径中，好像出现了一片连续的森林。他们仿佛一下子就回到了孩提时代。他们抓住了彼此的手，与此同时，他们却觉得更加慌乱了，他们甚至不熟悉自己的声音了。他们刚刚扔出了大叫声和私语声，现在它们都变成了异常遥远的、能使空地爆裂的尖叫声。然而，现实情况却是，上面描述的种种情景并没有发生过，他们在正常地说着话。安娜的声音变得越来越轻，那声音比郁金香的花瓣还要轻盈，还要透明。而萨拉日，则感觉到了一阵阵的炙热感，他的胸前就像放了一块被灯炙烤着的玻璃。阿里尔德夫人看着萨拉日，她在看他怎样挣扎，看他怎样避开夹着黑灰的热乎乎的过堂风，看他怎样避免那风把她也拉进去。他们静静地盯着彼此的脸，然后又依依不舍地分开，那神情就如同对方全然是个活着的怪物一样。他们彼此的微笑被请求宽恕的祈祷声破坏了。此时，萨拉日也听到了很久以前曾令他屈从的一些话。

他们很快就穿过了充满着精巧迷宫的小径。他们离收税卡更近了，他们已能听到有轨电车发闷的电铃声了。这声音是从空荡荡的、全力奔跑着的、在斯特米卡一直追逐着他们的大马车中逃出来的。人们在一口深深的井里深深地吸了一口气，这声音就飘出来了。在叮当作响的有轨电车上，灯芯绒在明亮的玻璃上又蹦又跳。很快，他们穿过了小树林中最奇特的地段，那里也是灰尘最多的地方。他们穿过泥地走在铺有石砖的行车道上。他们进到了城镇中。

“当众受辱，这是令人多么震颤、多么难忘的事啊！”萨拉日想。回想起曾经的心酸过往，他逐渐意识到，他需要脚踏实地地生活了。这样的想法对他来说是全新的。他想，他再也不能像以前那样那么容易就受伤了，再也不能像以前那样那么容易就被生活打败了。

那些天里，攫取财富的想法第一次深深地抓住了他。想要获得财富的紧迫感紧紧地控制住了萨拉日。在想像中，他把自己的财富全都给了阿里尔德，并乞求她把它们尽可能广泛地散发出去。所有的钱都给女人，他还给几个接受者起了名字。那是一笔以百万计数的财富啊，那些被选定出来接受这些财富的人，应该把这些财富再分给新的接受者，而新一轮的接受者也应该继续着这种“分发”的善事。

哈利已经恢复了健康。弗列森夫人仍旧站在哈利这一边，她在公馆的教室里留了一张铺好的床。萨拉日已经习惯了这里的生活节奏，他经常在傍晚离开房间，破晓时分才回来。在另一间屋子里，弗列森夫人正在床上翻来覆去。她咳嗽着，她千方百计地想让大家知道萨拉日晚上都干什么去了。如果她问起来，萨拉日肯定会告诉她一些情况的，但是萨拉日却不会把所有的事情都告诉她。她也感觉到了这一点。当他回答她的问题时，他的脸上浮现出了严肃的表情。这表情令她不由得产生了提防的情绪，同时，她也在她的责任范围内提防着她应该忍受的所有东西。她静静地离开他，然后走开。渐渐地，萨拉日对弗列森夫人产生了一种疏远感，这种疏远感就像他失去了去索克尼科远行的机会一样。

不同的夜晚里，几个女人来到大街上游荡。她们或是约好了同时外出的，或是不约而同地同时出现的。有关女人们的故事在阿里尔德身边发生着。很难说清，为什么这些风言风语最后会成为压迫萨拉日去坦白的力量。萨拉日断定，他自己会很高兴这样做的，但他并没有向这些女人承认什么。她们一个接一个地对萨拉日说，在某种程度上，他跟她们很像，而她们的理由就像他们给萨拉日的那些莫名其妙的信任一样永远令人无法解释。

最坚硬、最厚实的粉墙仿佛在诉说着这样的故事：她们当中最随便的那个人，将在她最后的日子里，带着无法启齿的控诉被驱逐到伊兹沃茨克去。她带着世态炎凉的感觉，带着"声音嘶哑的美人"这样带有抨击性的评价，与这里的每一个人达成和解。她碰触过的所有东西现在都已被夷为平地了。她的小房间在房子第二层的凹陷处，那里正散发着某种坏味道。表面上看，有五个窗子的房间绝不可能与窘迫的中产阶级的下房产生什么关联，但事实却正好相反。屋里的墙上挂着廉价的线绳，她曾经用它们钉照片和纸花。一张折叠桌放在两扇窗户之间，窗户用它的翅膀轻轻抚摸着窗台。

客人们表演着不常见的鞠躬秀，楼梯的垫子在他们的脚下铺展开来。他们被邀请来，既不是为了在庆典的时候能和这个房子里的女主人站在一起，也不是为了让他们摆出一副好像已经做好了怎样规范地对待女主人的样子。陌生人之间的推理才是主宰他们的唯一主人。这个房子里的一切看上去都好像非常地开放，非常地流畅。

像刚刚发过洪水一样，这里的窗户看上去都像是转过了身子一般。它们不是朝外开的，而是从外面向里面推开的。在臭名昭著的冲刷下，这个在外倍受尊敬、在内却乱成一团的家庭终于被淹没了，他们已经漂浮在一个叫萨莎卡的女子之上了。

但是，萨莎卡并没有做出任何向他们表达敬意的举动。她所承担的每一件事，她所移动的每一步，都如同海下的暗流一样向上或向下地起伏着、涌动着。她伸出她那有弹性的、裸露在外的胳膊，与人们不断地交谈着。到了黎明时分，她用她的小腹顶着桌子的两翼，并敲遍了所有的空瓶子。然后，她饮尽了她和萨拉日酒中的残渣。几乎是保持着同样的姿势，她穿着一件男士的长衬衣背对着萨拉日。她越过他的肩膀应答着他的话。不知道她会不会脸红，这个女人竟然在铁罐筒里面小便，然后她又把它弄到了床上！最后，她把铁罐筒带回到了屋里。她的这些行为，没有一项是有预兆的。她那撕裂的谈话声时高时低，如同竞标时的声音一样忽动忽停。这声音敲打着她的一缕秀发，然后又在她那快速翻动的手中燃烧起来。那些关于个人命运的回答流转在她那光滑平坦而又敏捷的动作之中。尖叫声，亵渎神灵的话……这些人类最自然的状态在此时都流露出来了。它们被暴露在人们的眼前，就像是一个站在架子上的人把它们一下子拎起来了一样。站在某种高度上，一种神奇的、从各个方位都能看得见的“景象”出现了。当从这个高度看下去的时候，视野内出现的全是周围事物上的灰尘。在这个地方，人们被激发得兴奋起来。人们发现，原来人性竟是如此地一致。这种兴奋感把人们统统都搅动起来了。在整个宇宙的广阔范围内，灵魂得救后的铃声终于以最快的速度响起来了。比所有的刺激都更加具有讽刺意味的是，在这里，人们闻到了基督精神的味道。

在夜晚即将结束的时候，门外发生了一次看不见的碰撞，它使整个房子里被隔断的部分都震动了起来。萨莎卡的“男人”跌跌撞撞地走进了前厅的入口处，他的鼻子就是一个最好的物证。它所证明的就是，他是以一个新人的身份来到这儿的。虽然他喝醉了，但他的鼻子并没有背叛他——一个刚从外面进来的人，他的鼻子就应该是这个样子的。他穿着高筒靴子，轻轻地一步一步地走进来。他一进来就倒到隔扇后面去了，他甚至没有发出任何声响。很快，他就在人们的视野中消失了。安静的马车夫正好站在他的后面，这刚好为他提供了一张非常地道的床。马车活像一只大箱子。这时，一只老鼠也迅速地向他发起了袭击。此时，他打起鼾来。看来，老鼠也不过是个贪婪的骗子而已。安静的氛围很快又飘荡在四周了。突然，鼾声停了，老鼠也警觉起来。熟悉的过堂风又开始在房间里穿行。现在，躲在屏风后的贼，可以做他们以前不敢做的事情了。萨拉日跳下了床。

“你要去哪里？他会杀了你的。”萨莎卡用沙哑的声音叫道。萨莎卡整个人都倚在靠里的某个地方，她从床上爬起来，抓住萨拉日的袖子。“要证明你的愤怒其实再简单不过了，但是，如果你走了，我就会被揍扁的。”

萨拉日并不知道他匆匆忙忙地能到哪里去。萨拉日从来都不是萨莎卡想像的那般善于嫉妒，在任何情况下都不是。虽然这是侵略，但在他的心里却不会再有任何激情。晃动在马儿面前、督促马儿快跑的诱饵，如果敢用投石问路的方式来确定它自己的分量，如果敢想方设法确定它是不是已经超过了萨拉日的理性，如果敢奢望借此来确定萨拉日的最终动向，那么，这个诱饵之所以会做出这样的举动，肯定是出于它那最低等的本能。嫉妒有两种：有时我们会嫉妒女人，有时我们又会嫉妒从生到死的所有东西。人们说到嫉妒时，那语气就像在说到一个神秘的竞争对手。它迫使我们去挣扎，去争取那些能令她们获得解放的自由。我们是多么地羡慕她们啊！现在，这里的一切闻起来仍旧如此地刺鼻。

现在还早。在车道的另一边，人们已经能从谷仓的门口，从三角形的、折叠起来的铁片中猜到些什么了。落了灰的窗户镶进嵌着鹅卵石的方块里，看上去灰灰的。拂晓像落在一架多余的机器上一样降临到特沃思克·雅思克。空气宛若一团被破晓不停地扬起来的干草。萨莎卡坐在桌子旁，该死的昏睡令她感到头晕。她突然感觉到了一种像白开水一样的乏味。她不停地说着话，那些话使她看上去就像是一个健康的、昏睡着的小动物。

“啊，有罪的伊万诺夫娜！”虽然没能听清自己在说什么，但萨拉日却在嘴里快速地重复着这句话。

他坐在窗台上。人们已经开始在街道上走动了。

“你不是医生。”她用身子的一侧压着一块板子，向萨拉日抱怨道。有时，她把脸颊放在被她当作枕头的胳膊肘里，有时又伸直了胳膊，从一侧认真地审视它。她的目光从肩膀开始，一直落到腰上，即使那里并没有她起先一直在看的胳膊。从某种程度上说，一条长长的人生轨迹或许更能说清她那独立的生活。“不，你不是医学院的学生。”她继续说道，“医生不是这样的。我怎么说才能让你明白呢？当他们在我身后走过的时候，那种感觉是不一样的。我用我的屁股就能告诉他们一切。你是个老师，对吗？好吧，肯定是的。我很怕触碰到那种由死亡产生的‘冰冷’。既然你不是医生，那么，问你这些问题就没有什么意义了。听着，你并不是一个脾气暴躁、很难对付的人，对吗？好了，你一定得再来找我，就在白天的时候来。你不会把地址搞错的，对吗？”

他们低声交谈着。萨莎卡并没有因为那些惹人生气、令人冒汗的话而感到震动。她正努力克服打哈欠引起的痉挛，与此同时，她像孩子一样贪婪地挠着自己，就如同找回了她那已然丧失的尊严一样。她很享受这片刻安静的时光。萨莎卡感觉到，唯有这时，她才能像是一个人。

在他们闲谈的间隙，萨莎卡频频向墙壁的方向点头，样子就像是在吹牛一样。在那边，一堆闪闪发亮的照片中挂着一个光滑的稻草人，它看上去如同一个和蔼可亲的、未被任命的官员。这些物件暗示了她早期经历过的一些珍贵的回忆，更为重要的是，这毫无疑问是引发后面相继发生的那些事情的真正原因。她那胖胖的、伸出来的手臂，现在已经被丢失在空气中了，而刚才它们仿佛只是在寻找某种依靠而已。突然，破晓的光芒亮起来了，那景象就像是干燥的干草突然着起火来一样。街上的路灯和雾霭交换着令人生厌的哈欠，新的一天在散开的火花中醒过来、亮起来。萨拉日觉得，他从没像爱萨莎卡一样爱过任何人。透过"心灵的窗户"，在更远的地方，他看见一片直通向坟墓的蜿蜒曲折。斑斑点点的红色小径点缀在行车道上，他仿佛还能闻到从那里散发出来的肉味。行车道上的鹅卵石看上去比它们镶嵌在城里大门上的时候更大，它们之间因为排列而产生的空隙也更多。敞篷货车有的空着，有的则载着牲口。突然，它们离开大道，沿着行车道平顺地滑过去了，那样子就像是突然挣脱了什么似的。撞车一类的交通事故发生了，敞篷货车停止了移动。街道里那种紧张、严肃的氛围从大背景中升腾了起来。平坦的街道上，还没卸货的敞篷货车连在一起，它们曾经迈着同样频率的步子移动着，但是现在，它们停住了，街道则被稠密的人墙和路过的车辆塞住了。此时，这个世界看上去更像是一个密布着荨麻的世界，一个闻起来有股烧田鼠味却又没冒出烟来的世界。此刻，哭哭啼啼的萨莎卡用六岁大的小孩才有的幽默感惹恼了萨拉日。她是闹着玩的。最后，在癫狂到让人喘不过气来的状态中（比如说，旁观者被询问是不是看到有敞篷货车经过），一辆黑色的、流着汗的机车急急忙忙从街上开过。接着，它向后退，再向后退。随着街道上闪过一道光，它们就被彻底隔离起来了。同时，这道光又从相反的方向射穿了街上的每一个人。重新装上货的汽车和慎重考虑的人们开始重新向前走。机车冒着烟摇摇摆摆地落在行车道正中间。它像是纤维做成的，宛如一个被绳子缠了三圈的大麻袋，又像是某种野兽温暖的胃，或者像经济萧条时期穷人经常吃的那种劣质水。萨莎卡停止了讲话，她开始观察眼前的烟雾。她先是看这些烟是怎样来到茶叶和那些殖民地商品中间的，然后又看它们是怎样来到香烟和烟草的销售中间的。最后，她又查看了一下它们是如何来到铁皮和警察中间的。与此同时，在某个地方，一本关于她的眼睛和脚跟的书正在被书写着。这本书叫做《一个女人的童年》。燕麦的味道从路上飘过来。好像是为了故意让人们感到头痛似的，阳光开始踏上马匹的便池。萨拉日想像着，他仿佛看到了萨莎卡的未来，他认为她终究会走到令她害怕的、来自死亡的那种“冰冷”里，从此，世间便再没有那美丽的眼睛、脚跟和鼻子，也再没有那些幼稚的质问了。她会在某个时刻遇到些什么，然后就去隐居。最后，她还会住进医院，当然，也有可能是直接进入坟墓。就像人们之前告诉她的那样，在这本书中，上面提到的这一点已经被细致地描绘过了。书里包含了死亡的每一个细节、每一个侧面。这本书并没有在耸人听闻，它只是在客观描述而已，要怪也只能怪她自己，她之前一直像个傻子一样在生活。然而，无论她的日子是否是在蒙昧中度过，她都终将死去。

她并没有走到那片鹅卵石上，她被一小部分人引到行车道上去了。看一看她突然兴起的兴致吧。有人发出了提议，而她这个傻瓜，就当真这样做了。这简直荒唐透顶。那本书其实是关于另外一个人的，它里面提到的名字并不属于任何一个俄罗斯人，书里面的城市也跟这里的地名不一样。然而，她的名字却出现在警察常用的某种布料上——一本系着蹦蹦跳跳的穗带的笔记本，她的名字就在那里面，你在那里肯定能读到她的名字。好吧。最后，一股短暂的压力按在了肮脏的扳机上。嗒嗒嗒，嗒嗒嗒。所有的事情最终都是一样。现在，警察终于看上去更像人一点了。他们护送着因为扳机声而兴奋起来的女孩,出身高贵的公众们则坐在某个安全的位置上一言不发。

“你的脑袋里在想些什么呢?”萨莎卡问,“你在看其他女人。不要盯着我看,和她们相比,我还是一个淑女呢。现在,请不要担心时间,也不要担心别的事情。或许你会说,现在人们已经睡醒了呀。你现在知道的就是一点:他们和我们一样。喔,你都让我忍不住大笑起来了。你会杀了我的,哈哈哈。在白天的时候到这儿来。不用担心他,别害怕他。只要你别用错误的方式揉搓他,他就会一直很温顺。你进来他就会出去,或者,他会像你看到的那样睡着。你只要稍微小心一点就不会把他弄醒。为什么他会让你感到不高兴呢?我真不明白。如果他真的耍起恶心来,其实也挺令人震惊的。其他人也来过,不过,他们还没有激怒过他。像你这样出身好的男人啊……好了,我基本上准备好了,只要再给自己上点粉就行了。对了,别忘了我的包。在这儿,拿着它。好了,我们走吧。我可以和你一起走到圣多维亚街。放心,回来的时候我也不会孤单的。我知道。不论在白天还是在晚上,你只要使个眼色,比如眨一下眼睛。他们就会游啊游啊,游过来,一直游到你的臂弯里。你不和我一起走吗?好吧,那么再见吧。但是别忘了我和你说过的事。我得自己走了,这样更能吸引种马。你不会把我给你的地址丢掉的,是吧?”

空着肚子的街道看上去轻率、笔直而又暴戾。一种色情的、温和的、由饥饿引发的嚎叫爬上了那转瞬即逝的、无人经过的漫漫长路。偶尔,人们会遇到某个瘦削却四肢矫健的动物。它们往往单独行动,并且相食同类。在远处的行车道上,牵引租用马车的马匹正带着一车面包飞奔,马儿正用它那喷薄而出的鸡胸向前猛扑。在距离凯旋门半英里的地方,萨拉日开始大步走向萨莫特克。他想像着有人正站在鹅卵石路上,正站在萨莎卡身后吹着口哨。然后,她一边在心里盘算着,一边打打闹闹地放慢脚步。她在想,这个男人会不会沿着街道走呢，或者她是不是该跟着他呢。白天不过才刚刚开始，但湿热的高温犹如混乱的棉线一般，犹如尸体的胡须上的碎屑一般，犹如梦魇一般，令人感到恐怖。萨拉日焦躁得如同发了烧一样。

四

他必须马上赚一笔钱。但是，他并不想通过工作赚钱，因为工资并不能代表任何“胜利”。然而，没有这种“胜利”就没有自由。如果可能，萨拉日希望不要在公众眼里留下臭名昭著的名声，也希望不会有野史和传闻掺和进来。在加利利地区，事情很容易被地区化。谣言往往始自一个家庭，然后，它们会一直蔓延到街上。最后，整个事件会一直扩散到全世界都知晓的程度才会停下来。如果这阵旋风能够横扫女人们举手投足间的缝隙，那么萨拉日的财富就可以以“百万”来计数了。在这一轮旋风中，如果有一个女人能称得上是特沃思克·雅思克的女人，那么，整个宇宙都将被赋予新生。但是，这里需要一个前提，现实中的情形是：新事物只有从原有的基础之上才能被创造出来。

“这种偷偷摸摸的事情，”萨拉日对自己说，“并不仅仅是要她们脱光衣服，她们应该盛装打扮。这种像贼一样偷偷摸摸的事情并不能让她们得到钱，她们应该把这些钱重新分发出去。但是，我的方案已经被填满了。”他提醒自己要开始写小说了（事实上，他并没有什么切实可行的方案）：“我必须要抓住另一种形式的金钱。两百卢布，或者，哪怕只有一百五十卢布。”（此时，缪拉·拉米拉和萨莎卡下意识地站起身来，而安娜·阿里尔德·特恩斯基伍德也并不是最后一个出现的人）。虽然这只是个小数目，但它却有着非同寻常的意义。他可能不得不接受这个临时测算出来的数字，因为它是通过非常干净的渠道测算出来的。“啊，拉斯柯尔尼科夫，拉斯柯尔尼科夫，”萨拉日嘟囔着,“老当铺的老板会对它做些什么呢?老当铺的老板,那只是另一个年老的萨莎卡罢了……但问题是,怎样才能从干净的渠道赚到这区区几百元的小钱呢?我已经从弗列森家透支两个月的薪水了,况且,我也没有什么值钱的东西能拿去卖了。”

这是六月上旬的某一天。这时,他们已经能带哈利去散步了。公馆里,大家又开始为暑假做准备了。这件事曾经因为哈利生病而被打乱节奏。阿里尔德夫人经常在她的岗位上缺席。最后,在一个为波尔塔瓦政府服务的军人的家里,她被给予了一个新岗位。

“不要苏瓦尔人,叫其他人来,”阿里尔德夫人在楼梯上操着英语解释道。她懒得爬上去拿信了:“我总是忘了。”

在他说出斯科勃列夫之前,萨拉日一直在不停地说着一长串将军的名字。他从库图佐夫一直说到库罗帕特金。“真让人害怕啊。我简直无法复述你的话。你是怎么把这些复杂的音节准确地说出来的?”阿里尔德夫人用英语说道。

新条款虽然约束了她,但她还是有利可图。但她不得不再一次,其实是第N次,推迟自己做决定的时间。原因如下:当她生病的时候,她没有收到任何意向书。她病得如此严重,以至于每个人都认为她的病是被哈利传染上的。像麻疹病发作一样的高温使她每晚都必须卧床休息。她的体温先是攀升到了华氏104度,然后第二天早上又锐减到了华氏97度,连医生也将这一现象定义为无法解释的奇迹。这一切变故使得这个女孩变得异常虚弱。现在,由疾病侵袭而产生的负面效果正在逐渐消失,而公馆也再次接二连三地上演起雷鸣般的振动声。

那天早上,弗列森夫人带哈利去拜访住在卡雅马的一些朋友。如果天气允许的话,他们还打算在那里过夜。结果,机会还真就来了。弗列森先生同样也准备离开。大半天的时间过去了,可是弗列森一家还待在家里面。来帮忙的莱文蒂已经在楼下为萨拉日准备吃的东西了。萨拉日不想去改变仆人们已经建立起来的日常规范。但是,萨拉日的这些想法并没有人注意到。恰当的位置,恰当的时间……萨拉日进餐的每一秒都进行得非常精准。

下午四点钟的时候,弗列森一家终于出发了。萨拉日想,成百万的卢布或者二百卢布正强烈地轮换着吸引着人们的注意力。现在,整个屋子都安静下来了。他突然感受到了一阵非常强烈的异样,以至于他几乎忘了他本来想要去干什么了。他站的地方仿佛瞬间凝固了。他心烦意乱又十分警觉。但是,他又刺探不到任何的异样,只是被阳光充盈的房间看上去比以前更加空旷和宽敞而已。他本可以重新开始他那被打断的苦思冥想的,但是他却怎么也做不到。他的脑子里什么也不剩了,他已经忘记刚才苦思冥想的主题。他急切地搜索着带有某个概念的某个单词。然而,大脑是通过整体形象来反映事物的意义的。这就像它在处理一个人的名字的时候一样。从呆滞中醒过来,大脑暂时拒绝带着我们刚刚说到的那些经验重新开始工作。这样的搜索一无所获,它只会让萨拉日脑子里原有的印象更加模糊。现在,在他的脑海里横冲直撞的只有那些与正题无关的东西。

他突然想到了在春天遇见卡瓦林卡的事。于是,虚妄的允诺,没有发生过的故事,统统都游进了他那坚定的信仰中。一瞬间,那些片断好像变得完整了,而且,它们好像已被完成了。此刻,他突然意识到,眼前确实有一条获取金钱的可行渠道。他几乎叫了起来。这绝不是之前那些不切实际的想法,而是实实在在的一百到二百卢布。想到这,他立即伸手拉过了中间窗户的窗帘,并让它们的影子挡住了桌子。没有经过太多的思索,他就开始给编辑写信了。他很快就完成了自我介绍和开头的那些客气话。当涉及到关键部分的时候,他要做的就是保持绝对的神秘感。他觉得,陌生的感觉才会引起编辑的注意。现在,他还没有时间去分析这种感觉。他现在的感觉是被空虚包围着的,而怀旧的痛苦也在不断增长着。他此时的感受是跟这幢房子的感觉联系在一起的，这种感觉就跟突然听说这座房子无法居住了一样。房子里空荡荡的，除了萨拉日和他那些胡思乱想的思绪以外，这里没有任何活物。“那么，阿里尔德·特恩斯基伍德呢？”他问道。萨拉日突然想起来，从昨天晚上开始，他就没在这栋房子里看到过她了。他把自己的椅子推到一边，制造出了很大的声音。然后，他把教室的门、育儿室的门以及其它一些能敞开的门丢在了身后。最后，他跑到了门厅的里面。一扇下陷的门通向院子里，那里有一块看上去有些不太一样的地方。在午后五点钟的高温中，那里烫得就像沙子。从前面看过去，那儿貌似格外神秘，它甚至摆出了一副想要吃人的样子。

“他们太不小心了！”他一边想，一边从一个房间走到另一个房间。其实，他根本就不知道所谓的“他们”是谁。“所有的窗户都还开着呢。”事实上，无论是在房子里还是在庭院里，都是空荡荡的。“会有外人闯进这幢房子里来的。当这种事情发生的时候，房子里没有人，也就没有人能说‘不’了。为什么我这么犹豫呢？在我四处瞎转的时候，任何事情都可能发生的。”他开始往回跑。他猛冲下楼梯，然后从侧门跑了出去，他当时的样子就好像这栋房子着了火一样。仆人的房门也在庭院的深处被狠狠地关上了，那情形就跟回应火警一样。

“叶格！”萨拉日冲着一个男人叫道。那声音都不像是他自己发出来的了。这个人是跑来拜访萨拉日的。他嚼着最后一口摩泽尔白葡萄酒，用他围裙的边角擦了擦胡子和嘴唇。“告诉我，你会帮我的。怎样才能找到那个法国女人？”（仆人们用一种非常刻板的方式对待丹麦女人和她所有的继任者，但这个男人却没有勇气像仆人们一样叫她“法国佬”。）“请快点告诉我。玛格丽特·奥特诺娃让我今天早上给她回个信，我刚刚才想起来。”

“那边的那个窗户。”这位看门人粗暴地嚼完嘴里的酒，狼吞虎咽地咽了下去。然后，他举起手臂，震动着他那被解放出来的喉咙。他开始用另一种心绪跟萨拉日闲谈起来。闲谈的内容则是关于萨拉日怎样才能找到那个地方的。此时，他并没有直视萨拉日，而是出神地盯着另一位邻居的房产。

看上去是这个样子的。这幢简陋的三层小楼的一部分竟是由没有上漆的砖头砌成的。这部分建筑倾斜着连接着公馆，并且已经变为一个小旅馆了。它已经被弗列森家租出去了。这个地方肯定是被主人特意留下来的。穿过育儿室的过道，公馆的一楼可以直接通到那里去。在这狭窄的空间里，小旅馆被一道看不出来的墙隔开了。在这栋小楼里，每一层只有一个房间。那位陪伴人的住屋的窗户就在第三层。“这里以前发生过什么?”萨拉日一边想着这个问题，一边沿着连接两栋房子的过道挤了过去。在过道那里，萨拉日还看到了翘起来的板子。萨拉日正在回忆着什么，但是他的回忆却因为脚的羁绊而被停住了。就在这时，他遇到了一个螺旋形的楼梯，它像一个铁做的蜗牛一样挂在他的面前。这个铁蜗牛正在用它那独有的扭曲来拥抱他。它止住了他那匆忙前进的脚步，让他喘口气。但是，萨拉日的心脏仍旧在剧烈地跳动着。当沿着螺旋楼梯走到尽头的时候，萨拉日便被直接带到阿里尔德的房门前了。他粗暴地推了一下门，令他感到意外的是，这扇门没遇到任何反抗就撞上了内墙。这明白无误地告诉萨拉日一个信息：里面没有人。他叹了口气，转过身子，然后再次弯腰抓紧了螺旋形的扶手。但他突然想起来，那扇门还开着呢，于是，他又回去把它关上了。萨拉日偷偷摸摸地瞄了一眼屋子的左边。突然，他被惊得说不出话来了。

在一张铺着针织床罩的床上，她的高跟鞋正直勾勾地指向闯入者。阿里尔德夫人穿着一件质地光滑的黑色裙子，她正和这身裙子一起横跨在床上。她像尸体一样僵硬地躺着。阿里尔德夫人平坦地趴在那里，她的头发是黑色的，她的脸却毫无血色。“安娜，这是怎么了？”萨拉日大叫起来。充满着惊叫声的空气令他感到窒息。

他冲到床边，在她面前跪下来。他用一只手托起阿里尔德的头，又用另一只手心急如焚地摸索她的脉搏。他压着她那冰冷的手腕，却怎么也找不到脉搏……“上帝啊，上帝。”这声音就像是在他的耳朵和胸膛里发出的回响一般，听起来比打着口哨的马蹄声还要响。在她那沉重的眼皮上，萨拉日看到了令人炫目的苍白。他感到自己好像跌进了某个令人冲动却又看上去无边无际的地方，那个地方很快又被她那死沉死沉的头拆毁了。他觉得他快要窒息了，快要昏倒了。但是突然，她又恢复了知觉。

“原来是你，朋友。”她喃喃地说，张开了眼睛。

被归还给人类的不仅仅是眼前这个说话的人，这间屋子里的一切似乎都开始开口说话了。像是有很多孩子在这里一样，这个房间顿时被塞满了噪音。萨拉日做的第一件事就是从地板上跳起来。然后，他关上了门。“啊，啊！”他说。他跺着脚在屋子里来回地走，嘴里傻傻地重复着这些单音节。他一会急急忙忙地冲向窗户，一会又对着梳妆台。虽然这个房间朝北，又淹没在丁香花丛的影子里，你还是能清楚地分辨出药品标签上写的是什么。那些瓶瓶罐罐散落在各个角落里。当在瓶瓶罐罐间寻找某个小药瓶的时候，你并不需要把它们带到窗边来。不用借助窗边的光线，你就能分辨它们。萨拉日之所以这样做，其实也只不过是为了给他的快乐寻找一个出口。当然，要解释清楚这种快乐的来源却非常困难。阿里尔德已经完全恢复了知觉，现在，她之所以完全服从他的指挥，也无非是想让他高兴一下。她竟然同意闻清凉油和氨水的刺鼻气味。像对任何一个正常人做的那样，这味道迅速地钻进了她的鼻子里。她那被眼泪沾污的小脸惊讶地皱了起来，她的眉毛也拱成了一个三角形。她一把把萨拉日的手推开，那力量已经大得跟一个完全复原的人没什么两样了。萨拉日让她喝下一些缬草上的露水。当她喝光它们的时候，她的牙齿再一次敲到了玻璃杯的边上。她像一个孩子一样大口地喘着气，而她的表情则像是孩子们的要求刚刚被满足了一样。

“我们相互了解得怎么样了？是已经恢复交情了呢，还是继续分开？”阿里尔德夫人问道。她舔着嘴唇把杯子放到桌子上，接着又支起了枕头，这样，她就可以坐得更舒服一点了。她问他现在是什么时间了。

“我不知道，”萨拉日回答道，“可能快五点了吧。”

“钟表在梳妆台上，请看一下。”她说。随后，她用一种惊讶的语气接着说道：“我不知道你在盯着什么东西，你不可能找不到它的。哈，那张照片就是阿里尔德，那是在他死前拍的。”

“额头长得不错。”

“是啊，还真是呢。”

“多好的一个人啊！让人多么惊叹的一张脸啊！现在五点差十分。”

“请把长披肩给我，它就在那边，在大衣箱上……谢谢，谢谢，太好了……我最好再躺一会儿。”

萨拉日努力推开那扇不听话的窗户。它突然一晃就打开了，活像一个被敲过的门铃似的。屋子也随之晃了一下，于是，它立刻就变得宽敞了。黄色的蒲公英和林荫大道边上的红色栅栏都散发出青草和树脂的味道，味道充满了整间屋子。圣马丁鸟的尖叫声在混乱中穿透了天花板。

“就放在这儿吧。把这个放到你的额头上。”萨拉日说道。他递给阿里尔德夫人一条被科隆香水浸泡过的毛巾……

“好了，你现在感觉怎么样？”

“哦，好多了。你看不出来吗？”

萨拉日突然感觉到，他根本就没有勇气离开她。他说道：“一会我就走了。但你不能像这样待着，说不定你还会受到袭击呢。你应该解开脖子上的钮扣，松开你的连衣裙。这些你自己能做到吗？反正这屋子里也没有别人了……”

“你竟然敢……”

“你误解我了，我没法派其他人过来帮你了。我是说，我要是真的走了的话。不是吗？”他平静地打断自己的话头。他低下头，笨拙地向着门的方向慢慢走过去。

当他走到门槛那里的时候，她叫住了他。他回头看了她一眼，她正用一只胳膊肘撑住自己。她伸出了她的另一只手。他走回到床尾。

“靠近一点。我真的不想伤害你的感情。”

萨拉日绕着床转了一圈，然后，他盘腿坐在了地板上。他的这一姿势使持续的、不带强迫性的闲谈成为可能。然而，他是如此兴奋，以至于他连一个字也说不出来了，他也确实没什么好说的了。他很高兴他那时没有坐在螺旋形楼梯的下面。现在，他和她靠得如此之近，而且他还不必马上就离开她。阿里尔德夫人打算打破这种有些许滑稽同时又带有压迫感的沉默。萨拉日很快就把话题转移到了他的膝盖上。他把他交叉的双手按在羽绒褥垫的边缘上，然后让他的头落在上面。伴随着这样的动作，他的肩胛骨也开始有节奏地动了起来，那个样子就好像他正在嚼着什么东西一样。他既没有哭也没有笑，当然，事实也未必就是如此。

“那是什么？那是什么？我不想那样。停下！您难道就不感到羞愧吗？”当萨拉日无声的呼吸渐渐变成不受抑制的抽泣的时候，阿里尔德夫人不停地、快速地重复着上面的话。

然而，她那些让人舒服的话只能鼓励他流出更多的眼泪，这一点她自己也意识到了。她抚摸着他的头，纵容他的眼泪重新泛滥起来。萨拉日没能管住自己。阻力本来应该是指向“停止”的，但是，这时却有一股迅速聚集的巨大能量使萨拉日只想着尽快释放它。那些索科尔尼基人和特沃思克·雅思克人曾令他感到多么愉快啊。在过去的两个星期里,所有的白天和夜晚好像都没有待在它们该待的地方。它们先是慢慢移动,最后竟然跑出去旅行了。正在流眼泪的是那些个日日夜夜,而不是萨拉日。它们像漂在高涨的河上的圆木一样,旋转着走远了。就像等待中的暴风雨终于带来摧枯拉朽的涤荡一样,萨拉日喜极而泣。哭泣声突然就爆发了,就像是从云里、从百万巨款带给他的担心和焦虑中突然爆发出来的一样。萨拉日似乎期待这些眼泪能够影响到他对未来生活的那些信条。

突然,他抬起了头。她看到了他那如同被雾霭洗涤过的脸,这张脸看上去就好像已经被雾霭带到了非常远的地方一样。在接受命令的情境下,他像是要充当自己的保护者一样喃喃地说出了几个字。但是很快,这几个字就同样被包裹在紧锁的双眉和那一团雾霭之中了。

“安娜,”他急切地叫道,“请不要这么快就拒绝我,我是在哀求你啊。请把你的手给我。我知道我不应该这样说,可是,我要怎样才能表达出我的想法呢?做我的妻子吧。”他用平静而正式的语气说着。这种无法承受的新鲜感令他的内心剧烈地颤抖着。他沐浴在“妻子”这个词带来的光辉里,在他的人生中,这是他第一次用到这个词语。更重要的是,这个词语还被赋予了像人生一样巨大的意义。

为了能够控制住自己的笑脸,他停了一下。他皱了皱眉,就好像他刚把自己从某种常规的深度中挖出来一样。然后,他用一种比刚才更安静和正式的语气补充道:

“不要笑,求你了,否则我会瞧不起你的。”

他站起来走到一边。阿里尔德夫人迅速坐直,她的双脚从床上垂了下来。一切看上去都还是井井有条的样子,但是,她的内心却已经变得骚动不安起来了。她的连衣裙看上去有些皱了,而她的头发也显得凌乱不堪。

“亲爱的，亲爱的，你怎么能这样！”她不停嘟囔着。本来，她是想加重刚才说出的每一个字的，但是，当这些句子说出口的时候，她又忘了要这样做了。说这些话时，她惊恐地张开双臂，就像一个有罪的人常做的那样。“你一定是疯了，你一点都不值得同情。我快要激动得晕过去了。现在，我只能动动我的眼皮。你还能听到我在说些什么吗？我现在要做的，就是让眼皮动一动。我不是在眨眼睛，你明白吗？你竟然会突然问我这样的问题，而且，还问得这么直率！你还说什么不要笑，你真让我心烦啊！”她突然用另一种口气喊出了最后那句话，那语气就像是在谈话中突然插进一句题外话一样，又或者，那只是她的自言自语。这声叫喊使得背着重负的她突然能感觉到自己的双脚了，她终于知道它们刚才是放在哪儿的了。她突然向梳妆台冲去，而梳妆台就在萨拉日的后面。此时，萨拉日正闷闷不乐地听着她说话。他用胳膊肘顶着木头，他的下巴则被托在手掌上。

被双手牵引着，她的身体呈现出一种奇妙的姿态，这姿态似乎预示着一个不妙的结尾。她继续说着，并将一种渐渐得到控制的焦虑溅到萨拉日的身上。

“我就知道会这样。我的这种预感早就实实在在地弥漫在空气里了，但是我却无法直接回答你。其实，答案早已在你自己那里了。或许有一天，它会被实现。我多么地希望能这样啊！因为……因为我对你并不是不感兴趣。你猜到了吗？没有？当真没有？告诉我，你不是真的没有猜到。真奇怪。哎，反正也都一样啦。好吧，不管怎么说，我都想让你知道这一点。”她迟疑了一下，然后又停了一会儿。“其实，我一直都在观察你。你错了，你知道吗？现在，就在此刻。比起当下的情景，‘你’看上去更有问题。喔，我的亲爱的人啊，没有人会像你这样求婚的。这和习俗没有任何关系，但是，这又足以说明一切问题了。听着，像对你的姐妹一样真诚地回答我一个问题。你的良心有没有感觉一些羞愧？喔，看在上帝的份上，不要害怕回答这个问题。难道不是吗，一个没能完全兑现的承诺或者一项被忽略的责任退下了它的面罩？当然，当然，这一切也只是我自己的假设而已。这些事情跟你多么地不相称啊。你不用回答我。我知道，任何一件不值得人类去做的事情都不会长久的，它们永远也不会成为你身体里的一部分……但是，”她一边想一边慢吞吞地拉长腔调。她的手在空中像做速写一样画着一些东西，那好像是某种中空的东西。她的声音变得疲惫而沙哑起来：“但是，有些事情比我们自己还要重要。难道不是这样吗？在你的内心深处，是不是有一些类似的东西？那是生活中最使人害怕的东西，它会像一场突如其来的到访一样吓到我。”

显然，她并没有马上停下来的意思。但是她也没能再说出些有实质性内容的东西。庭院仍旧像刚才那样空无一物，周围的建筑物看上去还是毫无生机。像刚才一样，圣马丁鸟飞快地掠过他们的头顶。这是一天结束的时刻了，但它仍旧像想像中的战场一样被熊熊的烈火燃烧着。圣马丁鸟从眼前飞过去了，它们犹如颤抖的箭慢慢地划过天空，并像箭头一样在地上激起了烟尘。突然，它们仓促地调转了尖尖的脑袋，尖叫着往刚才的方向飞去了。一切还跟以前一样，唯一不同的是，房间变得更暗了。

萨拉日沉默着。如果这样的静寂被打破了，萨拉日都不知道他能不能控制得住自己的音调。每当想要说话的时候，他颤抖的下巴就会往下落一次。面对这样的结果，他实在无法把它归咎于发生在莫斯科郊外的那件事上。现在，他也羞于因为自己的私人原因而再次独自哭泣。萨拉日的沉默使安娜感到极度痛苦。不过，阿里尔德夫人不满的其实还是她自己。她愿意去做任何事情，但是她显然没能用语言表明这一点。

所有这一切都以一种令人不快的方式从她的手间滑落了。而且,错在她身上。在这样的情境下,阿里尔德夫人觉得自己是一个没有灵魂的玩偶。虽然这样的想法在这样的情境下时有发生,但她还是在责怪自己。她羞于让自己尽情享用那些冰冷而华丽的词藻,这些词藻曾经夹杂在她的回答当中,也曾经被种种希望包围着。为了纠正想像中发生的过失,并确保所有的事情都会转向一个不同的方向,阿里尔德夫人用一种回荡在整个晚上的声音继续说起话来。这声音,最终促成了阿里尔德夫人和萨拉日之间那更加亲密的关系。

“我不知道你是不是明白我说的话。我用赞同你的方式回答你,我已经做好了需要多久就等待多久的准备。但是,你必须首先把自己的事情安排妥当,依照你自己的原则。虽然我对你的原则知之甚少,但你却对此了如指掌。我都不知道我在说些什么了。这些细微的迹象正逆着我的意愿迅速地生长着。如何猜测或揣测它们就是你的事了。当然还有一件事:等待对我而言并非易事,对我而言,等到现在就已经足够久了。或者,我们应该继续这样,直到彼此都被耗尽。现在,听着,如果你在意我有一半的……喔,请停下。这算是什么呀?求你了,别这样。不然,你会把一切都搞砸了的……好吧,谢谢你。”

“你刚才想说什么的?”萨拉日轻声提醒她。

“是的,我当然没有忘。我想叫你下楼。是的,这是真的。听我说,到你的房间去洗把脸,然后再出去走走。你必须让自己平静下来。你不觉得本来就应当如此吗?好吧,那么就这么说定了。好了,请你再为我做一件事吧。亲爱的,还是去你自己的房间吧,把自己洗干净。你不能顶着这样一张脸出现在公众面前。等着我,我会去叫你的。然后,我们一起去散步。别再不停地摇头了,看到你这样,我会难过的。当然,这完全是我自己的建议。说点什么吧,试着说点什么吧——你必须相信我。”

过道的地板再一次摇晃起来。周围空荡荡的，地板在他的脚下发出低沉的声音，这样的声音让萨拉日再次想到了某间乡村会所。这种想法由一系列被串连起来的记忆激发出来。这令人感到兴奋，一切都好像突如其来一般。对萨拉日而言，这都是些毫无关联的事情。他发现自己再一次出现在那个阳光四溢的房间里了。那个房间是如此空旷，以至于它会让人产生这样的印象：它本来就不适宜居住。萨拉日不在的时候，光线已经变换了方向，窗帘上的影子也不再投射在桌面上了。但是，光线还是那束光线，那束倾斜而发黄的光线。在高高的空中，它仍旧在追逐着富有活力的各种表演。然而，过不了多久，它就会把紫罗兰色的、渐渐变厚的影子投射到阿里尔德夫人那堆满瓶瓶罐罐的梳妆台上了，当然，它们也会被投射到她的床上。萨拉日重新出现了。在阿里尔德夫人的房间里，丁香花的调子加重了。在屋里，足够华美的体温测量还在进行着。但是，在没有萨拉日在场的情况下，这些动作怎么可能加快速度呢？圣马丁鸟又可以在他短暂离开的时候霸道地、得意扬扬地突袭她了。他依然有时间把这侵害赶走，也有时间追赶上正在消失的过往。重新开始或许还不太晚。所有的事情都有着无限的可能性，事情还有可能被引导到一种不同的解决方式上。但是再过一会，很多事情就会变得不再可行了。他为什么会听从她的话丢下她呢？“好吧，让我们重新设想一下。”他回答说。正是这一举动激起了阿里尔德夫人的一系列反应。一阵毫无关联的、使人脸红心跳的有关化学反应的思考，在他的脑海里一闪而过。他先是上前拉开了那挡了四分之一个窗户的窗帘，接着又拉了拉最后的那片窗帘。这样一来，屋里的光线便产生了变化：桌子被埋在了阴影里，原本投在远处那面墙上的光线倾泻而来，转而投到隔壁的房间里而不是先前的那张桌子上。那间屋子的门正大开着，阿里尔德夫人过来时会经过那间屋子……由于在想别的事，他竟忘记了洗脸。

“好吧，玛丽亚。好了，设想一下吧。玛丽亚不需要任何人，玛丽亚是不朽的，玛丽亚根本就不是个女人。”他背对着桌子站在那里，交叉着的双臂靠在桌子边。在漫不经心的巡视中，他下意识地做了一个让人生厌的动作。与此同时，他的脑子里闪过了一些空洞的、学院式的假设。回荡的脚步声，夏天那令人难以忘记的情景，还有玛丽亚那些没来得及收起来的包包；装满东西的篮子在他的眼前闪烁着，它们看上去就像是一个个抽象的概念；绑着绳子和带子的行李箱本来就该像三段论那样按部就班地服役……这些冰冷的景象令他更加感觉到了痛苦。他觉得自己就好像身处由闲散的神灵掀起的飓风中，又好像被淹没在无意义的启蒙中。他低下头，抱着肩膀。他在等待阿里尔德夫人带着痛苦和渴望的神态出现，而他已经做好了随时向她奔去的准备。他要从令人讨厌的、正在增加的困扰中解脱出来，他要向她寻求避难。

“好吧，为失败祝贺一下吧。谢谢，也谢谢你。当你变得越来越不重要的时候，其它东西也会随之消失。最后，仅存的一丝痕迹也会消失。还好，上帝会和他同在的。我不认识他，我也不打算去认识他。既没有新消息也没有新线索，但那又能怎么样呢？好吧，假设一下，就是那样的。好吧，那样也挺好的。”

他正和过去那些容易令人生气的言论拌着嘴。他的夹克的一角滑落下来，滑到一张信纸上。在这张纸的上方，大概有三分之一的地方，胡乱写着一些东西，其余三分之二则处在空白中。这封信原本是写给科瓦连科的，现在也成为了他抨击的对象。

他突然第一次意识到，在过去的一年里，其实他已经帮助伊蕾娜清洁过公寓并帮她动身去了国外。巴尔茨是个无赖（萨拉日在心里这样叫他）。他肯定自己猜得很对。他的心收缩了一下，因为他被深深地伤到了。之所以会这样，并不是因为在过去一年里发生的种种竞争，而是出于这样一个事实：在阿里尔德夫人的世界里，他仍旧是个局外人,他始终无法进入到她的世界里。对于阿里尔德夫人来说,他只是一个令人生厌的、充满了源源不断的生命力的家伙。但是,他有时突然也会这样想:如果他不能变得镇定、积极,那么,在这个夏天,外界的干扰或许真的会威胁到他。

一些想法从他的脑子里蹦出来。他分开脚踝,仔细地打量着房间和里面的桌子,那副神情就好像这是他第一次见到它们一样。落日如同发了芽一般,充满精力地照射着万物。同时,它又聚拢起覆盖在万物上的那最后一抹绯红。在成双成对的事物出现的地方,空气也被悠闲地分成了两半。发红的刨花从天花板上落下来。远处,房间的尽头被笼罩在一片昏暗之中。萨拉日把一小袋信纸放在离手很近的地方,然后,他开了电灯。在出神的空当,他完全忘记要带阿里尔德夫人出去散步的事儿了。

“我打算结婚。”在写给科瓦连科的信里他写道,“现在,我特别需要钱。我正在把以前给你讲过的故事改写成一个剧本,这个剧本将会用韵文写成。”

然后,他开始详细地讲述起故事的大致情节来。

“时间是‘从前’。故事发生在一个真实的情境里,这情境真实得就如同我们现在的俄罗斯生活一般。当然,想要从中描绘出更广阔的意义也很难。某省的某位领导或者某项事务的负责人会出现在这个故事里。一个谣言正在滋生、蔓延,而各种各样的细节也正在使它日益丰满。由于这个谣言谈论的是一种不法的行为,所以它的真实性没能经过报纸证实。它只是不断地被人们在口头上传播着。依照最近修正的法规,这事应该是一种违法行为。可以看到,一个人出现在这个场景中。这个人正在拍卖会上。面对竞标者,他迫切地想把自己像财产一样卖出去。这件事的好处和重要性将在拍卖会的现场变得十分明了。这可能是王尔德戏剧中的某种元素,也可能是与女人有关的某个东西。未经确认的谣言使得越来越多的人们围在年轻的外贸商人的周围。这些人的特点是，他们既喜欢张扬自己把家里的家具布置成了戏剧舞台的风格，又喜欢在闲谈中夹杂着从印度心灵学说中摘抄出来的短语。选定的那一天终于到了。令人难以置信的是，本地消息和卖东西的日期都被准确无误地传达到了每一个人的耳朵里。虽然大家害怕落下笑柄，但是好奇心还是最终胜出了。对这件事情感兴趣的人们相继离开了城里。这时正是六月份，天气非常好。所有这一切都发生在乡下的一所大房子里。房子是新的，之前很少有人去过。已经有许多人围在那里了。他们都是一路人：大笔遗产的继承人，哲学家，音乐爱好者，收藏家，还有富有见地的好奇者。成排的椅子摆在眼前。戏台上摆着一架大钢琴，它的盖子打开着。钢琴旁的一个小桌子上放着一把小木槌。几扇三开门的窗子也出现在视野里。最后，男主人公出现了，他十分年轻……自然，给他起个名字还是有点困难的。人们怎样才能给一个渴望成为某种象征物的人起名字呢？更何况，这里面还有各种各样的象征。但他又不能没有名字。好吧，让我们暂且用代数的方式标记他吧。Y先生，我们就先这样叫他吧。没有烟火，没有马戏团的味道，没有卡廖斯特罗①，也没有《埃及之夜》②。一切都变得清晰起来。这个男人生来就爱较真，而且看上去目的性很强。这不是在开玩笑。周围的人们被暴露于他们的常规经验之中，他们既没有因为小说而离题，也无法逃避这一切。因此，伴随着过于简单的、无押韵的语句，Y先生受到了掌声的欢迎。他宣布，无论何人，只要肯出高价，就可以获得主掌他生死的权利，而他将按照自己的想法，用二十四个小时，去处理这笔拍卖的所得。他说，他不会留给自己一分钱。在做完这一切之后，他会无可置疑地开始被奴役的生活。他将被交到他未来的主人的手

---

① 卡廖斯特罗（1743—1795），意大利江湖骗子，魔术师兼冒险家。

② 一出经典芭蕾舞剧。

中，并开始任人支配。主人有权利用任何一种方式处置他，甚至可以杀了他，如果这样做可以给他带来快乐的话。他说，他已经准备好了一份声明，这份声明可以证明他是死于自杀的，这样就可以使主人摆脱犯谋杀罪的指控了。他也做好了拟订其他声明的准备。如果需要的话，发生在他身上的任何事情都可以以‘自愿’的名义来定性。‘现在，’Y 先生宣布道，‘就要开始了。我已经做好了成为您的私人物品的准备。我将即兴表演一些节目，这些节目是事先没经过准备的。如果要朗诵的话，朗诵的内容将来自我自己准备的文本。’随后，一个新的角色走上了舞台。他就坐在桌子的旁边，他是 Y 先生的一个朋友。这位先生没有像 Y 先生的其他朋友那样，先在清晨向 Y 先生道别，然后再来这里投标。按照 Y 先生的意愿，这位非同一般的朋友站在 Y 先生的一边。这位朋友给 Y 先生的爱并不比其他人少。不过，他和别人可不一样，他并没有失去理智，他不相信 Y 先生那异想天开的想法能够实现。他是财政部的一位官员，而且还是个思维缜密、值得依靠的人，所以 Y 先生也邀请了他来参加竞拍。他是 Y 先生唯一一位真正的朋友，拍卖这件事与他也没有任何利害关系。其实，这位朋友之所以会留下来，原因就在于他想让 Y 先生知道，他的那些‘奇思妙想’根本就不可能实现，他也不会看到‘朋友们走完复杂的拍卖程序并举杯祝福他’的场面。之后，就下雨了。”

“之后，就下雨了。”萨拉日在第八页的边缘潦草地写着。然后，他把写的东西转移到了一张四开的纸上。原来，这些字都是写在一张信纸上的，这是草稿的第一稿，也是这个人有生以来第一次以这样的方式书写，当然也有可能是第二次，他记不太清了。他差不多整个晚上都保持着这一个姿势。草稿不可避免地存在着大量的冗余，也注定含有模式化的拟人手法和不时出现的大幅度的跳跃。这里面基本上都是尚未定型的、最基本的概念，缺乏丰富的内容和生动的细节。写作就这样在这个傍晚爆发了。这类写作唯一显著的特征就是它的灵感都来自于周围的环境、经验和一些灵感式的想法，当然，这也是这类作品产生的最自然的途径。

雨是草稿中出现的第一个细节，它让萨拉日的笔暂时停了下来。萨拉日把这个细节从一张八开的纸上移到了一张四开的纸上。然后，为了能达到他想要的那种清晰的描述，他开始修剪和丰富这个细节。在有些地方，他写下一些语言中没有的词，他允许它们短暂地停留在纸上，他期待这些词能引导着他穿过雨水带来的湍急，最终达到那种由热情支配着的、打破语法的、像口头演说一般的滔滔不绝的境界。他相信，能够被人们认出来，也能够被人们接受的小溪最终会流进他的记忆里。一想见它们出现时的景象，萨拉日的眼睛就会被泪水模糊起来。他感到他的眼前一片模糊，就像佩戴了一副没有配准度数的眼镜一样。

如果他没有像其他作家那样窝成一个三角形坐在桌子边，如果他没有背对着进入屋里的两个通道，或者如果他此刻把头转向了右边，那么他肯定已经惊悸而死了。此时，阿里尔德夫人就站在门口，但她好像又突然消失了。她退到门槛的台阶上，叹着气徘徊了一会。她断定有必要在信任和迷信之间保持一下平衡。于是，她迅速地合上了委托书，她并不想通过有意的拖延或者无谓的憎恨去怂恿命运，让命运运转。她的手里拿着一把紧紧收着的雨伞。休息期间，她没有和外界取得任何联系，而且她的房间里也没有窗户。当她准备下来和萨拉日见面的时候，她非常适时地看了一眼气压计。气压计的读数预示着一场暴风雨将要来临。暴风云正压在周边的花园上，落日的余光从灰色和丁香色混杂的暴风云中折射出来，它产生的光柱给人带来剧烈的眩晕感。萨拉日感到，他的背后有一团云正在生成。虽然穿了一身黑，但阿里尔德夫人看上去仍旧光彩照人。她身上如同笼罩着一层雾一般，这激流似的光芒很快就将她融解了，同时也融解了地上的拼花地板。拼花地板如同具有了腐蚀性一般缠绕着她，并在她的脚下化作一团水蒸气。萨拉日动了两三下。阿里尔德夫人摆出一副在国王游戏[1]中的神情，揣测着他现在可能遇到的难题，也揣测着他的那些或许终其一生也难以化解的顽疾。她看到他移了移目力所及处的那块垫子，于是她也拢了拢自己的裙子。她迈着拖长而有力的步子，半蹲着走出了学习室。来到过道，她放下了裙子加快了脚步。做这些动作时，她像往常一样，无声地咬着嘴唇。

拒绝他并不需要花费太多的力气，一切就这么自然而然地发生了。变幻的天空已经占据了屋子里的窗户，它把整个窗户都填满了。从那紫色的覆盖物上可以看出，即使在最近的转角处，她也不会被天光完全浸透。现在，阿里尔德夫人急切地感到自己必须做点什么事了，她需要从刚刚经历过的、正在迅速化脓的往事以及由它所带来的持续的孤独感中解脱出来。一想到整个晚上她都将被孤零零地丢在自己的房间里，她就感到全身冰冷。这样的情景令她感到恐惧。如果这种情况真的会发生，经常发生，她又该怎么办呢？跑过庭院，她来到了街上。她雇了一辆车篷已经升起来的马车。她要去车尔尼斯基大街，她有一位英国来的朋友就住在那里。她希望暴风雨能如期暴发并持续下去，这样，她就不需要回家了，她的朋友就不得不留她过夜了。

“屋外开始下起雨来，”萨拉日写道，“这就是窗前正在发生着的事情。古老的桦树先是释放了成群的树叶，然后又在小土丘上给了它们一个兴高采烈的告别。这时，新落的叶子又爆发了。它们纠缠在桦树的头发中，打着转，在白色的狂风中变得越来越稀疏，越来越单薄。它们已然在挥手告别了。终于，它们渐渐淡出了人们的视野。桦树摇晃着，仿佛离村舍更近了。夜幕降临。在雷鸣般的掌声爆发

① 一种源自日本的扑克牌游戏。

之前，Y 先生开始演奏屋里的那架钢琴。

“为了配合他自己，Y 先生选择天空作为弹奏的主题。天空看上去已然被笼罩在夜色之中了。夜色从浴室中升起来，它身着克什米尔走过云端。风吹过森林，散发出又酸又香的湿气。洗得干干净净的星星快速地相互撞击着，在天空上留下了最后的裂痕。它们看上去更大了。露珠也闪着光，它们总是无法从空间中被彻底分离出来。它们跃跃欲试，试图从空间里逃脱出来。现在，它们已经紧张地站在钢琴林立的灌木丛中了。Y 先生的手指开始在键盘上滑动起来。他放弃了先前演奏的曲目，转而演奏一段新的旋律。他任由自己遗忘了那些规范的旋律，任由自己发挥着记忆中模糊的新旋律。变幻无常的寒冷带来了激流，激流使人们的胳膊间塞满了大量的空气。窗棂也迎合它。桦树在窗前摇曳。桦树的枝条落得满地都是。与此同时，音乐在弓子上时重时轻。这声音给我们带来了一些来自马路上的风景。

“当有人质疑这些事情的真实性的时候，一切都显得不同寻常起来。演奏者用出人意料的、奇迹般的声音回应了质疑。正是他自己的声音造就了奇迹，明天他就要开始那奇迹般的新感受了。请用开玩笑的方式说说什么是‘奇迹般’的力量吧。这种力量既能让钢琴的底座开裂，也能挤压到交易室里的骨架和维也纳椅子，而且它还能迅速散发出银色的演说，并能将所有睡着的人惊醒。那声音重复得更快、更流利了。

“Y 先生继续用同样的方式念着。他是这样评价自己的：‘我能给你念许多诗，也能念许多带韵的四行诗。’人们再一次觉得朗读其实并不怎么重要，而那些被朗诵的故事也正从高处跌落到地上，这种跨度就像是从头到脚、从南极到北极的跨度。继而，大量的、奇幻的、敏感的描述证实了它们的存在。它们是图像，是这个世界的奇迹，也是一个个完整的事例。它们是如此地顺滑，就像箭落到地面上一样。

它们也正是美德和真理最终要转到的方向。

“对于这个人来说，经历这一切是多么地奇怪啊，这就像是一个人一直在向另一个人展示所谓的‘真理’。但是现在，他却突然把真理藏到袖子里面去了。他把生存之美解释为存在于出现和不出现之间的一种非常有限的差别。在他新奇的说法中，在他的种种对比中，他已经抓住了问题的实质并将它上升为一种持续的、富有诗意的象征。这一切或许只能在现场才能感受得到。但问题是，在哪里他才能看到所谓的出现和消失呢？它是不是人类的声音呢？这声音难道没有告诉他地球已经经历过好几代人的声音了吗？

“所有这些都是没中断过的、最完整最真实的艺术。在分布着低语声的边境线上，它被不止一次地谈论着，它的样式或来自浑然天成，或来自最深处的真挚，或来自陆地上的贫瘠。Y先生把朗诵夹杂在他的演奏中。他听到了法语音节的摩擦声。然后，他被装进了带着香味的信封里。在低沉的声音里，他被要求忘记其他一切事情，而这只不过是表演他应该表演的内容而已。并且，这个过程不能被打断——但是，这似乎并不是他想要的。

“然后，他站起来对人们宣布说，他们的爱已经感动了他，但这种爱还不够。换句话说，他们应该记得他们为什么会出现在拍卖会上，他们也应该记得他们为什么会聚集在这里。他说，他无法揭示他们到来的真正原因。因为他们会再次阻止他这样做的，就像他们之前多次做过的那样。他们会建议他采取另外的方法、另外的形式去获得援助。这些新形式极有可能是更为慷慨的方式。但是，这样的方式又注定是不完整的。更为重要的是，这些方式必然不是他心里已经想好的那种方式。在巨大的争议声中，他的价值没法被标明。他的价值既无法被印刷出来的，也无法被明确地标出来。所以，为了能被拿出来做交换，他必须把自己看成一件商品，而大家要做的就是帮助他实现这一点。或许，大家会觉得他现在所做的只不过是在实践一个荒诞的想法，他早晚都会后悔的；或许，根本就没有人能投入地听 Y 先生把话说完；或许，他们只不过是听听而已。如果他们听完了，那么就让他们投票吧，哪怕是盲目的投票。Y 先生开始重新演奏和朗读。在这期间，数字的爆裂声发生在朋友们那闲散的双手和喉咙间。继而，灼热的甘油引起的沙哑声也冲进了人们的耳朵。在令人冒汗的、无与伦比的最后冲刺中，在经过将近二十分钟的疯狂竞标后，Y 先生落到了某个人的手中。自然，他是大量竞标者中最真诚的一个，他有着最严格的做事准则，他还是一位享有盛誉的慈善家。这个人让 Y 先生最终尝到了自由的滋味，当然，这件事不是立刻发生的，也不是发生在那个晚上。”

五

不得不说，这并不是萨拉日最初的草稿。他自己没能在当场就完成它，一些在他脑海中想到的内容并没有及时落在纸上。其实，他只是在细细盘算着一场城市暴乱的景象。直到弗列森夫人带着香气和愤怒冲进屋子里，他的盘算才停下来。哈利带着一脸的不情愿，慢吞吞地跟在弗列森夫人后面。很明显，即将到来的闲言碎语会使他感到无比窘迫。

在他的情节中，萨拉日是这样假设的。在第三天，用我们的话说，就是在交易后，一场关于精确表述的重要谈话在慈善家和他拍到的商品之间如期发生了。他决定，要先将 Y 先生留宿，然后再用极为豪华的招待令他感到筋疲力尽。而他自己，也就是那位富裕的赞助人，却再也无法忍受由担心而产生的焦虑了。他不知道怎样才能将他物尽其用。他想让 Y 先生去世界的两极，而 Y 先生显然会拒绝这样做。在这场谈话发生的那个晚上，一个消息传遍了这个刚刚发生过暴乱的城市。那场暴乱是以暴力行为开始的，暴力行为就发生在

Y先生散布钱财的那个地方。这消息使双方都感到很失望,而Y先生则尤其沮丧。在那场赢得了如此广泛恶名的暴力行动中,他探测到了一种对于过去的回归,同时,他期待奇迹般的更新。那应该是一个完整而不能逆转的复兴,等这一切都发生过以后,他就可以离开了。

“不,这令人太难以置信了,我几乎把我的伞弄坏了。”弗列森夫人郑重其事地宣布道,“但是,天啊,这和你有什么关系呢?你生病了吗?我可是好好的呢。等一下,哈利,你应该马上上床睡觉去。马上!威亚,用伏特加把他擦干净。我们明天再谈吧。现在,再揉鼻子已经没有意义了,你该早点想想它的味道。去吧,哈利。亲爱的,注意你的脚后跟,那里很重要。别忘了再用松节油擦擦他的前胸。明天早上就会有好话说给你们听了。给你,还有给莱文蒂·尼克奇的东西。记住,阿里尔德夫人将会是第一个做报告的人。”

“她做了什么?”萨拉日问道。

“我不想在他们都在场的时候提这些。一开始我什么也没注意到。别生气。你有什么麻烦吗?是和这个家庭有关的事么?”

“请允许我打断一下。请问这位女士怎么惹您不高兴了?”

“哪位女士?我什么也不明白。你的脸红了!啊哈,那就是了。那么,那么,好吧,好吧。是的,那就是了。那是关于我的侍女的事。从今天早晨开始,她就没在这间屋子里出现过。她把整个屋里的活全都留给其他仆人了,其他人至少能在傍晚的时候想到这些活儿。”

“那么,阿里尔德夫人呢?”

“但是,这样做真的不合适。我怎么知道阿里尔德夫人在哪里?我该怎样处置这个夜晚呢?这就是我停在这里的原因。可以的,苏格·奥斯波维奇。我得问问你。亲爱的,看着哈利,让他明天早上收拾好他的玩具和教科书,让他尽量收拾得好一些。当然,你也可以在事后收拾一下那些没放好的东西,这也是你工作的一部分。我感觉你想问亚麻布和其它一些事。那些事由威亚负责，你就别管了。我觉得，孩子有时会给人一种不够独立的假象。有时，仅仅凭借外观和表象，有益的作用就可以通过习惯发挥出来。我会喜欢你的，倘若你肯在他身上多花费些精力的话。在你的地儿，我会把灯开得小一点。请允许我这样做。好了，就这样。你不觉得很好吗？是不是确实比你处理它的方式好一些？我恐怕要感冒了。我们后天就走。晚安！”

某一天，也就是萨拉日对阿里尔德夫人刚有些了解的时候，萨拉日和她讨论起了莫斯科。他顺便检查了一下她对那座城市的了解程度。克里姆林宫她是充分了解过的，可是除此之外，她就没再提过其他地名了。在那些少量的地名中，他只记得两处：萨多瓦娅·昆沙卡亚和车尔尼雪夫斯基大街。除非迷了路，阿里尔德夫人的选择余地就像她的记忆那样贫乏、有限。现在，他几乎能确定，阿里尔德夫人是在萨多瓦娅过的夜了。对此他深信不疑。在这样的时刻，找到她几乎是不可能的。大街是如此地繁华，而萨拉日连“她在哪里”、“在谁的公寓里”这样基本的信息都没有。车尔尼雪夫斯基大街就是另外一回事了。但是，可以肯定的是，她不会在那儿。那些无望的渴望曾经像一条狗一样跑在他面前的人行道上。它努力挣脱，想把他拖到后面去。他能想像得到，活生生的阿里尔德夫人正带着对于自由的渴望，待在那些由她自己的渴望建造的建筑物里——这是多么强烈的想法啊。他肯定能找到她，但是他又确信自己肯定会失败。他匆匆忙忙地用自己的眼睛去检测这种漫无目的的搜索的可行性。他正处在这样的情境下：比起总是心如止水，他更愿意他那最坚硬、最敏感的心不断地被啃噬。

这是一个典型的冷得刺骨的早晨。天空阴云密布，下了一夜的雨刚刚停下。人们每走一步，杨树就会闪起银色的光芒，如同点燃了几近黑灰色的、湿透了的花岗岩一般。灰色的天空中飞扬着乳白色的树叶。落叶使人行道变得斑斑点点，那里看上去就像是散满了撕碎的票据和坚硬的碎屑。在暴风雨离开之前，这些树就已经检验过暴风雨过后的效果了。地面上留下来的则是它们那灰色的像双手一样的枝杈。绞成一团的早晨竟充满了如此多的惊喜。

星期天，阿里尔德夫人经常去参加圣公会教堂的志愿活动。萨拉日想起来，她曾经告诉过他，她的一个朋友就住在教堂附近的某个地方。根据她的描述，萨拉日把自己带到了教堂对面的某个位置上。

牧师正处于睡梦中，他家的窗户敞开着。萨拉日用空洞的目光看着它们。他的心迅速地挑中了其中的一小片景色，并把周围建筑物上的那些潮湿砖头和树上最湿润的叶子吞没了进去。他用同样忧虑的神情瞥了一眼吱嘎作响的空气。空气似乎并未在意人们肺部的承受能力，它钻进萨拉日身体里某个未知的角落里去了。

为了不引起别人的怀疑，萨拉日总是不时地溜达到大街上去，而且，他走得越远越好。突然响起的两种声音打断了睡着的安静，它们是萨拉日的脚步声和附近某种机器的轰鸣声。确切地说，那是旋转的机器在印刷《俄罗斯世界》的声音。萨拉日的内心被深深地挫伤了，他将要获得的财富让他感到无法呼吸，但是他又不得不继续吸着冷气。

他的感受在向无穷无尽的地方延伸着。无疑，这股力量的源头就是他对于文学的热情。这种热情是他天生就有的，换句话说，这就是文学天赋。谢天谢地，这种天赋让萨拉日一看到某种景象，脑子里就会不由自主地泛起修饰、隐喻和一些无法解释的神秘修辞。整条街道被昏暗笼罩，它们变得和阿里尔德夫人一样了。萨拉日并不觉得孤单，这一点他心里很清楚。对于某人来说，她甚至都还没有经历过所谓的“孤独”吧。此刻，萨拉日感觉到了一种变本加厉的空旷和细腻。但是，这种感觉很快就在朋友(或者叫前任者)的帮助下被终结了。他看到，在阿里尔德夫人最初出现的这座城市里，清晨是多么地令人痛苦。这种像超人一样的品质对她是多么大的消耗啊。萨拉日在场的时候,她轻声奉承他,看来,她不再需要他的帮助了。他渴望见到真正的阿里尔德夫人。在那些最简洁、最壮丽和最珍贵的不经意中,他静静地看着。她像冰块堆积的高塔一样被缠绕在杨树林里,她被云卷进去了。然后,她又被缓缓地吹出了那哥特式的高塔。那淡紫色的、非俄罗斯式的砖像是被烧过一样。它们像是进口来的,萨拉日觉得它们应该来自苏格兰。

一个穿着大衣、戴着柔软帽子的男人出现在报社里。他没有回头,而是径直走向了尼克茨卡亚大街。为了不引起别人的怀疑,他没有往后看。萨拉日穿过报社的人行道来到带有苏格兰风格的那条大街上。然后,他又向特沃卡亚大街的方向逛去了。在距离教堂约二十米远的地方,他看见阿里尔德夫人正坐在一间小屋子里。就在同一时刻,她走向了窗边。他们彼此都有些震惊。缓过神来以后,他们开始用一种平静的声音交谈,那声音低得就好像是有睡着的人在场一样。他们之所以如此小声,是因为阿里尔德夫人的朋友也在那里。萨拉日站在人行道的中间,他们两人在彼此的耳边轻声细语,那样子就如同他们不想惊扰到这座城市一般。

"我听到有人在街上来来回回地走,这声音持续了很长时间。开始,我还以为是那些晚上睡不着的人发出来的声响呢。"阿里尔德夫人告诉萨拉日说,"我忽然想到那有可能是你。为什么不到屋子里来呢?"

停放车辆的过道从一边颠簸到另一边,看上去没有尽头。新漆过的门紧紧地关着,过路人竟然在门栅栏那儿睡着了。春天正在恢复之中。火车的隆隆声减弱了,车厢就像是一把由铁铸成的、奢侈的、被狠狠敲打过的保护伞一样。

"保护伞"的边缘舒适而轻盈地抖动着,这使人想到了复活节上的煎蛋。一个胖嘟嘟的乘务长穿着靴子和宽松的短裤滚下了过道，他头上的圆帽子和挎带上的哨子轻轻地摇晃着。由于还穿着冬天的制服，他浑身大汗淋漓。为了能让自己走起路来更舒服一些，他调了一下那过紧的夹鼻眼镜。使人惊奇的是，大把的汗珠瞬间就布满了他的整张脸。它们分散在他那张大脸上，使它看上去像极了一片瑞士奶酪。如果他注意到萨拉日在马车上的位置已经不同于往日，那么他一定会用胳膊肘碰他一下的。当然，他或许还会用其它的方式让他想起来某些可能已经被忘却的东西。萨拉日正用胳膊肘抵着那扇低矮的窗户假寐。他打着哈欠从半睡半醒中醒过来。他一边称赞着眼前的风景，一边揉着眼睛。他把头伸出窗外，高唱着阿里尔德夫人曾经唱过的那些旋律，但是没有人能听到他痛苦的吼叫声。每当火车走出弧线行驶到直线上的时候，周围的空气便会优雅地静止下来，立即占据了整个过道。在最后一节车厢和那里的卫生间里，那些不守规矩的车门正张开它们的双翼奔向提速带来的呼啸声中。这感觉棒极了。人们不但能够见证一次飞翔，而且还能产生这样的错觉：大家觉得自己仿佛也是一只奋力飞行的小鸟，一只心中回响着舒曼那技巧精湛的演奏的小鸟。

吸引萨拉日走出车厢的其实不仅仅是温度。和弗列森一家人在一起让他觉得不舒服，要让他们受损的关系恢复到原先正常的状态或许还需要一周、二周或者更多的时间。在关系恶化时，他责备玛格丽特·奥特诺娃的时候最少。他承认，如果他是她的继子，如果她对他缺少应有的宽容和纵容，那么，她应该有理由对他们离开以前的骚动感到绝望。

她最后一次训斥人是在夜里。在离开的那一天，他本来可以整整一天都不出现的。这令萨拉日非常愉快，因为他完全知道第二天早上整栋房子将会被一种什么样的嘈杂统治。

“百叶窗！”有人出人意料地惊叫道。叶格会奇迹般地让自己冒出来。他像一个大活人一样迈过几个草垫。“百叶窗，你为什么不……”

“百叶窗怎么了？”

“那是什么？你这个傻瓜！你们准备把它们留在这儿吗？你们是不是就是这么想的？”

“这有什么不对吗？”

“你已经把它外面的灰敲打干净了吗？”

“但愿外面的雨能把你湿透了，莱文蒂。让我安静一会！”

“威亚，亲爱的，这并不是短期旅行。你知道的。”

……

但最后，是魔鬼把她——阿里尔德夫人——带走了。他当然会难过的。哪怕是为了一个无谓地引起了他极大兴趣的女人，他也会感到难过的。当大镰刀砍向岩石的时候，他该做些什么呢？如果这真的发生了，一切又是另外一种样子了。人们会用恰当的方式来处理这一切的。在来自布列扬基站的545号列车上，他已经在与她道过别了。就这样了，他能把这些事处理好。没有哪个神灵能知道他去了哪里。每个人都觉得，这是一个真实的人、一个有适当的自尊的人。不过，这又显得有点过时了，现在一切都不一样了。他应该让自己停下来。你看，他们几个小时的盘问并没有让他感觉到不自然。他们满怀着好奇心似乎只想看看他是不是适应、是不是习惯这样的盘问。好吧，对于这些好奇的人你还能怎么办呢？打发他们走吗？……不要打扰他们，女士，这可不是一个好方法。我自己能把这些事摆平。但是……哦，魔鬼会把那些变了质的原料带走的。接下来的事就是如何处理它们了。我叫你用一根绳子。我是不是跟你说过？周围还这么混乱，你怎么能解雇他呢？发生的事情都是再清楚不过的了。他的薪水可不是闹着玩的，工作也不是可以随随便便对待的。应该物有所值。在他看来，一种新的、颓废的表达方式可能已经被创造出来了，那就是所谓的“去经历”。然而，在“去经历”或者说把某人的秘密暴露在外部的检查被完成的过程中，它很有可能披着一种看似非常人性化，实则不然的外衣。同时，在萨拉日看来，在随后的清晨里，他显然是在与一个无法辨认且不合时宜的人面对面。他是一个消极的基督徒。如果有人严肃地提议，他会用头把钉子钉进盒子里。但令人感到悲哀的是，这一家人别无他求，除了一件事之外。当然，这并不是一个得体家庭的家庭教师应该履行的职责……现在，他们正在旅行，而他也正和他们在一起。他为什么要和他们在一起？怎么解雇他才好呢？

在图拉，从火车进站的那一刻起，他们就开始想念那些交通工具了。令人感到害怕的是，他们看到他们的火车沿着去卡鲁戈的方向开去了。然后，火车在拐角处消失了。那一晚真的很可怕……但他们也因为那十个小时的折磨而获得了意外的奖励。大约一个小时以前，一列长途快车穿过了图拉。也就是说，这列车正从他们下车的地方路过，他们现在就被安顿在里面，这里面比他们本该乘坐的那班火车要舒服得多。安东·卡洛维奇和哈利正在睡觉，但是他们——可怜的家伙们，只睡了二十分钟就被叫醒了。

乘务长总是一而再再而三地出现。现在，他找到了一个合他口味的行李箱。陆地上的景色的确令人震撼。比如说，此时，又乱又脏的火车漂浮在全速冻结起来的冰面上，就像是躺在宽广的拱门上一样。火车突然调头转向，那气势仿佛能把沙子都点燃了。与此同时，在堤岸的另一侧，巨大而蜿蜒的庄园正远离着倾泻而下的大草地，就像是无所事事地飘浮在颤抖的小土丘上一样。在距离罗科沃不到十五公里的时候，你就已经能感到自己身处罗科沃了。庄园大宅上闪着白光，公园的栅栏则被小山丘那锯齿状的缺口压垮了。山上看上去像是放了一个没有搭紧的项链，眼前的景象都跟他曾经听说过的一样，它们简直就是那些传说中的景象的一个副本。公园里有许多银色的杨树。“这些树是多么可爱啊！”萨拉日低语着，然后闭上了眼睛。他让他的头发暴露在即将到来的、奔驰的风中。

那么，这就可以解释人为什么需要“幸福”这个字眼了。虽然人们极少谈论它，虽然他几乎没能分担她的担忧，虽然他没能帮助她为这次旅行做些准备，虽然他们本该经历其他一些东西，一些令他们更加亲近的东西……然而，他们却没能更加亲密。世上所有的事情都能被理解了，世上再也没有剩下值得去争取的事情了，世上剩下的事情无非就是“活着”。也就是说，某人用双手切碎了一切的心有灵犀，然后，她又在那碎片上面尽情地打滚。而现在，世间剩下的无非就是取悦，就像它曾经取悦过他们一样，铁轨内的那些东西正在他们的周围铺开，并展露出它们的面貌和价值。多么幸福啊！

多么幸运啊，她曾经提到了她的家人。如果这一切都不曾发生，其实也非常合情合理。受苦的人啊，他们对于家谱的价值和它的尊贵性知之甚详。而在其他时间里，他们谈论的都是关于她那不幸的父亲的事情（他的父亲也是一个受苦人的显著例子）。这有点出人意料。现在，萨拉日知道她那广博的知识是从哪里获得的了。正因此，她的心理年龄看上去要比实际年龄大两倍。而且，她看上去要比同龄人清苦十倍。这些都是遗传的。这也阐明了一件事，那就是她为什么能对一切苦难都表现得那么平静、那么娴熟。她没有必要为自己感到惊讶，也没有必要否认她在这方面的天赋。在她结婚之前，她就已经拥有这些品质了，而且这一点人尽皆知。

她的祖先具有苏格兰人的血统。在那些错综复杂的血统关系中，玛丽·斯图尔特的名字也被提到了。而现在，萨拉日不由得觉得，这个特殊的名字已经被丢失在车尔尼斯基大街，丢失在某个多云的早晨里了。

最后，严肃的乘务长用手肘碰了碰那位像聋子一样的旅客。他提醒他及其同行的旅客,他们要在下一站下车了。

在这条路上,人们从一个地方转移到了另一个地方。人们已经走到了夏天的尽头。那个夏天,生命看上去仍旧关注个体;那个夏天,爱比恨更容易、更自然。

萨拉日拉了拉自己。他烦躁不安,他开始不受控制地打起哈欠来。突然,一切都停下来了。他警觉地把自己从手肘上抬起来,同时又郑重而迅速地审视着自己。街灯的倒影在地板上飞溅起来。"冬天,"他立马想到,"这是我在娜塔莎位于奥斯列的家里做的第一个梦。"幸运的是,没有人注意到他醒了过来。而且,哈哈,或许一些别的什么东西还没有被他忘记。他梦到了一些没有成形的东西。管它是些什么东西呢,它们只是让他感到头痛。更明显的是,当他注意到它们的时候,这些东西竟有了名字。"列莫克。"它被这样叫着。但是,这是什么意思呢?有一件事是肯定的:他必须起床了。他想吃鱼,他希望他还没有错过客人吃饭的时间。

一分钟以后,他就已经被淹没在姐夫带来的拥抱里了。萨拉日闻到了一股强烈的碘酒味。当姐夫急急忙忙地张开双臂欢迎萨拉日的时候,他的手里还攥着一个打开的罐头盒。助听器从他的口袋里露出头来,从某种程度上说,它毁了他们之间那个本该更甜蜜些的拥抱。而且,很显然,打开的罐头盒也无法再用先前的技术复原了,它已经变得有些蹩脚了呢。意外并且经过人工提纯的质疑洒在罐头盒的周围。萨拉日站在那里,他感到又开心又困惑。为什么一个人可以装成傻瓜而另外一个人不用装就天生是一个傻瓜呢?显然,他们并不是真心喜欢彼此。

桌子上整整齐齐地站着一排充满活力的伏特加杯子,它们就像是刚刚醒过来一样。不时变换的风中,各种点心不停地撞击着,这令人感到眼睛发热。在它们的上面,立着一个黑色的红酒瓶,它像指挥家一样站在那里,随时准备冲出去,这样,它就可以对着随之而来的笑料和双关语做出一个振聋发聩的、表示友好的示意了。这场面令人印象深刻的地方在于,出售酒水在当地是被禁止的,其实在整个俄罗斯都是这样。但是很显然,酒厂仍按照自己的方式生存着,宛如一个自治的共和国。

现在已经很晚了,然而,本该睡着的孩子们仍旧没有回到床上。

整间屋子就像是在白兰地酒里游泳一样。是不是光线和家具产生的错觉呢?地板如同被松香抛过光一般。他觉得,他那双打滑的双脚踩着的东西并不是打满石蜡的地板,他的双脚像是被脏乎乎的头发粘住了一般。所有带切面的东西、任何光线的流动都被炽热的、黄色的陈设淹没了。一股柠檬色的热情在四周涌动着。"是卡拉莲桦木。你认为呢?"不知出于什么原因,卡利亚津说谎般地说道。萨拉日当然也含有这种热情,他觉得,这栋闪着刺目的光芒的房子应该出现在暴躁的、白蓝相间的夜晚。仅用了一分钟,火盆里就被重新填满了微小的煤粒,那些煤粒在雪堆中熊熊燃烧着。

"啊哈,那里可真冷啊!我真高兴。"站在折起的窗帘后面,萨拉日一边出神地盯着黑暗,一边解说道。

"啊,是的,真是冰冷。"姐夫一边哼哼着,一边用手帕擦着他那粘了琥珀色酱汁的手指。

"我没有靴子。我忘记把它们带过来了,或者,我干脆就忘记买了。"

"那很好解决,你可以把它们带这儿来。我们谈些什么呢?开始祈祷吧。可以说,某某在这里,可以说……来点尼曼鱼,西伯利亚鱼,还有马克酥。听到了吗,兄弟?没有?好吧,我知道你没听到。"

萨拉日的内心变得越来越明亮。很难说清他为什么没有照着他的话去做。一种模糊的、困惑的脚步声开始在过道里回荡。有三个人正在脱他们的外套。很快,他们就走进了餐厅里。由于严寒,他们面红耳赤。他们是娜塔莎、一个萨拉日不认识的女孩,以及一个嘴唇干裂、表情却十分坚定和警觉的男人。萨拉日冲到卡利亚津前面去跟这个男人见面。他十分激动地、几近兴奋地迎接他,他甚至有点焦虑不安了。随后,所有的愉快氛围都从他的身边溜走了。他在第一时间认出了这个男人,他在面对着某样又高大又陌生的东西,这种东西令萨拉日被从头到脚地看扁了。这就是典型的男子气,这是最平庸、最可怕的一种精神气质。

"那么,你的兄弟怎么样了?"萨拉日一开始就乱了套。继而,他停了下来。

"他还活着呢,"列莫克说道,"他的脚受伤了,他在我那儿疗养呢。估计我能把他安顿在家里。很高兴见到你。你好吗？佩夫佩洛维奇?"

"想像一下吧,"萨拉日心烦意乱地嘀咕着,"或许是出于军事上的原因,他已经被他们藏起来了。没人觉得这是所谓的动员,每个人都觉得这其实是军事调遣。很抱歉,我不知道他们管这种训练手段叫什么。无论如何,我们都觉得这不过是常规的演习。但是,他们已经被转移到前线去了。简单说吧。两年前的那个夏天,我在七月份的时候见到过他。想像一下吧。他们被驳船派遣出去。在夜里,他们停泊在我被雇用的那个庄园的附近,那时正是宣战的前两天。后来,我们只能两人一组进行编队了。你明白吗?"

"是的。我知道你和我的兄弟谈了些什么,他都告诉过我了。"

但是,有一点萨拉日始终不肯承认。在他们见面的那个夜晚,他再一次把问列莫克的名字这件事给忘记了。

珍尼亚的少年时代

漫长的岁月

一

珍尼亚·柳韦尔斯生在波姆市，长在波姆市。后来，她的关于往事的那些记忆就都被淹没在那些粗糙的熊皮堆里了，这些熊皮曾经塞满柳韦尔斯的屋子。往事、熊皮还有她当年的那些玩具娃娃，现在都已被忘得一干二净。柳韦尔斯的父亲曾是柳尼夫矿务公司的主管，丘索瓦亚的制造商中有很多都是他的客户。

这些熊皮是别人送来的，呈深褐色，看上去非常奢华。在儿童房间里，那张白色的母熊皮看上去就像一朵巨大的、掉落了花瓣的菊花，它是专为珍尼亚的房间准备的。它先是经历了精挑细选，然后在商店内被长时间地讨价还价，之后才被人付款买走。最后，它走过很远很远的路，终于被寄送到了这里。

夏天，他们住在乡下的房子里。这所房子位于比卡玛河还要远的地方。那时，珍尼亚通常很早就上床睡觉了，因此，她根本无法看到莫特维里卡的灯火。但是这一次，情况有些不同。一只安格拉猫被什么东西吓了一跳，从睡梦中被惊醒。与此同时，这声音也惊醒了睡着的珍尼亚。珍尼亚看到了阳台上的那些成年人，也看到了挂在栏杆上的桦木。这些桦木又厚又粗，黑得像墨水，上面还闪着五颜六色的光。珍尼亚还看到,玻璃杯里的茶是红色的,人们的袖口和桌上的卡片是黄色的,而桌布则是绿色的,看上去就像是梦魇中的景象。

但是,想彻底弄清楚河的对岸正在发生着什么显然不大可能。它既没有名字,也没有能被明确分辨的颜色或者清晰的轮廓。对于珍尼亚来说,它的跳动让人觉得又熟悉又亲切。而且,它看上去也不再像是梦魇了。它既不在团团烟雾里面低语或翻滚,也没有把新鲜的、微风扫过的阴影投射到微红的廊台柱子上。珍尼亚开始哭了。父亲走了进来,他开始向珍尼亚解释眼前的这一切是怎么回事。英语女教师则把身子转向了墙壁。父亲的解释非常简短:“那是莫特维里卡。你应该感到羞耻,像你这么大的姑娘——哦,你还是先睡吧。”女孩没有听明白。她心满意足地咽下了快要掉下的眼泪。她只知道一件事,那就是,她听到了一个她以前不曾听说过的名字——莫特维里卡,这就足以解释那一晚发生的所有事情了。整个晚上,这个名字完完全全占据了孩子的心,更重要的是,这个名字还有一种安慰人心的功效。

第二天早上,珍尼亚又开始问一些关于莫特维里卡的问题。诸如,什么是莫特维里卡,那里发生了什么。她听说,莫特维里卡是一家工厂,而且还是一家隶属于政府的工厂。它先生产出铸件,然后再由铸件生成新的铸件……但是,这些都已经无法引起她的兴趣了。她想知道的是,某个特殊的区域是不是也叫做工厂,住在那里面的人又是谁。不过,她并没有问这些问题。出于某种原因,她下意识地隐藏了这些疑问。

从那天早上开始,珍尼亚就不再是先前的那个小孩子了。一种别样的感觉有生以来第一次出现在她的身上:在这世上,有些事情的真相是被人们隐藏着的,只有那些会叫喊、会惩罚别人、会抽烟以及会用钥匙锁门的人才知道如何才能把它们揭示出来。有生以来,她第一次没有说出自己的全部想法。她把最重要、最想知道和最令人不安的那些疑问深深地隐藏在了自己的心中。

时间一年一年地过去。从出生起,他们就习惯了这样的现实:父亲经常会在他们的生活中缺席。在他们眼中,父亲是这样的人:他很少跟他们一起吃午饭,而且绝对不会和他们共进晚餐。他们往往边吃饭边吵架。他们在没有人住的房子里边吃东西边喝酒,直至喝到烂醉。那位不冷不热的英文教师根本无法代替母亲管教他们。他们的母亲就像我们熟悉的电一样,能让屋子里充满她的热情,也能带来由她那顽固的性格造成的、又甜蜜又痛苦的氛围。在安静的北方,日子一天天地穿过窗帘,宛若溪流。当然,它并没有时时露出微笑。橡木做的橱柜长出了灰色的头发,银质的餐具严肃而又沉重地堆在一起。在泡过薰衣草的水里洗过澡以后,英语老师开始布置餐桌。她很公平,不会让任何人少得。而且,她总是那样有耐心。对她而言,保持公正的心态就像保持她的房间、她的书永远整洁一样寻常。仆人带来了一道正餐,当他在餐厅内等候的时候,英语老师则会走进厨房里去取另一道菜。她带着优雅做每一件事,她做的每一件事都能让人感觉到舒适,即使空气中不时弥漫着一些可怕的伤感。

同时,女孩也正经历着这样的年纪:她时常感到困惑和孤独,有一种负罪感。她发现,有些情况无法用基督教义来命名,只能用法语中的“基督主义”来表示。有时她会觉得,堕落和不知忏悔的态度无法让事情变得更好,但一切却又本该如此。但是,孩子们却永远也无法意识到,他们所拥有的一切其实也都处在战栗和彷徨中。父母在家时,他们完全被父母对待他们的态度弄糊涂了。在孩子们看来,他们的父母只是走进了房子里,而不是回到家里。

父亲偶尔讲讲的笑话渐渐变得忧伤和不切题。他自己也感觉到了这一点,更重要的是,他知道孩子们也深邃地洞察到了这一点。他的脸上永远带着悲伤而尴尬的表情。当他发脾气的时候,他会完全变成另外一个人。当他失控的时候,他看起来是那样陌生。陌生人是无法唤醒孩子们的温暖感的。即便如此，孩子们也不会用粗鲁的方式回答他，他们只会把无声的批评藏在心底。

但是，不知从什么时候开始，他觉察不到孩子们的那些无声的批评了。以前，这些批评不是来自孩子们的房间，就是来自孩子们的眼中。可现在，他已经无法觉察到这些了。这是一位不易受到伤害的、令人无法辨认的、有点可怜的父亲，他使人感到害怕。但是，他又不像是暴躁的父亲。现在，他好像变成了一个陌生人。他的这种处事方式更多地影响到了女儿，而他们的母亲则令儿子和女儿同时感到费解。

她总是尽情地爱抚着他们，送给他们礼物。她常常在他们最不希望她出现的时候出现，把大把大把的时间倾注在他们身上。这让孩子们倍感压抑，因为他们觉得，自己其实并不值得被这样对待。此外，出于本能和任性，母亲给他们起了很多亲切的昵称，这些昵称甚至令他们有些认不出自己了。

当稀少而清澈的平静在他们心中浮出的时候，当他们觉得自己没有犯什么过错的时候，当那些出皮疹前的发热症状出现的时候，当那些害怕被人们发现的秘密离开他们的时候，他们经常把母亲看成是一个忽略他们内心感受的陌生人。而且，她还经常莫名其妙地生气。邮差来了。他们把信转交到了母亲的手里。她接过信，没有说任何道谢的话。“回你们自己的房间去。”门砰的一声关上了。他们垂着脑袋，无声无息地出去了。同时，他们又不得不臣服在那长期的迷惑和好奇之中。

一开始，他们可能会哭，到了后来，他们就开始感到害怕了。这个转折发生在那次激烈的争吵之后。随着时间的流逝，他们的恐惧渐渐变成了缓缓燃烧着的憎恨，并且这憎恨开始在他们的心中生根。

远方的父母对孩子们施加的任何影响都是那么地恰不逢时。这些影响并不来自于他们自身，而是来自于某种外在的原因。因为有距离感，他们变得神秘而又有声有色。这感觉就如同在人们熟睡的晚上不明的嚎叫声突然响了起来。

这就是孩子们成长的环境。他们并没有意识到这一点；即使在成年人当中，也只有极少数的人能够意识到这一点。这一切究竟能带来什么，形成什么，只有极少数的人能把这一切联系在一起。生活几乎无法告诉我们这样的环境究竟对她产生了什么样的影响。她是如此热烈地爱着自己的生活。当她说起自己的工作的时候，她只和那些愿意祝她成功的人交流，只愿意和那些羡慕她的人交流。没有人能帮她，也没有人能让她感到困惑。怎样才能让她感到困惑呢？如果你负责照料一棵小树，却任其自生自灭，那么它就会长满张牙舞爪的树枝。要么它只长根，要么它集中全力只长一片叶子。它会放弃成千上万件可以制造的东西，而只重复地制造着“同一样”东西。同时，它还会完全忘记普遍的生长规律，而那才是它应当遵从的规律。

为了不让他在精神上出现旁逸斜出的枝杈，为了不让他的成长速度放缓，为了弥合他那狭隘的思维和他的不朽的本质之间的缝隙，成千上万种方法被创造出来了。这些方法能使他的生活远离那些庸俗的好奇心，然而，人们却不能指望这些方法能产生多少实效。况且，已有的效力也在尽可能地离他远去……在令人尊敬的宗教、所有的公序良俗和所有的偏见中，最有趣、最光芒万丈的就是心理学了。

孩子们已经走出了他们的婴儿期。惩罚，报应，奖励，公正，这些概念已经深入他们的灵魂，正在转变着他们感知世界的方式，而他们也被赋予了这种能力，即通过必要的、重要的和美好的事情去感知它们。

二

柳韦尔斯太太不时对孩子们滥用无缘无故的温柔，而霍桑小姐是绝对不会这样做的。她因为一件一点都不重要的事对霍桑小姐说了许多尖刻的话，女教师，即霍桑小姐，因此而离开了。没过多久，她的位置就被一位病怏怏的法国女人取代了。她看上去就像患了肺痨一样。对珍尼亚来说，这个法国女人就像一只苍蝇，没有人喜欢她，她的名字已经被忘记了。珍尼亚只记得，这位女教师曾经斥责过她，然后，她找来了一把剪刀，把熊皮上沾有血迹的地方统统剪掉了。

对珍尼亚来说，好像从那时起，每一个人都可以对她大喊大叫了。也是从那时起，她开始不断地感到头痛。她再也无法领会她最喜欢的那本书中的箴言了。书上的东西摆在她的眼前，但它们看上去却又愚蠢又令人迷惑，它们甚至像一本晚餐后看到的教科书一样乏味。

在不断遗忘“过去时”和“将来时”该如何转换的过程中，在沿着西伯利亚街和奥汉斯卡街散步的过程中，漫长的一天很快就结束了。珍尼亚也记不清了，她没有感受过一天到底有多长，她甚至没有关注过一天的长度。那是她生命中的第二个漫长的一天。当傍晚来临时，她正在一盏灯下读书。那个进展拖沓的故事激发了她数以千计的联想，都是些无用的联想。到了更晚些时候，她回忆起奥辛卡的房子，她觉得它一直保持着同一副样子。当第二个漫长的一天就要结束的时候，她看到了它那时的样子。那是一个仿佛长得没有尽头的一天，春天就在门外了。乌拉尔的春天总是病恹恹的，它似乎很难破土而出。然而此时，它却突然大面积地、蓬蓬勃勃地冲了出来。只用了一夜的时间，它就流进了狂暴的河流中。灯光只是让夜晚的空气看上去更加了无生气而已。它们不像是在发光，而是像坏了的果子一样从里向外膨胀。那明亮又浑浊的积水就快要把水肿的外皮撑破了。当然,那积水其实并不存在,可它们却又流得到处都是。它们或是流在桌子上,或是从有雕花的天花板上掉下来。女孩已经习惯在房间里看到它们了。相比起与春天的天空的复杂关系,灯光与房间的关系倒要简单得多。灯好像被带到了十分靠近地面的地方,近得如同病人床前供病人解渴的水。但它们的精神却神游在大街之上。外面的湿土里回响着女仆们的说话声。融雪的水滴越来越少,那水滴仿佛在一夜之间就能全部凝结起来。傍晚到了,灯光消失在了那里。这时,珍尼亚的父母都不在。在那个极为漫长的一天里,他们不在,后面的一天或许他们也不在。又或许,漫不经心的他们会忽然回来,这也说不定。

珍尼亚上床睡觉去了。她发现,出于同样的原因,这一天和以往一样地漫长。开始,她想用一把剪刀把衬裙和床单上那些不洁的地方剪掉,但随后,她想到了另一个办法,她决定用法国女老师的粉把那些污迹扑白。当她把粉盒拿在手里的时候,法国女教师刚好走了进来。她“啪”的一声打了她。“她在给自己搽粉,她只知道想着这些东西。现在,她什么都懂了。她很久以前就注意到它了。”珍尼亚哭了起来。因为她被打了,因为她被人骂了,因为她被激怒了。她知道那些罪名都是女教师强加给她的,她是无辜的,但她也为那些超出女老师想像的事情而感到内疚。对,就应该这样。她的感受力正在变得迟钝,但她的心里仍旧有一个强烈的念头,就连太阳穴和膝盖里都有这种念头:隐瞒这件事。虽然,她不知道该怎么做,也不知道为什么要这样做,但是她知道,无论如何都要把这件事瞒住,这很重要。每一次移动都伴随着关节的疼痛,那感觉就像是催眠的暗示突然被打断了一样。这种令人又痛苦又疲惫的暗示是从她的身体里产生的。而她的身体又向小姑娘隐瞒了这件事情的真正含义。她觉得这一切是有罪的,她认为这次流血是一次下流的、令人恶心的罪恶。

“撒谎的女人!”她只能不断地加以否认,并且固执地隐藏着那件事。在她看来,这件事比所有的坏事都要坏。她既像站在无知的羞愧中,又像站在丑闻和恶行的行列中。她颤抖着咬紧牙关。她强忍着泪水,紧贴墙站着。她只恨自己无法投身到卡马河中,那儿应该仍旧很冷吧,最后一批浮冰还漂浮在河面上呢。

女孩也好,女老师也罢,她们都没有听到门铃声。她们彼此激起的兴奋还堆积在黑褐色熊皮的沉默中。当她的母亲进来的时候,一切都太迟了。她发现了她那泪流满面的女儿,当然,她也发现了那位气得满脸通红的女教师。她需要一个解释。女教师粗暴地解释着。她没有称呼她“珍尼亚”,而是把她叫做“你的女儿”。她说,你的女儿都会给自己扑粉了。她发现了这事儿,而且她很早就有所察觉了。但是,母亲并没有让她把话说完。珍尼亚还不到十三岁,她脸上的恐惧应该不是装出来的。“珍尼亚,是你做的吗? ……天啊,你都干了些什么呀!”在那一瞬间,母亲好像觉得自己刚才说的话很高明。她好像很久以前就已经知道女儿正在变坏了,不仅如此,她还在堕落,而她只是没有想法子证实这一切罢了。现在,她的女儿无疑陷得更深了。“珍尼亚,告诉我真相。不然,事情会变得更糟的。你拿粉盒子去干什么?”柳韦尔斯夫人本来是要这样问的。但是,她说出来的话却是:“就是用这个东西?”然后,她抓过“这个东西”在空中挥动起来。“妈妈,别相信教师小姐说的话。我从来也没有——”说到这儿,她竟然大哭起来。但是,她的母亲却从眼泪背后听出了“邪恶”的音调。事实上,这种调子根本就不存在。她觉得她应该责备自己。她感到特别害怕。她想,她必须纠正这一切,虽然这有悖于母爱的天性,但事情已经上升到“教学方法和理性的处理方式”的层面了。她决定不再屈从于自己的怜悯之心。她决定再等一等,一直等到这些深深地伤害了她的眼泪流尽为止。

她坐在床上,用平静而空洞的眼神看着书架的边缘。她身上散发出名贵香水的味道。当孩子终于安静下来的时候,她开始继续质问她。珍尼亚的眼里贮满了泪水,她盯着窗外的地方,继续抽泣起来。外面,冰在下沉。当冰块下沉时,应该会有一阵剧烈的声响吧。一颗星星孤单地闪烁着,苍茫的天空漆黑一片。夜空冰冷、柔韧而又没有光泽。珍尼亚把目光从窗户上移开。从她母亲的声音中,她听出了不耐烦和威胁的口气。法国女老师带着满腔的育人精神,一脸严肃地站在墙前,她的一只手像副官一样放在手表链上。珍尼亚再次把目光转向星星和卡玛河。她决定了。虽然很冷,虽然有冰,但她还是跳下去了,当然是在想像中。她的话开始变得颠三倒四。她用不准确和糟糕的词汇,告诉了母亲整个事情的经过。母亲之所以会让她说完,只是因为女儿在承认整个事情的过程中加了许多的修饰语。女孩对这些修饰的热情令她感到震惊。其实,从她开口说第一句话开始,事情就已变得十分明了了。不,她从女孩讲述故事前深深咽下的那一口气中就已经洞察一切了。她带着痛苦的爱,带着对这个细小的身躯的柔情耐心地听着。她真想搂住女儿的脖子放声大哭,但是,她再一次想到了教育子女的方法论,所以她没有这样做。她从床上站起来,把被子拽过来,并把女儿叫到身边。她开始温柔而缓慢地抚摸着她的头。

“你是一个好孩子……”这话迫不及待地从她嘴里蹦了出来。她张扬地走到窗户前,背对着她们。珍尼亚没有看到女教师。透过含泪的眼睛,她看到她的母亲仿佛占据了整个房间。“谁铺床?”这话问得显然毫无意义。女孩打了一个冷战,她觉得很对不起格鲁沙。然后,一些不知是什么意思的熟悉的法语钻到了她的耳朵里,它们是被带着生气的语气说出来的。母亲继而用另一种截然不同的语调对她说:“珍尼亚,我的孩子,你先到餐厅里去,我马上就来。回头我就告诉你那间美丽的乡间别墅的事情。我们为你和你的父亲挑选了它,我们将用它来消夏。”

灯光又变得无比简洁了。那灯光是如此地温暖、热情而又忠诚，就跟冬天待在家里，和家人待在一起的时候一样。妈妈那件暗色的貂皮正在蓝色的毛纺桌布上有趣地跳来跳去。“赢了，就暂时留在布雷格特，直到受难周结束。除非……”其它的字就不好辨认了，因为电报的结尾被折起来了。珍尼亚疲倦而又兴奋地坐在长沙发的边上，端庄而又舒适地坐下来。后来，当她走在叶卡捷林娜堡的学校的走廊里时，她以同样端庄而舒适的姿势坐在了冰冷的黄色的长椅的边儿上。当然，那是六个月后的事情了。那时，她已经完成了俄语口语考试，在那次考试中，她获得了她所知道、她能得到的最高分。

第二天，她的妈妈告诉她在这种情况下她应该怎么做。她还说，这没什么。她也告诉她不必害怕，因为它还会再发生的。她没有说出任何名字，也没有做任何解释。她补充说，从今以后她会亲自管教女儿，因为她再也不会离开了。

那位法国女教师因为玩忽职守而被解雇了，她在这个家里只干了几个月。为她准备的马车被叫来了，当时，她正在下楼梯。她遇到了一位将要走上楼梯平台的医生，这位医生冷淡地回应了她的问候，连一句道别的话也没有跟她说，她猜他已经知道了事情的原委。她皱起眉头，耸了耸肩膀。

女仆正站在门口等候医生，而珍尼亚则站在前厅里。前厅里，嘈杂的脚步声和石板发出的回声比平时响得更加持久。当她日后回想起自己的青春期时，这声音是她永远挥之不去的记忆，它已经深深地印在她的脑海中了。刺耳的说话声回荡在清晨的街道上，它们先是在楼梯上放慢了速度，接着又欢快地渗入到了屋里面。那位法国女教师、女仆还有医生——两个有过失的人和一个知晓内情的人，正被阳光、清爽的空气和回荡的脚步声洗得干干净净，干净得就如同他们已经获得了一种非凡的免疫力一般。

暖暖的四月的太阳正发着光。“脚，碰到脚了。请擦擦脚。”这声音正回荡在明亮而空荡的走廊里，它从走廊的一头传到另一头。夏天，皮革会被收起来，房间立刻就变得干净了，一切看上去都已经大为改观。人们轻松而甜蜜地呼着气。那些长长的白天疲惫地拉长了自己的长度，仿佛没有尽头一般。在所有的角落里，在所有的房间里，在嵌在墙上的玻璃杯和镜子里，在盛满水的酒杯里，在花园蓝色的空气里，樱桃眯着眼睛，泛着泡沫的忍冬花嬉笑着，说着疯话。它们一边被打磨得发光发亮，一边情不自禁地不停地眨着眼睛。庭院里，无聊的谈话一天也不会停下来。他们宣布，黑夜已经被废黜。他们一整天都在不停地咽着口水，好像傍晚从此都不会再有了。他们还不让人睡觉。“脚，脚！”当他们进来的时候，人们就像突然燃烧起来一样。空气中充满着醉意，人们的耳朵里嗡嗡直响。他们无法听清别人在说什么。他们用尽可能快的速度把饭吃完，然后叮当乱响着挪开椅子，好像他们可以再次返回到这一天一样。这一天已经被储备着的傍晚鲁莽地打断了。逐渐干枯的树木发出短促的响声；蓝天闲聊着；大地油光闪闪，看上去像极了一片沼泽地；房间和院落之间的边界消失了；抹布却无法把所有的痕迹都抹掉；地板上盖了一层干燥而发亮的灰，它们正发出轻微的爆裂声。

她的父亲带来了糖果和一些奇妙的东西，家里的氛围顿时变得活跃起来。伴随着一阵清爽的响声，一堆小石头宣布它们已经从纸巾中冒出来了。随后，它们的颜色也显露了出来。当如白纱一般柔软的白纸被一层一层地剥下来的时候，它们变得越来越透明，有的像一滴杏仁奶露，有的像淡蓝色水彩画的水痕，有的则像发硬的奶酪的泪珠。它们有的灰暗，看上去像是在昏昏欲睡，因此也充满了梦境感。它们有的像是正在发光。这些小石头，就如同被冻住了的红心甜橙汁一样让人感到快乐。它们是如此地完美，真舍不得去碰它们啊。这些小石头就如一颗梅子藏着自己色泽丰润的汁水一般，那些包着它们的纸也包裹了它们的神秘。

父亲待孩子们异常温柔。他经常陪母亲进城。他们总是一起回来,看上去很幸福。重要的是,他们都非常地安静、和蔼可亲和心平气和。在某些古怪的时刻,他们的母亲会用一种开玩笑似的、责备的眼神盯着父亲的眼睛,而父亲那双又小又丑的眼睛却好像从中获得了无与伦比的平和,然后,她再用她那双又大又美的眼睛把这种平和传递给她的孩子们,当然也传递给她周围的其他人。

有一天,她的父母起得都很晚。他们突然决定带孩子到停泊在码头上的一艘汽轮上去吃午饭。没有人知道这是为什么。他们让谢廖沙尝了一口冷酒。他们是如此地高兴,以至于他们决定以后还要去汽轮上吃午饭。孩子们有点认不出他们了。发生什么事了吗?女孩子感到莫名其妙的快乐。对于她来说,生活仿佛永远都会像当时那样延续着。当他们听说这一年的夏天他们不会去乡村别墅时,他们并没有伤心难过。过了不多久,他们的父亲就走了。三个带着结实外箍的巨大的黄色旅行箱适时地出现在了他们家里。

三

火车是在深夜里开动的。一个月前,柳韦尔斯先生已经先行离开了。他来信说,公寓已经准备好了。几辆兹沃克马车一路小跑似的开去了车站。看到铺路石的颜色,他们就意识到他们已经离车站越来越近了。铺路石是黑色的,街灯在棕色的铁轨上晃动着。从高架桥上看过去,视野从卡玛河那儿开始变得开阔起来。下面,一条黑得如同烟炱一样的深沟呼啸着从脚下轰鸣而过,沉重的声音让人感到害怕。还好,它很快就迅速地开走了,像一道光一样。它战栗着,在小珠子一般的信号灯中间迅速地滑过,一直开到很远的地方。

起风了。房屋和围栏的轮廓像筛子上的草料一样被风吹到天上去。它们旋转着,它们的边缘在易碎的空气中被不停地打磨着。这里有股马铃薯的味道。一辆兹沃克马车从一排颠簸的篮子中,从前面密密麻麻的车尾中挤了出来。它开始超过他们。他们远远地就认出了那辆装着他们的行李的大马车。两辆车并排走着。尤里莎站在大马车上对着小姐们喊着些什么,但无论她说什么都无济于事,因为这些声音都被车轮发出的隆隆声淹没了。她哆嗦着,颠簸着,她的声音也颠簸着。

在这个奇幻之夜,在夹杂着隆隆声的漆黑的夜色中,在清新的空气中,女孩并没有觉察到任何悲伤的氛围,因为在远处还有一些神秘而且漆黑的东西。码头货仓里的那些光亮正在岸边、在船上摇晃着。城市如同被按在水中洗涤一般。后来,更多的灯光出现了,它们像失明的虫子一样,成群结队地、密密麻麻地涌上来。在柳比莫夫斯基码头上,淡蓝色的烟囱、仓库屋顶和甲板都清晰地呈现出来。在星空下,运货船开始了航行。“这里是个老鼠洞。”珍尼亚想。身穿白色工作服的搬运工把他们围了起来。谢廖沙是第一个从马车上跳下来的人。他向四周瞥了一眼,惊讶地发现,那架装着他们行李的大马车已经停在那儿了。马儿昂起它的头,它脖子上的套具也紧了起来。它像一只公鸡一样用后腿站立着,按着大马车的尾部开始往后退。一路上,谢廖沙一直在想:大马车会落在离他们多远的地方呢?

身穿白色制服的男孩站在那里,他好像已经陶醉于即将到来的旅行中了。对于他和妹妹来说,那次旅行充满了新奇的色彩。车库、火车头、岔轨、直达车……他们明白了这些词的含义,并且爱上了它们。他的妹妹对这一切也很感兴趣,不过,她用的却是自己的方式,这种方式显然有别于男孩子用的那些方式。男孩子们执着于对方法的总结,而这种执着也以“热烈”著称。

突然,他的母亲出现了,她就像是从地底下钻出来的一样。她命令仆人把孩子们送到自助餐厅那里。她骄傲地穿过人群,向那个被称作“站长”的人走去。这是她第一次尽可能大声地、尽可能使人害怕地叫起来。“站长”这个称谓经常在不同的地方、以多变的方式被提到，也经常在不同的人群中被提到。

他们开始打哈欠了。他们坐在一扇窗户前，窗户上落满了灰。它是如此古板、如此巨大，以至于他们有种身处研究玻璃瓶子的机构里的感觉，而且他们还是头上戴着帽子的那种人。女孩发现，玻璃后面并不是街道，而是一个房间。比起眼前这间尚可接受的房间，那里显得又严肃又阴沉。进入这个房间以后，蒸汽机渐渐就变慢了。后来，它逐渐停了下来。这个庞然大物同时带来了一片黑暗。当他们离开这个房间的时候，它看上去甚至都不像是一间屋子了。柱子的后面就是天空，柱子的另一边则是被裹起来的牧场和木屋子，有人在那儿走来走去。他们一直走到远处。或许，现在公鸡正在远处打鸣；或许，不久以前，搬水工人还曾在那儿留下过水坑。

这是一座位于省城的火车站，它没有首都那种灼热而闹腾的感觉。当一天中的好时段来临时，人们就聚集在一起；而当城市被夜晚覆盖的时候，人们便离开城市。这里有长长的等待和无边的静寂，这里还有睡在街上的游荡者们。他们带着猎犬、行李、粗布包装的机器以及没有任何包装的自行车。

孩子们睡在上层的卧铺上。男孩很快就睡着了。天开始发亮，火车还停在车站。女孩发现，车厢里是蓝色的，干净又冷清。渐渐地，她发现……她很快也睡着了。

他是一个胖子。他的眼睛看着报纸，身子却从一边晃到另一边。车厢里的所有东西都被淹没在晃动之中，就像阳光充满了车厢一样。珍尼亚懒洋洋地从上面仔细地打量着这个人。这个人想事情和看东西时，样子都十分特别。更重要的是，他虽然躺在床上，但他是完全清醒着的。他在等待,因为起床的决定还未按照它自己的规律到来。这规律十分清晰,不用任何辅助,他不必像做其它事情那样强迫自己。珍尼亚看着这个胖男人,想知道他是怎样走进他们所在的车厢的,他又是怎样来得及穿衣和洗脸的。她刚刚醒来,她不知道现在是几点钟。现在应该是早晨吧。她在观察他,而他却看不到她——她的上铺是倾斜着嵌在墙壁里的。他之所以看不见她,还因为他只是"偶尔"透过报纸往上,往边上,往周围瞥一眼,而当他把头抬向她的卧铺的方向的时候,他们的目光并没有相遇过,或者他只看到床垫或者什么别的东西……她赶紧把双腿掖好,她把它们藏到自己的身子下边,并且拉上已经松弛的长袜子。妈妈就坐在那边的角落里,她已经穿戴整齐,正在看一本书。在研究这个矮胖男人的眼睛的时候,珍尼亚条件反射式地做出了一个决定。谢廖沙并没有在她的下铺,那么他在哪里呢?她甜甜地打了一个哈欠,又伸了个懒腰。原来,这里太热了,这时她才明白过来。她把目光从乘客们那些密密麻麻的脑袋上移开,仔仔细细地看着那个只有一半的小窗户。"但是,地面在哪里呢?"她在自己的心里叫了一声。

她看到的一切难以用语言来形容。他们乘坐的火车像蛇一样穿行在一片喧闹的榛树林里。榛树林瞬间就变成了一片大海,变成了整个世界,变成了一切令人感到愉悦的东西。它变成了它可以变成的一切。森林继续奔跑着,它是如此明亮、如此清晰,它正清脆地低语着。向下,向下,它一直爬到缓坡上。然后,它变得越来越小。终于,它凝固了。最后,它变成了一团雾霭。它陡然变得一团漆黑了。在那团虚空的对面,一团巨大的、细碎的、环形的东西升起来了。火车穿过一团呆滞的黄绿色的雷雨云,这真有点令人惊讶。珍尼亚屏住了呼吸,她感受到了一望无际的、发愣的空气流动的速度。她立即意识到,这团巨大的云彩不过是它庞大身躯的一部分,而它另外的某些地方正承担着"浑圆多山"的盛名(这名字如同暴风雨中的碎石和沙子一般)。它们夹杂在一起,翻滚着被抛下峡谷。而榛树林却什么也没有做,它只知道不断地低声重复着它的名字。这儿,那儿,再远处的那边,这里除了它便别无它物了。

"这里是乌拉尔山吗?"她探出身子问车厢里的人。

在剩下的旅程中,她的眼睛一直没有离开过走廊的那扇窗户。她一动不动地站在窗前,不时地向外张望。她是如此地贪婪,如此地留恋窗外的景色。她发现,往后看要比往前看舒服。她对"雄伟壮丽"一词的理解突然变得模糊起来。随着火车越走越远,这种概念竟然逐渐消失了。在和它短暂分开的那段时间里,伴随着火车碾压铁轨发出的垂直的呼啸声,一阵清爽的风从她的脖子后面袭来。一个新的奇观出现了,过不了多久,你就会忍不住要不停地搜索它们。山岳的全景向外延伸着,变得越来越开阔。它们中有些变暗了,有些变明亮了,有些能看得到,有些又看不到了。它们有时并在一起,有时又分开。它们一会儿下降,一会儿又升上去。所有这些,都以一种缓慢的、周而复始的方式轮换着,就像是星辰的变换。为了能保全大地上的万物,一切都显得战战兢兢,如履薄冰。支配这一复杂过程的力量其实是一种均匀而有力的回声,而人类的感官却对此充耳不闻,视而不见。它正用鹰一般的眼睛注视着一切,它沉默无声,又不被觉察,它把这一切放在自己的目力范围以内。正是通过这样的方式,乌拉尔山在不断地被创造,创造,再创造。

过了一会,她回到车厢里。刺眼的光线令她不由得眯起了眼睛。妈妈笑着同一位陌生的先生聊着天。那条深红色的长毛绒毯子令谢廖沙倍感烦躁,他不停地拉着墙上的一条真皮带子。妈妈把最后一粒果核吐到自己的手掌心里,然后又把那些掉在她裙子上的果核也扫了起来。她灵活地蹲下身子,不假思索地把所有的垃圾都准确地扔到座位下面。那个胖男人的声音沙哑而破碎,这与他们想像中的声音一点都不一样。妈妈随后把他介绍给了珍尼亚，并递给她一个橘子。他看上去很可笑，但人却很好。交谈的时候，他不时地把手举到嘴边，他的声音对他而言或许是个麻烦。突然，他的话被那嗓音所带来的痛苦打断了。原来，他来自叶卡捷琳堡。他对乌拉尔山很熟悉，他已经把那一带游遍了。他从马甲里面掏出金手表，并把它举到了鼻子边上。然后，他又把它塞了回去。珍尼亚发现，他的手指头长得很好看。和其它胖子一样，他在抓东西之前总要先动一下，这似乎暗示他正在让开一点地方。他的双手一直在叹着气，它们向外伸出来，就像是在索取一个吻。然后，它们温柔地在空气中游动着，就像在拍皮球。“就快到了。”他喃喃地说。虽然他正在和男孩说话，但他的目光却从他的身上移开了。他咧嘴笑了笑。

“你知道，他们提到的那个界标就在亚洲和欧洲的分界线上，‘亚洲’就写在上面。”谢廖沙脱口而出。他从软垫上滑下来，然后跑到走廊上去了。

珍尼亚完全没有听明白那是怎么一回事。当这个胖男人向她解释的时候，她也迅速地跑向了车厢的同一侧。她向外看着，焦急地寻找着地标，她生怕自己已错过了它。在她那着了魔一般的头脑中，所谓“亚洲的边界”应该是一种幻想中的界限，就好比横在公众与美洲狮之间的那根铁栏杆。那是一根容易使人产生威胁感的铁条，它如夜一般黑，充满着危险和罪恶的微笑。她在等着看到那个界标，就像在等待某个地理悲剧的大幕缓缓拉起，而这幕大戏的内容就是她从观众那里听到的一些传说。她是如此地兴奋和激动，因为她就要亲眼看到它了。

与此同时，一股迫使她回到车厢、和长辈们重新待在一起的力量也在单调地重复着。他们面前不停地闪过灰色的桦木，这种景象已经持续了大约半个小时，但它们看上去却仍旧没有尽头。显然，大自然并没有做好等待她的准备。疲倦的欧洲大陆看上去风尘仆仆，它远远地拖住了奇迹来临的时刻。这让珍尼亚很生气。像是要回应谢廖沙猛烈的尖叫似的，一个像墓碑一样的东西从窗前一闪而过，它的另一面刚移动到眼前就又飞快地跑远了。这个值得人们长久等待又富有传奇色彩的名字已经撤到它身后那奔跑着的桦木林里去了。就在这一瞬间，很多人头就像商量好了似的从各个窗户里伸了出来。一团团灰尘顺势冲下斜坡，整列火车顿时活跃起来。虽然火车驶入亚洲已经有好几英里了，但围巾还在人们浮动的头顶上晃动。人们互相张望着。所有人，不论是蓄胡子的，还是脸刮得光光的，都在飞驰。他们飞在一团团旋转的沙尘中，飞过风尘仆仆的桦木林。

四

新的生活开始了。牛奶不再由送奶女工送到家里的厨房里，每天早上，尤里莎会把两桶牛奶送到屋里。面包也变得很特别，它们跟波姆市的面包可不一样。这里有大理石或雪花石膏铺就的路面，它们起伏不平却又富有光泽。石板像冰冷的太阳光似的，贪婪地包裹着那些整洁的树木的影子，即使在阴暗处，人们也能看见它。走在马路上的感觉也跟以前很不一样。这里的马路更宽敞、更明亮，上面还种着许多树。“就像在巴黎。”珍尼亚重复着父亲的话。

他们第一天来到这里的时候，父亲就说过这样的话。那是又舒服又敞亮的一天，父亲在去火车站接他们之前就已经吃过一点东西了，所以他们没有一起吃晚餐。桌子前，父亲所处的位置既干净又明亮，就像在叶卡捷琳堡时那样。他展开餐巾，坐在一边简单地说着一些事情。他解开马甲上的扣子，胸前的衬衣清脆而有力地划过了一条曲线。他一边说这里是一座美丽的欧洲城市，一边在需要把盘子端走或者需要点些其它东西的时候摇一摇铃铛。沿着通向不熟悉的房间的那些不熟悉的小路，一位身穿白衣的侍女正安静地走向他们。

她是一个白人,她身上的那件带着荷叶边的衣服已经被浆得笔直了。他们在同她说话的时候,用的是"你"这个词。这个女仆像对待熟人那样对女主人和孩子们笑了笑。他们把关于尤里莎的一些禁忌告诉了女仆,而尤里莎此时应该在不远处的那个厨房里。那里到底是什么样的呢?一切都是未知。那里可能非常阴暗。当然,厨房有一扇窗户,透过它能看到一些新鲜的东西,比如教堂的尖塔,或者一条街、一些鸟。尤里莎马上就要开始问那女孩的事情了。此时,她正穿着她最一般的衣服,以便收拾包裹。她会先问一些问题,然后再了解一下其它东西。"炉子应该摆在哪里?是放在那边,就像在波姆市的时候那样,还是放在别处?"

男孩从父亲那里获知,他们住的地方离学校不远,准确地说,它离学校非常近,他们开车回来的途中肯定经过了那里。父亲喝着矿泉水,他咽下一口水,说道:"我难道没有指给你看吗?从这儿你是看不到它的。从厨房那边看过去,你或许可以看到它(他在脑子里想了一下)。但是,恐怕你只能看到它的屋顶。"他喝光了矿泉水,然后又摇铃叫来服务员。

厨房里清爽而明亮,一切就跟女孩曾经"看"到过的一样——她在餐厅的时候就已经想像过它的样子了。她觉得,厨房里应该贴满了白色和蓝色的墙砖,而且,在她想像的这个地方还应该有两扇窗户。尤里莎把一个东西搭在了她那赤裸的胳膊上。房间里满是孩子们说话的声音。有人在学校的屋顶上走动,脚手架的顶在那儿露了出来。"是的,人们正在维修它。"父亲说。沿着那条他们已经知道,但是仍旧有很多地方需要探索的走廊,他们吵闹着,推搡着,一个接一个地走到餐厅里来。明天,当她整理完自己的练习册之后,当她把她的法兰绒面罩挂到墙上之后,当她处理完一大堆事情之后,她还要在走廊里走一遭。

"黄油真不错。"母亲边坐下边说。

他们走进学习室。事实上，早在他们进门，还没来得及摘掉帽子之前，他们就已经“参观”过这里了。“为什么这里就是亚洲呢？”她很想大声地问谢廖沙这个问题，可是谢廖沙也不知道答案。如果在其它时候，他其实是很容易就能把这个问题弄明白的。现在，他只能走到墙上的地图前，手指着乌拉尔山。他先是看了妹妹一眼，然后说：“他们约定要画出一条天然的界线。就是这样。”妹妹显然是被他的言论折服了。珍尼亚突然又想起了今天中午的事。从中午到现在，时间似乎过去了很久。这真是令人难以置信的一天，不久之前他们还在其他地方，而现在居然身在叶卡捷琳堡。曾经的一切已然逃离，已然被抛却在他们先前所在的远方。一想到这，她就感到一种无以名状的疲倦。这种感觉，就如同在一天的辛苦劳作之后，身体在傍晚时呈现出疲惫的状态一样。她觉得自己好像也参与了移动和搬运所有那些可爱的沉重的工作，而现在，她已经累坏了。出于某种说不出的原因，她肯定它就在那儿。她的乌拉尔山，就在那边。她转过身，穿过餐厅，跑进了厨房。现在，厨房里的碗碟已经少了一些，但是，那美妙的、冰冻的黄油还放在湿润的枫树叶上，矿泉水也在那里。

学校正在维修中。空气就像女裁缝牙间的亚麻布一样，被尖叫的圣马丁鸟撕破了。她从窗户里探出头来，只见一辆轻便马车正在车棚前闪闪发光，被打磨过的轮子飞驰着。那里有股奇怪的味道，那味道就像是人们吃过的某种东西。那是一种比端上来的东西闻起来更香，也更有意思的味道，那是一种让人持续感到忧郁的味道，就像书里写的那样。她已经忘了自己是因为什么原因奔跑起来的了。她没有注意到，她的乌拉尔山其实并不在叶卡捷琳堡。但她注意到了，人们是怎样在那上面唱歌的，也注意到了当他们完成那些比较轻的任务的时候（比如洗地板或者用他们暖和的双手展开粗席），他们是怎样把水从筒里溅出来的。虽然他们下楼的时候溅出了很多水，但周围仍旧很寂静，水龙头也咿咿呀呀地响个不停。她还注意到他们怎样说“好了,亲爱的”。但她还是忽略了一个人——那个新来的女仆。当然,她并不希望听到她的声音。她追着自己的思绪,直到想完自己的心事。每一个下面的人都知道,而且他们也确实是这样说的:“二号房间有人住了。”此时,尤里莎走进了厨房。

这是他们在这里度过的第一个夜晚。孩子们睡得很香。他们醒了。谢廖沙在叶卡捷琳堡,而珍尼亚则在亚洲。这一切是多么地奇怪,又是多么地顺理成章啊。雪花石膏上的小亮片在天花板上闪闪发光。

这事儿开始的时候,时间还停留在夏天。他们向珍尼亚宣布,她就要去上学了。他们郑重其事地告诉她这个决定,但实际上,这件事并没有让人不开心的地方。不过,她没有让她的私人教师进入教室。教室里,阳光紧紧地抓住那面被色彩冲刷过的墙壁,直至夜晚的来临。那位家庭教师,在珍尼亚的母亲的陪同下,前来和他未来的女学生见面,但珍尼亚并没有和他打招呼。“季吉”这个奇怪的名字并不是她给他取的。从这个时候起,士兵们就开始在中午进行练习了。当然,珍尼亚不希望这是因她而起的。那些士兵高大,粗犷,喘着粗气。他们就像水管破裂前痉挛的水龙头一样出着大汗,他们希望丁香色的雷雨云能摔破他们紧绷 着的靴子。比起那些白衬衫、白帐篷还有定格在白色上的军官们,好像雷雨云更熟悉枪支和车轮。现在,眼前只剩下小脸盆和餐具这两样东西了。这难道就是她所希望的吗?现在,它们被联系在了一起,就像弧形灯里连在一起的那些碳棒一样。它们在一起产生了第三种事物:关于死亡的想法。这是像那些理发店转动的招牌一样的转瞬即逝的事物。这种情况第一次发生在她身上是什么时候?是在上面写着“禁止停留”的那些高速公路上吗?是在那些十分神秘的、被当地人禁止进入的地方吗?

当然,并不是所有的事情都沉重地压在她的心头。最近也有让人高兴的事情，比如说，上学的日子越来越近了。所有这一切都不加取舍地宣布给她了，生活不再是充满诗意的随想曲。它在她的身边发酵，就像一个刺眼的、带有罪恶色彩的神话故事。最近，它又变成了散文，并被翻译成了“现实”。虽然她永远都处在清醒的状态之中，但有些东西却仍旧不时地出现，它们倔强、痛苦而又阴郁地走进她那清醒的灵魂里，在她的心里越沉越深。它们真实、坚硬而且冰冷，就像疲惫的锡制的勺子。在这里，在心灵的底部，锡制品开始融化、凝结，并重新熔合成某个确定的念头。

五

几个比利时人经常到他们家里来喝茶。人们用“比利时人”称呼他们，孩子们的父亲也这样叫他们。他会说：“今天，比利时人会来喝茶。”他们一共是四个人，其中有一个没有留胡子的人，他并不经常来，即使来了也从不说话。有时，他也会挑一个下着雨又无趣的工作日，出人意料地不请自来。而另外的三个人则形影不离，他们的脸就像新做出来的肥皂块一样，而且是那种刚从包装纸里被拆出来，完整、香喷喷又冷冰冰的肥皂块。在他们中间，有一个人留着浓密而蓬松的胡子，长着一头蓬松的栗色头发。他们总是在开完会或者办完其它事情后出现在父亲的公寓里。屋子里的每一个人都喜欢他们。他们说话就像是在往桌布上倒水，清脆而迅速，又不乏喧嚣，有时，还会转向一个出乎所有人意料的方向。他们的谈话总是伴随着笑话和轶事，孩子们总能很容易地理解话中的内容。那些笑话和故事的尾巴久久地停留在那儿，纯净并且耐人寻味。

周围响起了一阵嘈杂声。糖罐闪闪发光。与糖罐一起发光的，还有镍制的茶壶、干净有力的牙齿和结实的亚麻布。这些比利时人和珍尼亚的母亲彬彬有礼地开着玩笑。父亲的这些同事有一个很高明的本事，那就是他们能管住他。为了回应他们那些不断转换的暗示，为了应对他们不断提到的、只有他们这些专业人士才知晓的一些人和事，孩子们的父亲开始说起了法语。这是一种既吃力又不纯正的法语。他急急忙忙地谈论起契约，谈论起已经被同意的那些建议以及与此有关的那些残忍的行径。这些话用俄文表达出来，就是"兽行"的意思。他们谈论的是勃拉戈达吉盗窃事件。

不知从什么时候开始，那个没有留胡子的比利时人开始把精力放在学习俄语上了。他经常想展示一下他在这个新的知识领域内获得的那些新技术。但是，到现在为止，他还几乎没有成功过。某人本不该嘲笑父亲的法语的，因为他的 férocités[①] 同样说得令人不舒服。但是，用一阵嘲笑它的笑浪来迎接涅加特投身学习法语的热情确实是十分精当的。

他们叫他涅加特。他是沃伦人，来自比利时弗拉芒地区。有人向他推荐了季吉，他用俄文写下了他的地址。他非常可笑地抄写下那些复杂的字母，那些字母在他的笔下是重影的、不能重合的，而且有的字母的脚还跨了出来。孩子们自行坐下，他们把双膝放在沙发椅子的皮垫上，把双肘支在桌子上（人们竟然允许他们摆出这样的姿势）。周围的人叫嚷着，爆发出一阵笑声。伊万[②]用一只拳头敲打着桌子，擦着眼泪。父亲颤抖着涨红了脸，在屋里来回走着，不停地重复着："不行了，不行了，受不了了！"然后，他把手绢揉成了一团。"您再说一遍。"伊万火上浇油地说，他的样子有点像一个口吃的人。他停了一会儿，想着怎样才能让这些他从来没有研究过、对他来说就像是刚果国的新殖民地一样陌生的俄语字母从他嘴里生发出来。

"请您说一句'哎，这不划算'。"父亲操着嘶哑的嗓子建议道。

---

① 法语，兽行、残忍之意。

② 涅加特的名字

“奥涅尔奥涅，奥涅尔奥涅……”他润了润嗓子，像吐痰一样说出了这个词。

“听见了吗？奥涅尔奥涅，奥涅尔奥涅，奥涅，奥涅……是啊，真是闻所未闻，太妙了。”几个比利时人同时大笑起来。

夏天过去了。有些考试科目珍尼亚只是勉强地通过罢了，另一些科目则取得了非常好的成绩。走廊里流动着清脆而冰冷的吵闹声，如同喷泉里发出的声音一样。在这里，所有人都相互认识。花园里的叶子先是开始泛黄，然后就变成了一片金色。它们跳动着，反着明亮的光，教室里的玻璃都仿佛因此而憔悴了。玻璃有一半是磨砂的，它的基座已经有些晃动了。窗户上的玻璃被蓝色的笑声撕裂了，而枫树那青铜色的树枝还在清晰的严寒上耕作着。

珍尼亚没有料到，她的感情会变成令人愉悦的笑话。俄尺、俄寸、盎司、磅、夸特、石，去学习这些度量衡还有意义吗？还有格令、打兰、常衡，在珍尼亚看来，这几个词就像是蝎子生命中的几个年龄段。为什么在“有用”这个词里你用的是 E 而不是它的另一种形式？她苦苦地寻找着答案。只是，她的精力都集中在了那些不利的影响因素上了。珍尼亚认为，正是那些“不利因素”使得“有用”这个词变成了现在这个样子，它是由拼写错误的那个“E”构成的。用这种方式拼写的时候，它看上去是多么粗糙啊。为什么他们不把她送到学校里去呢？她一直想不明白。其实，她已经被录取了，而且她也已经有了学籍。她还试穿过那件咖啡色的学生制服。她把它穿在身上，贪婪地坚持了好几个小时。在她的房间里，她一抬眼便能看到的是这样一些东西：一个书包，一个铅笔盒，一只盛早餐的小篮筐，还有一块极其讨厌的印度橡皮。

陌生人

一

小姑娘从头到脚都裹在一条厚厚的毛纺披肩里，她看上去就像珍尼亚在庭院里追逐过的那只小母鸡。珍尼亚想走上前去跟那个鞑靼族女孩说说话，这时，一扇窗户嘭的一声打开了。“科拉！”阿克西亚叫了一声。一个男孩出现了，他看上去就像是一个被匆匆插到鞋子上去的、农民经常背的那种包袱。他一路小跑着跑到院子管理人的小屋里去。

把工作带到院子里去做只会造成一个结果，那就是：你会仔仔细细地钻研每一条注释，直到它们完全丧失重要性。然后，你上楼回到房间里，一切又得重新开始。整个房间显得特别昏暗，一股凉意也由此而生。眼前的一切让人感觉到一种出人意料的熟悉。家具假装曾经在那儿待过，而且它好像一直以来都以一种固定的姿态待在那儿。当你走进房子的时候，你就能看到它在那里，当然，以后它是否还会在那里就无法预测了。现在，未来的计划已经被勾勒了出来，未来的样子已经被规划好了。这不是在做梦。街上流动的空气激发了它。当它从房间的门槛处突然降临时，它不会被这座房子散发出来的、机警而致命的精神轻易驱散。

这次作业是关于莱蒙托夫①的。珍尼亚向上压了压书，然后折了折它，这样，封面那一页就被折到里面去了。在屋里，如果谢廖沙这么做，她肯定会奋起反抗。但是，现在是在庭院里，这就是另外一回事了。

普克霍尔把搅冰激凌的器具放在地上，然后回到了屋子里。他

① 莱蒙托夫(1814—1841)，是继普希金之后俄国又一位伟大诗人。

打开通向门厅的门，将军家看门的短毛狗凶恶地狂吠起来。随后，门又砰的一声关上了。

背上长着浓密的鬃毛的特克像一头母狮子一样蹦来蹦去，它按自己的方式高叫着。让珍尼亚感到困惑的，其实是下面这个问题：它所指的到底是背还是脊柱呢？她懒得再看一眼书，“远处那朵从南方来的金色的云朵”已经无法跟上特克了。它们已经在将军家厨房的门槛那里汇合，而他却提着一桶水，手里拿着一捆藤编。

勤务兵把桶放到地上。他弯下腰，把装冰激凌的冰桶拆开，然后开始清洗它。八月的阳光穿过金色的树叶，在他的臀部和腿脚处扎下了根。红红的太阳嵌在他的制服里，他就像是被贪婪的松节油浸透了一样。

庭院很宽敞。在一些错综复杂、与世隔绝的角落里，情况却复杂得令人摸不着头脑。铺路石铺满了庭院的中心，圆石已经高过了地平线。那里已经很久都没有被重新铺过了。午饭过后，卷曲着脑袋的小草们散发出阵阵酸味，那是一种药品的气味，类似于大热天你经过医院时闻到的那种味道。庭院的另一头是门房和马厩，后面则是一个花园。

就是在那里，在一堆柴火周围，珍尼亚闲逛着。珍尼亚站在一堆柴火捆中间。她用梯子把柴火顶住，这样它们就不会滑下来了。她把梯子靠在晃动的木柴上，自己则坐在椅子间的横木上。这样的姿势虽然很悠闲，却不太舒服。尽管如此，她依然觉得这样很有趣，就像在庭院里做游戏一样。她向上伸展了一下腰板，爬得更高了。她把书放在最上面的那块破了的横木上，准备认真地阅读《恶魔》。不多会，她发现还是原先那样坐更舒服一些，于是她又爬了下来。她把书落在了柴火捆上，之后就再没想起它。此时，她脑子里想的全是这个陌生的花园。她从未想到，花园的后面竟然是这样一番景象。她站在那里凝望着，好像已经陶醉于其中了。

花园里没有灌木丛。那些古老的树木支撑着它们底部的树枝，一直伸向黑暗之中。它们通过层层树叶，覆盖着下面裸露的花园。它们站在持续不断的阴影里，威严地暴露在空气中。分叉的树枝上布满了灰色的苔藓。在暴风雨来临之际，它们变成了丁香色。暴风雨过后，人们可以清楚地看到一条被遗弃的小路，而在平时，人们很难从花园的这一边看到它。在小路上，有金合欢树长在那里。如今，它们已经被晒干了。它们弯下了头，叶子也掉了下来。

经由这个隐蔽的花园，一个世界连接到了另一个世界上。一切就如同梦中一般，它被无声地照亮了。太阳好像也戴上了眼镜，它正在草丛中搜寻着小白花的种子。

那么，珍尼亚在呆呆地凝视着什么呢？她在看自己的那些发现。比起帮助她完成这项发现的那些人，这些发现本身更令她着迷。怎么，那里还有一个小商店？在小门的外面，在大街上！在这样的一条街上！她有点嫉妒那些陌生人了。那里有三个女人。“他们真幸福。”

她们像修女一样穿着一身黑色的衣服。在她们那圆边帽的下面，三条光滑的颈子露了出来，它们倾斜着。最后面的那个女人，她靠在某个东西上，一半身子被树丛遮掩着，看上去像是在睡觉。另外两个女人，紧靠着最后面的那个女人，好像也在睡觉。她们的帽子是深灰色的，它们一会儿在阳光下闪闪发光，一会儿又像昆虫一样消失不见了。她们都蒙着黑纱。她们几乎同时把头转向了另一个方向，很显然，一定是街道尽头的什么东西吸引了她们的注意力。她们看着街道的尽头，看了足足有几分钟，那样子，就跟人们在夏天看东西的时候一样。那时，每一秒钟都拉长了时长，并融化在了阳光里。那时，人们看东西要眯起眼睛，并且要用手遮住一片阴影。三个女人看了一会儿，然后再次陷入到原先那种昏昏欲睡的状态中。

珍尼亚刚想走，忽然又想到了她的书，但她已经不记得她把它放在哪里了。她回去找它。当她走到柴火堆那儿的时候，她发现那几个陌生女人已经站起来准备离开了。她们排成一列，一个接一个地走过一扇小门。一个矮个子男人一瘸一拐地跟在那几个女人的后面，胳膊下夹着一本大画册（也可能是地图集）。现在，珍尼亚已经知道她们刚才在做什么了。刚才，她们顺着彼此的肩膀看过去，而珍尼亚却误以为她们在睡觉！女邻居们穿过花园，消失在主建筑外的房子里。太阳在下沉。伸手够书的时候，珍尼亚碰到了柴堆。柴堆被惊醒了，它像活物一般动了起来。几块木柴滑下来掉在草地上，发出轻微的响声，那响声听上去就如同梆子发出的声音。傍晚降临了，数不清的寂静和朦胧的声音全都响了起来，河对岸的空气也开始发出古老的呼啸声。

庭院里空荡荡的。普克霍尔收工了，他走出大门。在低矮的草地的上方，士兵悲切的巴拉莱卡琴声响了起来。一小群无声的蚊子在珍尼亚的头顶上旋转着、舞动着，它们时而下沉，时而又不等触及地面飞了起来。巴拉莱卡琴的琴声更轻更细了，它们飘荡到更低的地面上，并在沾上灰尘之前又飞回到空中。这琴声比蚊子更加柔软、更加轻盈，它有时低沉，有时高亢，缓慢而富有节奏。

珍尼亚回到房间里去了。“瘸子。”她想到了那个夹着画夹子的陌生男人。“他是个瘸子，但他并不贫穷。你看，他没拄拐杖。”她从后门走回屋子里。庭院里持续发出腻人的黄菊味。“从某个时刻开始，妈妈几乎能开一个药店了，她那里有一大堆带黄色塞子的蓝色的小瓶子。”珍尼亚慢慢地爬上楼梯。铁栏杆冰凉，台阶呼应着她细碎的脚步声，吱嘎作响。她一步迈过两个台阶，直接迈到了剩下的第三个台阶上。突然，她的脑子里冒出了一个奇怪的想法。不知道从什么时候开始，一种不易觉察的相似性发生在了妈妈和管院人的老婆之间。由于某个无法被捕捉到的共同点，她们被紧紧地联系在了一起。管院人的老婆停了下来，她或许是在沉思。这些共同点是不是就是人们在谈话的时候经常谈到的那些内容呢？比如，“每个人都不能不朽，我们都有同样的缺点”。抑或，“命运不分贵贱”。嗯，应该是这类非常普遍的方面，它适用于所有人。她踢倒了一个瓶子。瓶子在她的脚边滚了起来，它掉下去了，落在了垫子上，但它却没摔碎。这应该够普遍了吧。那么，为什么不继续追究一下她自己和阿克西亚之间的相似性呢？或者，在阿克西亚和尤里莎之间是不是也存在着相似性呢？在珍尼亚看来，天生的“不相似性”似乎很难找到。在阿克西亚身上，有种菜园子的土气，而这正是膨胀的土豆或疯长的南瓜所具有的特性。妈妈则是……想到这样的比较，珍尼亚不禁笑了起来。

其实，这种被强制进行的比较已经被阿克西亚定了调子，珍尼亚则成了决定友好关系能否恢复的关键枢纽。那个管院子的女人什么也没有得到，但是女主人却吃了亏……珍尼亚继续天马行空地想着，她假想平民意识已经渗透到了她母亲的天性之中，她想像着母亲把“狗仔”说成“狗子”，把“工作”说成“干活”……这是一个多么有趣的情景啊。又或者，如果这一切都发生在她自己的身上呢(这一天终究会到来的)？那时，她将穿上一件丝绸制成的新长袍，一定要没有腰带的那种。她要装扮一新，并用一种来自农民的、笨重的方式迎接着什么。

走廊里有股药味。珍尼亚走到父亲那里去了。

二

家里的家具更新了，奢侈的东西开始出现在这座房子里。柳韦尔斯一家有了一辆四轮马车，他们还养起了马。车夫叫达夫列特沙。

那时，橡胶轮胎还是个新鲜事物。当他们驾车出行时，所有的人和物都会转过身来目送他们。这些行注目礼的，包括人、花园、教堂，甚至还有母鸡。

过了很长时间，他们才给柳韦尔斯太太打开门。出于对她的尊敬，四轮马车在调转方向时总会放慢脚步。此时，她对着他们的背影喊了一句："别走远，到税卡那边就回来。爬坡的时候当心点。"一缕白色的阳光从医生家的门廊里穿出来，照到了她的身上。阳光沿着街道延伸，一直伸到达夫列特沙那结实的、长满雀斑的红润的脖子上。他的脖子已经被这白光晒得发热了，皱了起来。

他们走过大桥。梁木之上，圆润的谈话声灵活而又流畅。这些谈话的内容曾经一度时兴，而且还将永远地时兴下去。当这些话语被严格地切开后，它们被塞进了沟壑中。无论是在正午时分还是在睡梦中，它们都将被深深地记住。

维克米在爬坡。它是如此地坚定，每一步都用尽全力。它使劲拉，但它又好像什么也做不了。突然，它走到了苔藓上，出于本能，它像蚱蜢一样跳了起来。这个行为有悖于它不断努力的天性，它看起来是那样意外，那样美丽。它好像已经无法继续承受下去了，它仿佛就要挥动翅膀气愤地飞走了。更令人意外的是，这些"好像"居然马上变成了现实。马猛冲了一下，把它的两条前腿向前扔了出去。它变了一个姿势，然后跳过湿地。达夫列特沙拉紧缰绳勒住了马。一条睡意蒙眬的粗毛狗对着他们哀伤地叫了起来，周围的灰尘就像猎枪的火药一样浓。终于，道路陡直地向左边拐过去了。

黑黝黝的街道如同瞎了眼似的，一直通到铁路仓库那红色的围墙跟前。街道被阳光覆盖着。阳光从小树林后面斜射过来，在女人们的斗篷上投下一堆奇怪的图像。她们浸透在来自太阳的白色光芒中。这光芒好像是从被高统皮靴踢翻了的水桶里涌出来的，一直倾泻到地上。马儿一步一步地缓慢前行。"往右拐！"珍尼亚命令道。"那儿没有路了。"达夫列特沙一边用鞭子把指着红色的墙头，一边回答，"前边是死胡同。""那就停下吧，我想去看一看。"她是想去看一看那些中国人。“我看见了。”意识到小姐没有兴趣跟他说话后，达夫列特沙便慢慢地、有节奏地、吁吁地唱起来。马儿全身颤动了一下，突然一动不动地停住了，就像在地上生了根似的。达夫列特沙轻柔地吹起口哨，催促马儿干它该干的活。

中国人手里抱着黑麦制成的大面包，正奔跑着穿过马路。他们身穿一身蓝衣服，那样子有点像穿着裤子的女人。他们没有戴帽子，头顶上缠着一个结，那结好像是用口袋里的手绢卷成的。有几个人停住了脚步。现在，终于可以看清楚他们的长相了。他们脸色苍白，面如土色，脸上还挂着假笑。他们的皮肤又黑又脏，宛如经过“贫穷”和“氧化”处理过的黄铜。

达夫列特沙掏出烟袋，准备卷一支简陋的烟。这时，几个女人从拐角走了出来，中国人刚从那里走过。看来，她们也是去领面包的。那几个站在马路上的人开始哈哈大笑起来，他们向那几个女人走去。他们边走边扭动着身躯，仿佛双手被绳子捆住了一般。他们全身上下只穿着一套衣服，看上去就像是一群杂技演员。这样一来，他们动作中的柔韧性就显得更加明显了。其实也没有什么可怕的，妇女们并没有跑开，而是笑着停住了脚步。

达夫列特沙一次又一次地用缰绳抽打着牲口。

“喂，达夫列特沙，你这是干什么呀？”

“马受惊了，马受惊了，停不住！”达夫列特沙一边拉紧缰绳一边说。

“别闹。你会把马车弄翻的。你抽马干什么？”

“非抽不可。”

机智的鞑靼人很快就把小姐从难堪的场面里解救了出来。大家把车弄到野地里，乱跳的马儿也镇定了下来。达夫列特沙用手抓住缰绳，把那个一直被他捏在手里的荷包塞到了衣襟里。

他们是沿着另一条道回家的。柳韦尔斯太太大概已经从医生房间的小窗户里看到他们了。她走到台阶上的那一刻，大石桥刚刚对他们讲完了自己的故事。在运水车的重压下，它又开始讲述起另一个故事来。

三

通过一场考试，珍尼亚和杰芬多娃交上了朋友。杰芬多娃曾把她在上学路上采摘到的山楂花带到教室里。她是诵经士的女儿，是来补考法语的。当时，珍尼亚·柳韦尔斯被安排和杰芬多娃坐在一起，这样，她们就认识了。然后，她们结成对儿坐下来做法语练习：

“彼佳偷了苹果吗？”
“是的，彼佳偷了。”[1]

如此等等。

珍尼亚被留在家里学习，但这并没有影响到两个女孩的交往，她们仍旧经常见面。不过，这种见面是单方面的：杰芬多娃可以到珍尼亚家里来，但珍尼亚暂时还不能到杰芬多娃家里去。

珍尼亚很快就缠上了自己的女伴，她喜欢上了杰芬多娃。也就是说，在她们两个人中，她是受苦的那个人。她是她们的压力计，她时常警觉而又激动不安。每当杰芬多娃提到班上那些珍尼亚不熟悉的女生时，珍尼亚就会感到空虚和痛苦，她的心情也会随之变得很低落。这是嫉妒在初期发作时常有的症状。她常常毫无道理地就认定杰芬多娃在耍滑头。她认为，她表面上很直爽，心里头却在嘲笑她，嘲笑她身上具有的柳韦尔斯家族的一切特性，并且她还可能在背地

① 这两句话是两个女孩的法语练习对话，原文此处为法文。

里，比如在班里或家里，拿她的这些特点来寻开心。珍尼亚把这些想法看成是理所当然的，也把这些想法看成是对杰芬多娃的一种眷恋。显然，在选择对象时，她的感情极具偶然性。从源头上说，这种情感与由本能产生的威严感是一致的。然而，本能却不懂得"自尊"。当她初次感觉到这种需求时，她只会为偶然间感受到的伤心而难过。

无论是珍尼亚还是杰芬多娃，她们都没有对彼此产生决定性的影响。珍尼亚还是珍尼亚，杰芬多娃也还是杰芬多娃。她们有时见面，有时分离。她们一个深坠情网，另一个却浑然不觉。

阿赫梅季扬诺夫兄弟的父亲是从事铁器生意的。在努列丁和斯马季出生的那两年间，他忽然发了大财。从那时起，斯马季的名字就被改成了萨莫伊拉。父亲决定让两个儿子接受真正的俄罗斯式的教育。当然，他并没有放弃那种老爷式的自在。他花了十年的时间，努力完成了所有项目，具备了成为一个"老爷"所需要的所有条件。幸运的是，孩子们也学得极好，他们都成了同龄人中的表率。他们个个都像父亲那样胸怀大志，无坚不摧。阿赫梅季扬诺夫哥俩是名副其实的四年级学生，想到他们，你就会想到易断的粉笔、逐字逐句译出的文字、猎枪的散弹、敲打课桌的砰砰声、不堪入耳的脏话、冰天雪地里露出的红脸蛋以及翘鼻子。谢廖沙在八月里和他们交上了朋友。到了九月末，谢廖沙就已经变得面目全非了。这也是理所当然的事情。谢廖沙要想成为典型的中学生，就得干点什么事出来，这就意味着他要和阿赫梅季扬诺夫兄弟合得来。所幸，谢廖沙只是想当个中学生而已，除此之外，他便没有什么更大的愿望了。

柳韦尔斯先生并没有阻挠儿子交朋友。他也没有发现儿子身上所起的变化，即使有所发现，他也会认为那只不过是由青春期带来的自然而然的影响而已。再说了，此刻占据他头脑的是其它一些麻烦事。不知从什么时候起，，他总觉得自己病了，他怀疑自己得了不治之症。

四

即使周围的人都说这件事不合时宜，即使周围的人都对这件事感到遗憾，她仍旧没有怜惜他。比起他的父亲母亲，涅加特显得过于聪明了。外界带给父母的感受会隐隐约约地传递给孩子们，就如同这种感受也会传染给家中的宠物一样。一切都不再是以前的老样子了。这让珍尼亚感到很难过。现在，只剩下三个比利时人了，过去的那些笑声再也听不到了。

那天晚上，她碰巧也坐在餐桌旁。涅加特告诉母亲，他必须到法国第戎去参加某个集训。

“你还太年轻，那种场合不适合你！”母亲说。接着，她开始百般地表示她是多么舍不得他。

他坐在那里，耷拉着脑袋。谈话有些不愉快。

“明天会有人来封窗户。”母亲说。母亲问他要不要封。

他说，不要了，晚上挺暖和的，他们那里整个冬天都不封窗户。

父亲很快就走过来了。听到这个消息，他也感到有点难过。但是，在发牢骚之前，他先挑起眉毛惊奇地问道：

“去第戎？您不是比利时人吗？”

“我是比利时人，但我加入了法国国籍。”

于是，涅加特开始讲起自己老一辈的“移民史”。他讲得惟妙惟肖，以至于他好像并不是他们的子孙，而是一位亲历者。他讲得如此热忱，热忱得就像是在讲述别人的故事。

“对不起，我要打断一下您的话。”母亲说，“小珍尼亚，你还是把窗户掩上一点吧。维卡[①]，明天会有人来封窗户的。请接着讲吧。不

① 柳韦尔斯先生的名字

过，您这位叔叔可真是个大坏蛋。难道就这样了？真的要起誓言吗？”

“是的。”

他又回到那个被打断的故事上。他谈到了正事，即昨天他收到了领事馆寄来的文件。讲到这里时，他意识到小姑娘可能一点也不知道这意味着什么。但是，此时她却竭力地想弄明白那到底是什么。于是，他把身子转向她，向她解释起“义务兵役制”的含义来。为了避免伤到她的自尊，他小心地隐藏着自己的真实目的。“是的，是的，我明白。是的，我明白。是的。”小姑娘机械而重复地说道。

“为什么要去那么远的地方？您就在这儿当兵吧。跟大家一块训练不好吗？”她变换了一下坐姿，好让自己更舒服一些。然后，她的脑海里浮现出一片清晰的草地，那片草地从修道院边的那座小山上展开，一直延伸过来。

“是的，是的，我明白。是的。是的。是的。”小姑娘又开始重复起来。柳韦尔斯夫妇正无所事事地坐在那里。他们认为，这个比利时人正在往孩子的脑袋里灌输一些没有用的细节。他们不时无精打采地插进来一两句话，这样，那些琐碎的细节就可以被简化掉了。有那么一个时刻，珍尼亚竟然开始可怜起他来。很久以前，那些“涅加特”们曾分散在各地，后来，他们告别了故乡，走上了通向这里的路，那条路是突然降临到他们面前的。如此一来，他们就可以在这个令他们感到陌生的叶卡捷琳堡当兵了。涅加特正是用这样的方式向女孩说明一切的，过去，没有人把这样的故事讲给她听。一幅满是白色帐篷的画面浮现在她眼前。画面上传递出残酷的调子，那调子无比悲凉。它变成了身穿士兵服装的个别人的聚会。就在这一刻，他们活跃了起来，因为他们被赋予了意义。就在这一刻，他们变得高尚，变得平凡而和蔼。她竟开始可怜起他们来。

他们在告别。

“我把一些书留在茨韦科夫那里了，茨韦科夫您应该不陌生，我经常跟您提起他。夫人，那些书就留给您吧。您的儿子知道我住在哪里，他常常到我房东的家里去。我把自己的房间交给了茨韦科夫，我会通知他的。”

“请他来串门吧。您说的是茨韦科夫吧？”

“对，茨韦科夫。”

“请他来吧，也让我们认识认识。我年轻的时候结识过这类人。”她瞟了丈夫一眼。他已经站在了涅加特的前面，并且把双手塞进了厚厚的西装衣襟里。他悠闲地等待着合适的时机，以期能和比利时人详细地谈论明天的事情。“请他来吧。不过不是现在，我会去叫他的。对了，您把这个拿走吧。这是您的书，我还没有看完，看过的地方已经令我伤心地哭过了。医生建议我不要老是看书，以免受到刺激。”

她又看了丈夫一眼。柳韦尔斯先生低下头，把硬硬的衣领弄得窸窣作响。他摆出一副神气活现的样子，然而他真正关心的，却是自己的双脚是否都已穿上了靴子，而那些靴子又是否都已被擦得雪亮。

“好吧，就这样吧。别忘记拿手杖。我想，咱们还是会再见面的吧？”

“噢，当然了。星期五我们就能再见面了。今天是星期几？”他突然感觉到害怕了，即将出行的人在这种情况下都会感到害怕的。

“星期三。维卡，是星期三吧？维卡，今天是星期三吧？”

“星期三？”柳韦尔斯先生终于等到说话的机会了，“明天才是星期三。”

两个人已经走到了楼梯口。

五

他们一边走一边讲话。珍尼亚不时地需要跑两步，这样，她就不会落在谢廖沙的后面了，这样，他们就能并肩而行了。他俩走得很快，大衣在珍尼亚的身上不停地动来动去。为了加快脚步，珍尼亚开始摆动起双臂，但她的两只手却仍旧插在衣兜里。天很冷，薄薄的冰在她的脚下发出清脆的破裂声。母亲让他们去为那个即将出行的人买礼物。他们一边走，一边说着什么。

“这样就把他送到火车站去了吗？”

“是的。”

“他为什么坐在草堆里？”

“那你觉得他应该坐哪儿呢？”

“坐在大车里。你看，他整个人都坐在里面了，一般人是不会这么坐的。”

“我已经说过了，他是一个囚犯。”

“他们是押他去服苦役吗？”

“不是。他们要把他押去波姆市，我们这里没有监狱。注意脚下。”

他们要去的地方离这里仅隔着一条街。当然，他们还要经过一个铜匠铺。整个夏天，铜匠铺的铁门都敞开着。铜匠铺宛若一张热烘烘的大嘴，盘踞在十字路口，它的出现使路口呈现出一派齐心协力的热闹景象。珍尼亚已经看惯了这样的场景。在七八九这三个月里，各类大马车都在这里停留，它们甚至阻塞了来往的交通。农夫们转来转去，他们中间大多数都是鞑靼人。废弃的水桶到处都是。有时，你还能看到屋顶水槽的断块，它们已经锈迹斑斑。一群人把这里变成了留宿地，鞑靼人在这里被晒成了茨冈人，邻居们则在篱笆后面宰杀鸡雏。令人厌恶的红日格外妖艳，它比任何时候都更加频繁地落在尘土之中。从车上卸下来的一个前轮和一个立轴上有些磨损的圆环，就像车辕一样淹没在这灰尘里。

现在，无人收拾的水桶和铁片仍被遗弃在那里，它们的上边已经结了一层霜。那扇门关得严严实实的，只有在过节的时候它才会这样。由于天气寒冷，交叉路口上一个人也没有。一股像瓦斯一样的气味从圆形的通风口飘出来。珍尼亚觉得这味道很熟悉，它仿佛发出了刺耳的吼叫，它像廉价的梨汁一样落到人们的上腭上，刺激着人们的鼻子。

“波姆市有监狱吗？”“有，有一个主管部门在那里。我觉得应该这么走，这样近一些。为什么波姆市会有这样的机构呢？因为它是一座省城。而叶卡捷琳堡就不一样了，它只是一个县城，换句话说，它只是一个小城市。”

独门住宅旁的小路是由红砖铺成的，周围栽着成片的灌木。路面上残留着太阳的余光，光线谈不上明亮，甚至有些柔弱。走路的时候，谢廖沙尽量弄出大点儿的声音。

“春天是牵牛花盛开的季节，这时如果你用大头针胳肢它一下，它马上就会把所有的花瓣都合拢起来，就像活了一样。”

“我知道。”

“你怕胳肢吗？”

“怕。”

“这说明你很容易冲动。阿赫梅季扬诺夫哥俩说过，谁怕胳肢……”

他俩还在赶路。谢廖沙迈着不正常的步幅走着，而珍尼亚却在奔跑，大衣在她的身上不停地晃动。一根木桩横在小路上，上面还装着一扇旋转门。就在被拦住的一瞬间，他们看见了季吉。他们老远就把他认出来了。当时，他正从商店里出来，而他们离那家店还有半条街的距离。季吉不是独自一人,他后面还跟着一个小伙子,那个小伙子在迈步子的时候,看上去就像是在竭力掩饰自己的一条瘸腿。珍尼亚觉得她好像在什么地方见到过这个人。他们没有打招呼就擦肩而过了。珍尼亚和谢廖沙朝着斜对面走过去了,季吉没有看见他们。当时,他脚上穿着一双高腰的靴子。他在表示不同意的时候,时常会兴致勃勃地张开手指。他会举起双手,用十个手指头指着正在与他交谈的对方……她到底是在什么地方见到过那个人呢?是在很久以前吗?那又是在什么地方呢?对了,可能是在波姆市。她一定是在童年时代见过他!

"等一等。"谢廖沙跪下一条腿,他遇到了一点小麻烦。

"挂住了?"

"可不是嘛!这帮白痴,连个钉子都钉不好。"

"是吗?"

"等我一下,我还没有找到地方。我认识那个瘸子。原来在这里呀!谢天谢地!"

"刮破了没有?"

"没有,没刮破。谢天谢地!鞋垫里有个窟窿,不过是个旧窟窿,这就不能怪我了。喂,走吧。再等一下,让我先把膝盖弄干净了。好了,走吧。"

"我认得他,他住在阿赫梅季扬诺夫的大院里,他叫涅加拉托夫。记得吗,我跟你说起过他。他经常召集一些人饮酒,一直饮到天亮。我记得我曾经在那里过过夜,那应该是在萨莫伊拉过生日的那一天。嗯,是的,他就是他们中的一个。"

她记起来了。她知道自己记错了。从现在的情况来看,她不可能在波姆市见过这个瘸子,那只是她的幻觉罢了。可是,她好像仍旧怀着这样的一种感觉。她开始沉默不语。她一边在记忆中翻着有关波姆市的一些往事,一边跟着哥哥做着一系列的动作:抓住什么东西，去往什么地方。不知不觉中，她已陷入到一片昏暗之中，那里有柜台、轻便的盒子、置物架，还有人们在忙乱中的殷勤问候。还有，谢廖沙还在不停地说着什么。

书店里没有他们要的那本书(除了书，书店里还在出售各种香烟)。老板安慰他们说，已经有人答应他把屠格涅夫的作品寄过来了。这些书已经从莫斯科寄出了，或许它们现在已经在路上了。他说，刚才，也就是一分钟以前，他还和他们的老师——茨韦科夫先生——谈到此事。他的机灵和错觉让孩子们觉得十分可笑。告别这位书商后，珍尼亚和谢廖沙两手空空地走了。

出来以后，珍尼亚问哥哥："谢廖沙，我总是很健忘。告诉我，你熟悉那条小街吗，就是从咱家柴垛上看到的那条?"

"不熟悉，我从来也没有去过那里。"

"你撒谎，你去过那里，我亲眼看到过。"

"在柴垛上吗? 你……"

"不，不是在柴垛上，是在那条街上，在萨维奇花园后面的那条街上。"

"啊，你说的是那条街啊。确实如此。你路过那儿的时候，它自然就会出现。它在花园的后面，在很深的地方。那里有棚子，有柴火。慢着，这么说，那是咱家的院子了！那院子是咱们家的吗? 太妙了。我经过那里的时候总是在想，要是能从那里爬上去该有多好啊！爬上柴垛，就能一下子从柴垛爬上阁楼了。那里有个梯子，我看到过。这么说，那儿真的是咱家的院子了?"

"谢廖沙，你会把通向那里的那条路指给我看吗?"

"又来了。那院子本来就是咱家的，干吗还要我指给你看呢? 你自己……"

"谢廖沙，你还是没有明白我的意思。我指的是那条街，而你说的是那个院子。你把通向那条街的路指给我看，告诉我怎么个走法。

你会告诉我吗，谢廖沙？”

“我真是被你搞晕了。要知道，我们今天已经走过了……瞧，过一会又要打它那儿经过了。”

“你说什么？”

“我说的就是那个铜匠铺，就在拐角的地方。”

“那就是说，那条尘土飞扬的……”

“对啊，它就是你问的那条街。萨维奇家就在街的尽头，就在右边的位置上。别掉队。希望不会耽误今天的午饭，听说今天有螃蟹吃。”

他们开始谈论起别的事情来。阿赫梅季扬诺夫兄弟教会了谢廖沙怎样给茶具镀锡。锡板是一种坚硬的矿石，那是一种没有光泽的东西。与锡一样，它可以用来焊接铁片，也可以用来焊接那些盆盆罐罐。阿赫梅季扬诺夫哥俩好像什么都会。

他们不得不跑步穿过马路，不然，大型车队就会把他们截住。他们把自己的事都忘记了：珍尼亚忘了要看看那条人迹稀少的小路的入口，谢廖沙忘了自己曾经承诺要给珍尼亚指路。当他们从铜匠铺的门前走过时，他们再次吸进了一口暖烘烘的油烟味，只有在清洗铜把手和铜烛台的时候，这种味道才能被闻到。珍尼亚顿时想起自己是在什么地方见到过那个瘸子了。她还想起了那三个陌生的女人以及她们当时正在干什么。她顿时明白了，那个瘸子就是书商提到的茨韦科夫。

六

晚上，涅加特启程离开，柳韦尔斯先生去送他。他直到深夜才从火车站回来。他的出现在看院人住的房子里引起了一阵不小的骚动，这阵骚动并没有很快平息下来。有的人提着灯出来了，有的人还在不停地呼唤着。天下起雨来，不知被谁放出来的鹅在嘎嘎乱叫。

早晨又阴又冷，潮湿阴暗的街道像是用橡胶铺过一样极富弹性。讨厌的雨水溅起了泥汤。车辆在颠簸。穿着皮靴子的人穿过马路，发出吧嗒吧嗒的声响。

珍尼亚回到了家。早上，院子里还残留着昨夜忙乱的迹象。她没有坐车。她说，她要到小店去买点大麻籽。然后，她就走着去找自己的女伴了。走在路上，珍尼亚才发现，自己的确无法找到由商店去杰芬多娃家的路。所以，她又回来了。后来她想起来，现在时间还早，杰芬多娃应该还在学校里。珍尼亚浑身都淋湿了，冷得直打战。天看上去就要放晴了，但此时又尚未完全转晴。白色的日光冷冰冰地在街上飘荡，它像一张白纸似的贴在潮湿的石板上。混浊的乌云好像急着要飘到窗外去，它们在广场尽头那盏由三个枝杈组成的路灯的后面相互拥挤着。风中，它们在惊慌地翻滚着。

搬家工人极有可能是个邋遢的人，或许，他还是个不守规矩的人。一些不贵重的家具会被装到车上。按照房间的摆放方式，它们被平摆到了平板车上。大车一晃动，白布下面便会露出沙发椅的轮子，它们在平板车上滑来滑去，就如同在木地板上滑动一样。沙发套被雨淋透了，但还是雪白雪白的，看上去依然非常醒目。此时，被阴雨冲刷过的鹅卵石，围墙前结了冰的积水，从马厩里飞出来的家禽，飞驰而过的树木，一块块的碎铅，还有那棵种在小桶里的无花果，所有这一切似乎都变成了沙发套一样的白色。它们在车上摇晃着，向飞驰而过的物景鞠着躬。

大车的样子很奇怪，它的出现再一次引起了行人的注意。一个庄稼汉走在车旁，平板车擦着路边的栅栏大幅度倾斜着前进。一个因为潮湿而变得像铅一样沉重的单词在沙沙作响的破车篷的上方回荡着，那就是“城市”。这个词令珍尼亚产生了许许多多的联想，虽然这些联想仅仅是一闪而过，但它们就如同街道上那些飘荡在水中的十月的阳光一样，寒冷而耀眼。

她想到那个陌生的搬家工人：等他把东西搬完，他一定会感冒的。她想像出了那个人的样子——一个东倒西歪、颤颤巍巍、把生活用品堆放在各个角落里的普通人。她想像出了他的动作，特别是他拿起抹布，一瘸一拐地围着木桶转悠，然后擦着被雨水打湿的无花果的叶子时的样子。一切都活灵活现，而在这之后，他会得伤风，他会打冷战，他会发起高烧来。他一定会生病的。珍尼亚把这一切都想像得合情合理。大车开始下坡了，它发出隆隆的声响向伊谢季河驶去。珍尼亚需要往左拐了。

这声音来自门外，大概是由某人沉重的脚步声引起的。床头柜上，茶水时满时空，而茶水中的一小片柠檬也跟着时上时下。一道道阳光在壁纸上晃来晃去，宛若一根根摇晃着的柱子，又如挂着招牌的小店里的那些装着糖浆的圆柱体。土耳其人就坐在那上面吸烟袋。土耳其人就在那上面……吸烟袋。在吸……烟袋。

这大概是由某人的脚步声引起的。女病人又睡着了。

涅加特走后的第二天，珍尼亚就病倒了。那天散步后，她得知阿克西亚刚刚在夜里生了一个男孩。那一天，当她看到搬运家具的大车时，她就断定车主患有风湿病。她整整烧了两周。为了发汗，她的身上密密麻麻地撒满了令人难以忍受的红辣椒。红辣椒辣得她浑身发烫，她不得不合上眼皮和嘴唇。满身大汗让她异常难受，这种感觉就像是把因肥胖而来的丑陋感和挨蚊子叮这两种滋味混合在一起。一把火焰把她烧得肿了起来，那感觉就好像她被夏天的胡蜂咬了一口。胡蜂那细如白发的芒刺好像还在她的体内，有时它在青色的颧骨中，有时它在衬衫下浮肿的肩膀里，有时它又在别的谁也说不清楚的地方。她不止一次想把刺拔出来，她用尽了各种办法。

如今，她正在康复，但虚弱无力的感觉依然存在。她沉溺于奇异的几何学中，企图以此来抵抗虚弱。然而，这只会让她更加头晕、更加恶心。

就从被子上的某个地方开始说起吧。逐渐增长的空隙被虚弱无力的感觉一层一层地铺到了被子上去。很快，它们就会大得令人难以置信了。暮色渐渐扩展成了广场的形状，而广场则是空间错乱的基础。壁纸上的那些花纹的宽度正在小姑娘的面前逐渐消减。这些花纹缓缓地流动着，相互更迭，如同正在油上滑动一般。所有的感觉，包括这些正在增长的宽度，都令人无比疲惫。它无止境地下降着，深深地折磨着小姑娘。从镶木地板的地方开始，它就亮出了自己的特性。床轻轻地降落到地上，与床一起下降的还有这个小姑娘。她目前的状态，就好比一块糖被扔进了一片深深的、索然无味的、极度空虚的混沌之中，随后，这块糖在这片混沌中迅速溶解并扩散开去。

这种感觉是由神经的极度灵敏而产生的。也就是说，小姑娘的神经的灵敏度被提高了。

这种感觉是因为一个人的脚步声而产生的。柠檬片时升时降，壁纸上的阳光也在上下游走。

珍尼亚终于醒过来了。母亲走了进来，她开始祝贺她的康复。这给女孩造成了一种印象，那就是，好像母亲是一个能猜得出他人想法的人。在逐渐清醒的过程中，她已经听到过类似的话了。这是来自她的手、脚、肘子和膝盖的祝贺，是她在伸懒腰时得到的祝贺。正是这些信号唤醒了她。妈妈的祝贺来得恰逢其时，她大概也感知到这些信号了吧。这真是一种奇妙的巧合啊。

家人进进出出，他们不时坐下又站起来。她提出问题，随后又听到了答案。在她生病期间，有些事情已经发生了变化，有一些事情却纹丝未动。有些事情她没有问，但有一些事情她却怎么也放不下。看来，妈妈没有变，父亲也一点都没变。改变的只是她自己、谢廖沙、房间里光线的分布以及其他房间的寂静。除此之外,还能有什么呢?应该会有很多吧。下过雪了吗?没有?还是下过一点又化了?或者,外面其实已经上冻了?她弄不清楚外面到底是怎么一回事。外面光秃秃的,没有留下一点下过雪的痕迹。她勉强能感觉到的是,不时有人向另一些人打听着什么事,而大家都在争先恐后地回答着。

健康的人们来了又走。杰芬多娃来过了。她来的时候,争吵声传了出来。后来,大概听说麻疹是不会复发的,于是他们便让杰芬多娃进来了。季吉也来过。她隐隐约约能听到人们是怎么回答他们的问候的。

大家都去吃饭了,屋里只剩下珍尼亚和尤里莎两个人。她想起大家在厨房里大声嘲笑她的情景,因为当时她提了一个愚蠢的问题。现在,她总是小心翼翼,以免再提出类似的愚蠢问题。她问,阿克西亚是不是又怀孕了。女佣收拾水杯的时候,碰到了勺子。然后,她把脸转过去了。

"乖……乖……你让大家歇一下吧。珍尼亚,她并不是一口气……"

话还没说完,她就已经走出去了。她没有把门关好。珍尼亚听见厨房里爆发出一阵哄堂大笑,那一刻,橱柜和餐具都好像坍塌下来了。笑声之后,哭声又响了起来。这似乎很合临时工加利姆的心意。他们开始发火了,一阵叮叮当当的声音又响了起来。吵嘴好像升级为了打架。后来,有人走过来,把没有关好的房门掩上了。

这事就不该问,珍尼亚想,真是没有比问这事更愚蠢的了。

七

这又是怎么一回事?雪又化了?爬犁是坐不了了,他们今天出门还得坐马车。珍尼亚站在窗户跟前,几个小时都一动不动。她的鼻子冰凉，双手也开始变得僵硬起来。季吉刚走不久。今天，他对她很不满意。各家各户的公鸡都在啼鸣，天空隆隆作响。钟声响起来，公鸡又跟着叫起来。请马上开始学习吧。云退了色，脏兮兮的，看上去就像是有些部位掉了毛的兽皮褥子。白昼潮湿而闷热，如同牛栏里的牛犊用鼻嘴顶着玻璃窗时呼出的气一般。哪一点能算得上是春天呢？从午饭的时候开始，空气就渐渐被灰瓦色的酷寒圈住了。天空呼吸着冷气，不断下沉。人们可以听到云朵呼哧呼哧的喘气声。像北方那些急于想过冬天的黄昏一样，走得飞快的时钟正在撕掉树上最后一片叶子，同时，它也在割剪草坪上的草，并透过各种缝隙刺到人们的身上，人们顿时就感觉到了胸口的刺痛。房子后面，北方腹地中特有的、黑黝黝的炮口露了出来。它们已经装上"十一月"的巨型弹药，对准了人们的院子。其实，现在还只是十月份。

其实，现在不过才十月份。人们还没有遇到过这样的冬天。越冬的作物已经死了，人们开始担心起饥荒来。仿佛有人把手一挥，就用魔杖围住了烟囱、屋顶和鸟笼一样，从此，那儿将会冒烟、下雪，而这里则会降霜。其实，现在什么事都还没发生呢。空荡荡的黄昏看上去阴沉沉的，它在思考着什么。黄昏瞪大眼睛窥视着，而清晨的路灯和各家的灯火则只会让大地感觉到酸痛的滋味。一切都鼓足了劲好像在等待着什么。劈好的柴火被送到各家的厨房里去了。两个星期了，乌云里的积雪满得都要溢出来了。空气正孕育着黑暗。把目力所及的一切都用魔圈圈起来的巫师，到底什么时候才会发出咒语，并把那已经临近的冬季的灵魂呼唤出来？

不过，他们怎么就把他放进来了呢？他们没有注意到学习室里的日历吗？儿童日历一页一页地被撕掉了。可是，现在毕竟还早啊。"八月二十九日。真妙！"谢廖沙肯定会这么说的。那天，日历上的数字是红色的，因为这天也是约翰·普列德契奇被砍头的日子。日历很容易就被取下来了。由于无事可做，珍尼亚开始一页一页地撕起日历来。她百无聊赖地一遍遍重复着这个动作。很快，连她自己都不知道自己是在做什么了。不过，她又继续暗暗重复着："今天三十号，明天三十一号。"

"她已经三天没出门了。"

走廊里传来这句话，这让她立刻摆脱了沉思的状态。她已经把引言部分都撕掉了，她发现自己做得好像有点过分了。母亲碰了一下她的手。

"珍尼亚，请告诉我……"

下边的话她就听不见了，母亲好像就没把它们说出来。珍尼亚像刚从梦中醒来似的打断了母亲的话，她请求母亲再重复一遍。"约翰·普列德契奇被砍头的日子。"柳韦尔斯太太有点莫名其妙地重复了一遍。其实，她并没有说"普列德契奇"，倒是珍尼亚先把这个名字说了出来。

过了一会，珍尼亚也觉得自己的行为有点古怪了。这到底是怎么一回事？她怎么变成了这个样子呢？她怎么会冒出那些莫名其妙的话呢？这话是她珍尼亚该说的吗？或许她认为可以让妈妈……这是多么神奇啊。这些都是由谁编造出来的呢？

母亲仍然伫立在那里，连她也有点不相信自己的耳朵了。她瞪大眼睛望着女儿，女儿的异常行为让她感到有点棘手。这问题带着些许嘲笑的意味，然而女儿的眼里却分明蓄满了泪水。

她那模模糊糊的预感终于变成了现实。出游的时候，空气正在变得温柔，而乌云也正在变软，她能清楚地感觉到这一点。马蹄的得得声在变轻。还没有上灯，灰蒙蒙的干雪开始在空中盘旋。还没来得及过桥，他们就已经看到零星的雪花了。一阵密密的、混成一片的鹅毛大雪飘了起来。达夫列特沙从座位上爬下来，支起了皮车篷。珍尼亚和谢廖沙立即感觉到了昏暗和拥挤。珍尼亚想像着，在外面风雪交加的环境中，一样样事物正在变疯。他们发现达夫列特沙正在拉他们回家，因为他们又听到了马踩石桥的声音。街道变得有点让人认不出来了，或者说，他们简直就看不到街道了。夜色骤然降临，城市失去了理智。不可胜数的发白的厚嘴唇微微煽动起来。谢廖沙把身子探出车外，用一只膝盖撑住了车身。他命令车夫把他们拉到铜匠铺去。谢廖沙的话在空中响起来，从这些话中，珍尼亚感觉到了冬天的壮丽和它的全部奥秘，她惊呆了。达夫列特沙大声说："应该马上回家，不能再折腾马了，老爷太太还准备上戏院呢。"于是，他们只好换上雪橇。珍尼亚想起来，父母确实是要外出的，这样一来，家里就只剩下他和谢廖沙两个人了。她准备拿那本《咪咪猫的故事》来读一读，这本书其实并不是儿童读物。她要舒舒服服地坐在灯下，一直看到深夜。当然，她得先到妈妈的卧室里去取书。她要一边看书，一边吃巧克力，还要仔细听听雪是怎样把街道掩埋的。

风雪已经刮起来了，而且来势汹汹。天空正在震颤，白色的王国从天而降。这个白色国度既神秘又可怕，它无处不在。显然，这个不知从何而来的国度从未了解过"生命"，也从不知道什么是大地。它们在深夜降落，盲目地覆盖在那片它既看不见又了解不了的大地上。

雪的王国既像止痛药一样可怕，又像撒旦一样迷人。珍尼亚看着它们，惊喜得喘不过气来。飘荡的空气碰上什么就抓什么。田野像挨了鞭子似的在远处痛苦地吼叫着。一切都变成了一团混沌。夜色向田野里涌去，变得越来越疯狂。低矮处，那缠作一团的白发正在抽打着它，它眼花缭乱了。一切又都分散开了。挟着呼啸声，它们慌不择路地分散开。呼叫声和它的回声来不及相遇就消失了。它们被狂风刮到各家的屋顶上去。风雪还在飞驰。

他们在前厅里跺脚，跺了好长时间。白色皮外衣上的雪终于被抖掉了，融化了的雪水从脱皮靴子上一直流到印有方格图案的亚麻地毡上。蛋壳被乱七八糟地扔在餐桌上，胡椒瓶也被从五味瓶架里取了出来。撒出来的胡椒粉留在桌布上，流出来的蛋黄在一只尚未吃完的罐头盒子上流溢个不停。父母已经吃过晚饭,但他们还坐在餐厅里。他们催促着耽误了吃饭时间的孩子们,但并没有责备他们。他们打算去剧院,所以开饭时间提前了。母亲有点犹豫到底是去还是不去,她正坐在那里权衡。珍尼亚终于解开了那令人讨厌的领勾。她看了母亲一眼,心想,说真的,即使去剧场,她也不见得会开心,她甚至感觉到了一丝伤心。她走进餐厅,问核桃仁蛋糕放哪里了。父亲看了母亲一眼,说,没有人勉强他们,他们最好留在家里。

“不。这又何必呢?咱们一起去吧。”母亲说,“应该去散散心了,医生不是已经同意了嘛。”

“该做决定了。”

“蛋糕到底放哪儿了?”珍尼亚又插了一句。她听到了一个回应声,那声音说,它肯定跑不掉。吃蛋糕前,他们还有别的东西要吃,晚饭可不是从吃蛋糕开始的。蛋糕在橱柜里。这话听起来好像她只是来看望这家人的一个外人,好像她一点也不知道这家人的规矩似的。

父亲转向母亲,又重复了一遍:“该做决定了。”

“决定好了,我们一起去。”母亲对珍尼亚苦笑了一下,便去换衣服了。

谢廖沙不时用勺子敲打着鸡蛋。他敲得很仔细,不让自己敲歪掉一丁点儿。他像个大忙人似的,煞有介事地警告父亲说,天气变了,暴风雪就要刮起来了。他希望父亲能注意到这一点。然后,他奇怪地笑了。这是他那渐渐解冻的鼻子出了问题,他开始有点坐立不安。他从紧身的制服裤的口袋里取出一块手帕,按照父亲教给他的办法,用一种无损于鼓膜的方式擤了擤鼻涕。随后,他又拿起了小勺子。从外面回来以后,他的脸变得红润而干净。他盯着父亲看了一会,然后说:

“一出门我们就遇见了熟人。涅加拉托夫,您知道吗?”

“是埃旺斯吗?”父亲心不在焉地反问了一句。

“我们不认识那个人。”珍尼亚激动地脱口而出。

“维卡！”卧室里传来呼叫声。

父亲站起身来应声而去。在门口，珍尼亚撞到了尤里莎的身上。尤里莎是来给她送灯的。旁边的一扇门砰的一声关上了，谢廖沙回自己的房间去了。他今天特别得意。他喜欢妹妹把阿赫梅季扬诺夫兄弟的朋友看成是个小男孩，也喜欢别人在谈到他时，说他身穿中学生的校服。

门时开时关。穿着高筒靴的人在跺脚。最后，他们坐车走了。

信里说，她“迄今为止一直都不是笨蛋，并且，大家可以像过去一样，无论有什么事情都可以去求她”。这位可爱的大姐的脑子里总是装满了这样的想法，所以她总会时不时地去亲戚那里传达一下问候和敬意。尤里莎变成了乌里扬娜。她谢了小姐，又把油灯捻小。她拿起信、墨水瓶和那张八开油纸的残片，然后就离开了。

于是，珍尼亚又开始做作业了。她没有把循环小数点括在括弧里。她继续除下去，直到循环小数被一个接一个地写出来。商数中的分数在不断增长，这样写下去是会没完没了的。“麻疹万一复发了呢？”这个念头在她的脑海里闪了出来。“今天季吉谈到过‘无限’的情况”。她有点弄不明白自己现在到底是在做什么，她感到有点恍惚。在今天白天的时候，这种情况已经在她身上发生过一次了。那时，她又想哭又想睡觉。她无法弄清楚这种情况会在什么时候发生，也搞不清楚这到底是怎么一回事，她完全没有能力弄清楚这些问题。窗外吵闹的声音渐渐平静下来，暴风雪也渐渐停止了。十进制分数对她来说还完全是个新课题。纸上，右边的空白已经不够用了，她决定重新开始计算。这次，字要写得小一点，每个环节都要核对清楚。外面完全静了下来。她怕自己会忘记从旁边一位借来数字，也担心自己会记不住乘积的结果。“窗户是跑不掉的，这些数也一样。”她在心里默默地想。她继续把3和7写到无限的商数里去。“我会及时发现他们的，因为周围一片寂静。他们不会很快就起床的，因为他们要穿皮大衣。而且，母亲正怀着身孕。问题就在这里：3773在重复出现。现在可以照抄或者去掉了。”她突然想起来，季吉今天确实对她说过类似的话：“不必除尽，把它们舍去就行了”。她站了起来，走到窗户前。

院子里渐渐发亮了。黑夜中，零星的雪花飘了起来。雪花飘到路灯下，围着路灯翩翩起舞。突然，它们从视线中消失了，就在拐弯的地方。但是，新的雪花很快又飘了过来。街道上闪闪发光，像铺上了一层雪橇上用的雪毯。街道是白色的、亮晶晶的，它又是甜滋滋的，宛如童话中才有的饼干。珍尼亚在窗前站了片刻，安徒生笔下那种银白色的雪花在路灯旁边打造出圆形的人影。这让她赞叹不已。站了好一会儿后，她才到母亲的房间里去取《咪咪猫的故事》。她没有点灯就直接进去了。其实，不点灯也能看得见。板棚制成的屋顶使房间里布满了闪动着的光斑。在大屋顶的叹息声的伴奏下，床铺也仿佛挂上了冰，并不时闪现出微光。烟色的丝绸衣服乱扔在床上，娇小的女衬衫散发着腋下垫布和衬布那令人憋得难受的气味。这里还有一股紫罗兰的香味。橱柜是蓝黑色的，如同外面的夜色一般。橱柜游走在干燥而温暖的黑暗中，宛若结了冰的亮点。床头上的金属球发着光，就像项链上那颗孤零零的珠子。另一个金属球则被扔在它上面的一件衬衫给盖住了。珍尼亚眯起了眼睛，金属珠子便离开地板向橱窗的方向飘去了。珍尼亚想起自己是为何事而来的了。她双手捧着书，走到卧室的窗子跟前。夜空中布满了星斗。冬天已经降临到叶卡捷琳堡了。她只瞥了院子一眼，便开始想着普希金的作品了。她决定请补习老师给她布置一项作业：写一篇文章，讨论一下奥涅金的大作。

谢廖沙想聊天。他问：“你洒了香水吗？也给我一点吧。”

一整天，他都红光满面。他显得特别可爱。可是，珍尼亚想到的却是，以后恐怕再也不会有这样的夜晚了。她只想单独待一会儿。

珍尼亚回到自己的房间。她开始读《童话》。看完一篇中篇小说后，她又屏住呼吸开始看另一篇。她全神贯注，甚至没有听到哥哥正在隔壁收拾东西。她脸上的表情有点阴晴不定，显然，她自己也没有意识到这一点。有时，她的面部表情会显得呆板而无神。她耷拉下嘴唇，用那双因恐惧而失去光泽的瞳仁紧紧地盯着书页。她甚至不敢抬眼睛，好像五斗橱后面会出现什么东西似的。有时，她会对着书频频点头，好像深有同感。就像人们在赞同书中所涉及到的行为时常常表现出的那样，她为故事情节发生了转变而高兴。读到描写湖水的地方，她会放慢阅读的速度。她拼命地冲向那浓浓的夜色的深处，因为那里有一片快要烧光的五彩火焰，他们家的照明就取决于它。书中有一处写道：一个迷路的人一边时断时续地呼喊着，一边谛听着是否有回应的声音。然而，他听到的只是自己的脚步声。珍尼亚感到喉咙有些沙哑，她不得不咳嗽一阵。一个非俄罗斯式的名字——“米雷”，使她从麻木的状态中清醒过来。她把书放到一旁，开始陷入沉思。“原来，亚洲的冬天是这个样子的。在这样黑的夜里，那些中国人又在干什么呢？”珍尼亚的视线落到了钟表上。“和中国人一起待在这么漆黑的夜里，应该会感到很害怕吧。”珍尼亚把视线移回到钟表上，她吓了一跳，已经十一点多了，父母随时都有可能回来。她解开皮鞋的带子。她想到，该把书放回到原处了。

珍尼亚一下子跳了起来，她睁大眼睛坐在床上。她听到了一些声音。不是“一个”小偷，他们人很多，他们走起路来脚步声也很响。他们大声说着话，就如同在大白天一样。突然，有人像挨宰一样地大叫起来。另外，还有人在拖东西。他们撞翻了椅子。大声叫喊的是个女人。珍尼亚渐渐听出了所有人的声音。大得令人难以置信的奔跑声响了起来，关门声也砰砰的响个不停。最远处的一扇门砰的一声关上了，那声音就像是女人的嘴被堵起来一样。可是，那扇门又打开了，于是，家里面又响起了一阵刺耳的尖叫声。那声音竟然是母亲发出的。珍尼亚猜出来了，她的头发吓得都竖起来了。尤里莎在哭诉。父亲的声音她只听到过一次，然后就再也听不到他的声音了。有人正在把谢廖沙往一个房间里推。他喊着“不许关门，都是自己人”。珍尼亚只穿着一件衬衫就冲到了走廊里，她还光着脚呢。父亲险些把她撞倒，他身上还穿着大衣。她跑过去时对着尤里莎喊了一声：“爸爸！”

她看见父亲端着大理石水罐从浴室里跑了回去。

“爸爸！”

“莉帕在哪里？”奔跑中的父亲用一种不太像他的声音大声问道。

他把水洒了一地，然后进了门。过了一会，他脱掉上衣，只戴着硬袖口，探出了头。珍尼亚已经躺在尤里莎的双臂中了。她没有听到那用极其深沉而疯狂的耳语说出来的话，所以她问：

“我妈妈怎么了？”

而尤里莎只是不停重复着一组同样的话：

“小珍尼亚，不要这样，不要这样。乖乖，睡吧，快去睡觉吧。盖上被子，侧身躺下。天啊，上帝啊……乖乖，不要这样，不要这样。”这就是她的回答。她一边唠叨着，一边给珍尼亚盖上被子，就像是在伺候一个婴儿一样。然后，她准备离开了。

“不要这样，不要这样。”可是，到底是不要怎样呢，她并没有说清楚。尤里莎满脸泪痕，头发也披散着。她出去以后，第三扇门的门锁咔嚓一声锁上了。

珍尼亚划着一根火柴，她想看看天是不是快亮了。才十二点多。真奇怪啊！难道她连一个小时也没睡到吗？在那儿，在父母的房间里，吵闹声并没有停下来。嚎叫声一阵连着一阵。后来，在短短的一瞬间里出现了一大片永恒的寂静，在这片寂静中，夹着急促的脚步声和小心谨慎的谈话声。后来，铃声响了。接着，又是一阵门铃声。然后，讲话声、争论声、命令声不绝于耳，整个房间仿佛都要在那些声音中被烧断了。然后，它就掉下来了，仿佛是一千盏已经熄灭的枝形灯掉在了下面的桌子上。

珍尼亚睡着了，她是含着眼泪入睡的。梦中，她看见来了一些客人，而她则在清点他们的人数。她老是数错，而且每次都多数了一个人。每当数错时，她的心里就会充满恐惧，这种恐惧就如同她意识到那个不停尖叫的人不是别人正是她的妈妈时一样。

为什么晴朗的清晨却让人感觉不到欣喜呢？谢廖沙仿佛已经看到了在室外才能进行的那些游戏，比如掷雪球、打雪仗。因为工人们正在为餐厅打蜡，所以茶点就被送到学习室里来了。父亲走了进来。可以看出，他对于地板打蜡的事一无所知，他确实不知道这些事。他把调换房间的真正原因告诉了他们：母亲病了，她需要安静。

一群乌鸦无所事事地嘎嘎叫着，它们从白茫茫的街道的上空飞过去。小马拉着雪橇从旁边走了过来，它好像还不太习惯新的套具，步子经常迈错。

“你将被送到杰芬多夫家里去，我已经安排好了。而你……”

“为什么？”珍尼亚打断了他。

谢廖沙已经猜到原因了，他抢在父亲前面做出了回答。

“为了不被传染上——”他在开导妹妹。

街上传来的声音使他没能把话说完。谢廖沙跑到了小窗户的跟前，好像有人把他召唤到那里去似的。鞑靼人穿着新衣服走了出来。他像一只野鸡，但又很漂亮。他头上戴着一顶羊皮帽，那没挂面的熟羊皮看上去比精加工的山羊皮还要暖和。他走路时左右摇摆，这可能是由于他那白色毡靴上的装饰画不太符合人的脚掌结构。这些花纹非常随意地向四周伸展开去，它极少顾及哪里是脚，哪里是茶碗，哪里又是门廊的屋顶。卧室里的呻吟声变得更强了。父亲走到走廊里,不让孩子们跟着自己。他用狭窄而干净的雪橇在林间的空地上压出了痕迹,这些痕迹就像雕塑一般整洁,而雪则显得更白、更光滑了。

“你把这封信交给杰芬多夫,要交给他本人,知道吗?喂,穿衣服吧。有人会把衣服给你们送到这里来的。你们还是从后门走吧。阿赫梅季扬诺夫一家在等你。”

“已经在等我了吗?”儿子嘲讽似的反问了一句。

“是的。你们在厨房里把衣服穿好。”

说话的时候,他有点漫不经心。他不慌不忙地把他们送进厨房。厨房的板凳上放着他们的大衣、帽子和靴子,堆得就像小山一样。冬天的寒气从楼梯口刮了进来,飞驰而过的雪橇在空中留下冷飕飕的号叫声。珍尼亚和谢廖沙急忙穿起衣服,但他们的手却怎么也伸不到袖子里去。衣服还散发着木箱和旧皮毛的味道。

“你还在磨蹭什么?”

“别放在边上,它会掉下去的。喂,怎么样?”

“她老是哼哼。”女佣提起围裙。她俯下身子,拾起一把木柴,把它们扔进快要熄灭的炉膛里。“这事可与我无关。”她有些生气了。她走到厨房里去了。

一个黑色的破水桶,里面放着碎玻璃和黄色的药方。一团团如同闪着光一般的血浸透了毛巾。真想把它们踩灭,就像踩灭那些阴燃的腐败物一样。开水在锅里沸腾,一些形状怪异的白碗和白钵放在锅的周围,就像在药铺里那样。

小加利姆正在外屋砸冰。

“夏天剩下来的冰还多吗?”谢廖沙问道。

“就快有新冰了。”

“让我来。你不应该把冰砸碎。”

“为什么不应该？应该把它砸碎的，还要装在瓶子里呢。”

“喂，你准备好了吗？”

可是，珍尼亚又跑回房间里去了。谢廖沙已经走到楼梯口，他一边等着妹妹，一边用劈柴敲打着楼梯的铁栏杆。

八

大家坐在杰芬多夫的家里吃晚饭。老奶奶画着十字摇晃了一下，然后坐到了圈椅上。油灯发出昏暗的灯光，不时冒出微微的烟。杰芬多夫时不时把一只干枯的手伸向油灯的螺丝杆，有时它被捻得太高，有时它又被捻得太低。他一边把手从油灯前慢慢收回，一边慢慢坐回到原处。他的手有些微微发抖，当然，这并不是老人那样的手。他好像在用它举起一只斟得过满的杯子，他的手指尖，即紧靠手指甲的那段手指，正在颤抖。

他吐字清晰，声音平稳。他说出的那些话仿佛不是由声音而是由字母组成，他会把所有字母甚至硬音符号都读出来。

油灯那圆鼓鼓的灯罩颈已经被烧得发烫，上面沾满了像胡须一样的老鹳草和天芥菜。蟑螂正向着玻璃散发出的热气爬过去。钟表的指针小心翼翼地移动着，时间在以冬天的缓慢节奏慢悠悠地爬行，在这里，它好像都快要肿起来了，甚至都要化脓了。院里的一切都被冻僵了，臭气熏天。窗外人来人往，在灯光的照射下，两三个人影不时出现。

杰芬多夫把煎好的动物肝脏摆在餐桌上。盘子里加了洋葱，所以它不再冒热气了。杰芬多夫不知在说些什么，他说话的时候经常重复“我建议”这三个字。杰芬多娃也喋喋不休地说个没完。可是，珍尼亚却没听进去他们的话。从昨天开始她就一直想哭，现在，她更想大哭一场了，她想穿着这件按母亲的意思缝制的短衣痛痛快快地大哭一场。

杰芬多夫理解珍尼亚此时的心情,他在想尽办法让她开心。他时而用同小孩子讲话的语气跟她说说话,时而又走向另一个极端。他那些逗笑的问题使她感到又害怕又窘迫。他在黑暗中摸索着女儿的这位朋友的心思,可是那效果却好像是在问她的心有多大年纪一样。他打算先准确无误地捕捉到珍尼亚的某个特点,然后再利用它去帮助这孩子暂时忘掉家里的悲伤。可是,他的探索却只能提醒她,她是在别人的家里。突然,珍尼亚忍不住了,她站了起来,像孩子似的难为情起来。她喃喃地说:"谢谢,我真的吃饱了。我可以去看连环画吗?"

看到这一幕,大家都纷纷露出困惑的神情。珍尼亚的脸涨得红红的。她把头转向隔壁房间,又加上了一句:"瓦尔特·司各特的作品,可以吗?"

"去看吧,去看吧,宝贝!"老奶奶一边嚼着东西,一边挑动双眉示意杰芬多娃坐在原处别动。"多可怜的孩子。"两条深红色的门帘在珍尼亚的身后合拢后,她这样对儿子说。

书架被一整套《北方》压得有点倾斜了,书架的下半部分是一套褪了色的、烫着金字的《卡拉姆津全集》。一盏粉红色的吊灯从天花板上垂下来,一对破旧的小圆椅摆在灯光之外。当踏上那条铺在黑暗处的小地毯时,珍尼亚感到有点意外。

珍尼亚本以为,她一走进书房就会嚎啕大哭起来。可是,眼泪在她的眼睛里不停地打着转,悲伤却没有涌上来。她怎样才能摆脱这种忧愁呢?从昨天开始,这种忧愁就像一根横梁一样压在她的心上。眼泪拦不住她,也无力抬起拦住它们的闸门。她开始相信母亲了,她希望母亲能助她一臂之力。

有生以来,她第一次在别人的家里过夜。这也帮她测定了一件事:原来,她对那位世界上最宝贵的亲人是如此地眷恋。

突然，她听到了杰芬多娃在门帘后面发出的笑声。

“啊，淘气鬼！你这个坐不住的人！”老奶奶一边咳嗽，一边晃动着身子。

珍尼亚感到很奇怪。过去，她怎么会爱这个小姑娘呢？此刻，这个小姑娘竟在她的身边嬉戏，这笑声使她们之间变得那么疏远。有个东西在她的心里翻了个个儿。当对母亲的思念涌现出来的时候，她便任凭泪水流出来了。此时，那位受苦的母亲的思绪仍旧停留在昨天那一连串的事件当中。她就像是站在欢送的人群之中，她站在最后面，被带走珍尼亚的那列火车任意摆布。

可是就在昨天，在学习室里，柳韦尔斯太太还盯着她看来着。她那仿佛能洞穿一切的目光曾令珍尼亚非常难以忍受，它深深地刻在珍尼亚的脑海，怎么也挥之不去。珍尼亚觉得，现在她感受到的一切都和那目光粘在了一起。这就好比一本原本珍贵的书或某个应该被带走的东西，人们在忽视、遗忘了它很久之后，才发现它原来是那么珍贵。

这种发现已经足以令人发疯了。无止境的悲痛使她像喝醉了酒一样神魂颠倒起来。珍尼亚站在窗前无声地哭着，泪水在流淌，但她却没有擦掉它们。她的手里没有拿什么东西，但也没空着。她的双手非常有力地伸直了，固执而又充满激情。

她的思绪被一个突如其来的想法占据了。她忽然觉得自己很像自己的母亲。这种感觉同“对这种感觉非常确定”的感觉坚定地结合在了一起，而后者又把“对爱的臆想”变成了现实。虽然现在还做不到这一点，但她已经能够用一种美妙的力量令自己化身为母亲了。这种感觉是如此地强烈，强烈得令人不由得呻吟起来。这是一个女人意识到自己的外貌十分有魅力时所特有的那种感受，珍尼亚自己还无法意识到这一点。

珍尼亚离开房间去见杰芬多夫一家人去了。眼泪使她陶醉，也使她清醒。她没用自己原有的步伐,而是用一种已经改变了的、因耽于幻想而略显凌乱的新步伐走了进去。看到迈着大踏步重新走进来的小姑娘,杰芬多夫立即就感受到了一种“不一样”。他觉得他对小姑娘的那些看法或许并不恰当。那么,他到底应该如何看待这个小姑娘呢?如果没有眼前的茶炊,或许他现在就会开始琢磨这个问题了。

杰芬多娃到厨房里取托盘。她把茶炊放在地板上,于是,大家的目光全部集中到了那冒着热气的铜茶炊上了。它好像是个有生命的东西似的,等它被搬到餐桌上来的时候,它那任性而古怪的脾气就全都不见了。珍尼亚坐回到自己的座位上,她决定和大家谈一谈。她模模糊糊地觉得,此时的话题应该由她来挑选,否则,大家会觉得她还像过去那样孤独。他们看不到,她的心此时正和她的妈妈在一起。这种鼠目寸光的做法让她倍感痛苦,更要命的是,这还会给她的妈妈带来痛苦。她仿佛因为妈妈而受到了鼓舞,“瓦萨·瓦西里耶夫娜!”她对着杰芬多娃叫道。杰芬多娃正边吃边把茶炊放到托盘的边上去……

“你能生孩子吗?”珍尼亚问杰芬多娃。

杰芬多娃没有立即回答。

“嘘,小声点,别喊。当然能呀,我和所有的女孩都一样。”她断断续续地低声说道。

珍尼亚看不见女友的脸。杰芬多娃正在桌子上摸火柴,她怎么也摸不到。

在这方面,杰芬多娃显然比珍尼亚懂得多。她什么都知道,当然,有些事情她也是从别人口中听来的。在某个特殊时期,被创造者选中的那些榜样也会造反,也会暴动,当然也会撒野。他们同样是过不了这一关的,这样反而倒像是最平常的现象了。在这个时期,孩子们的疯狂只不过是一种印记,一种用以标明他们完整性的印记。

有一天，在一个角落里，有人悄悄讲了一大堆关于偷情和下流事的话。珍尼亚并没有被听到的事情吓住，而是把它们统统都留在了脑海里，她甚至还把它们从街上带回到了家里。路上，这些听来的话她一句也没有丢掉，她还把这些乌七八糟的东西全都保存了下来。她什么都知道了。她的身体没有发烧，她的心也没有感到不安，她的灵魂更没有因为脑子竟敢擅自在外面背着它了解到一些事而殴打它。

“我知道。”

你什么都不知道，杰芬多娃心里想。

“我知道，”珍尼亚重复了一句，“我问的不是那些事。我问的是，你是不是觉得，只要迈出一步，就会突然生孩子，就是……”

“你进来吧！”杰芬多娃忍住笑，声音嘶哑地说道，“你居然在这里大喊大叫，隔着门也会被人听到的！”

这次谈话是在杰芬多娃的房间里进行的。说话时，杰芬多娃的声音很低，低得甚至能听到洗脸盆滴水的声音。她已经找到了火柴，但还未点灯，她不想让女友看到她在窃笑，她不想得罪女友。而她之所以宽容女友的无知，只是因为她没有料到此事可以另有讲法。她原来可以不必使用在这里、在家里、在不上学的女友面前说不出来的那些个说法。她点亮了灯。桶里的水已经盛得满满的了，杰芬多娃开始擦地板。她把几欲爆发的一阵笑声藏在了围裙里，藏在了抹布擦地的声响中。最后，在找到一个合适的理由之后，她终于忍不住放声大笑起来，梳子也被她掉进木桶里了。

这些天，珍尼亚只知道自己在想念着家里人。她等着家里派人来接她的那一刻。在白天的时候，当杰芬多娃去上学以后，家中便只剩下奶奶一个人。每每此时，珍尼亚都会穿上衣服，一个人到外面闲逛。

郊区的生活与柳韦尔斯一家过去经历过的那些生活很不一样。

在一天中的大多数时间里，这里都是荒凉而又寂寞的。这里甚至没有多少可供眼睛欣赏的地方，目力所及，除了可以用来打人的树条和打扫烟筒的掸子，几乎就别无他物了。到处都是煤堆。黑色的污水在街上流着，它们一结成冰马上就会变成白色。在一定的时间里，满大街都是老百姓，工人们像蟑螂似的在雪地上散开。茶馆的大门靠着滑轮在开开关关，门里面，肥皂沫似的水蒸气仿佛是从洗衣房里冒出来的。奇怪的是，当身穿一件被蒸热了的衬衫的人弯着腰在街上飞跑而过时，当身着不结实的裤子并在外面套一双毡靴的人闪来闪去时，街道上好像变得暖和了，春天好像就要来临了。鸽子好像不再怕人了，它们飞到街上，因为那里有吃的。乱扔在雪地里的稗子、燕麦和牲口粪便到处都是。卖烤馅饼的售货亭因沾满油脂和冒出热气而显得油光锃亮，这种光和热纷纷落进被劣质白酒洗漱过的那些嘴里。油脂烫得人喉咙发热。随后，这热气又在路上不断地从呼吸着的胸膛里冒出来。这条街难道不是被这些东西烘热的吗？

刚才还热闹非凡的街道，转眼间又会变得空无一人。黄昏降临，运柴的雪橇驾着空车疾驰过去，上面坐着几个大胡子。那些大胡子裹在皮大衣里朝天躺着，像是先被淘气的熊抱住然后又被撂倒了一样。他们经过之后，路上留下束束干草和渐渐消逝的悠扬动听的铃铛声。商人们消失在拐弯处，消失在白桦树后面。从这里看过去，白桦树就像是些破损的栅栏。

一群乌鸦在它们屋顶上方尽情地飞着，它们边飞边发出叫声。不过，它们在这里并不会哑哑乱叫，它们掀起“一阵”叫声后，就张开翅膀，连蹦带跳地降落到各自的栅栏上了。突然，如同听到命令似的，这些乌鸦迅速冲向前去，它们在树枝上挤来挤去，以找到栖息的安乐窝。这是一个姗姗来迟的时刻！这是一个美好的时刻！任何一只钟表也表达不出这样的时刻！

如此这般地过了一周。在接下来的星期四，在拂晓前，她又见到了他。杰芬多娃的床空着。珍尼亚醒来时,围墙的门在她的身后砰的一声关上了。她下了床,没点灯就径直走到了窗前。外面还是一片漆黑,可是她感觉得到那里的异样。在天空中,在树枝上,在狗的动作里,都存在着一种和前夜相似的沉重感。阴沉沉的天气已经滞留了两个昼夜了,还没有哪种力量能把这种天气从已经变得松软的街道上拖走,这就如同把一块生铁从不平滑的地板上拖走一样难。

街对面,一个窗户里的灯亮了。两条明亮的光柱投射到马的身下,同时也照在杂乱的草垛上。雪地上人影晃动,袖筒的影子掩起了皮袄的边襟;光线在挂着的窗帘上不停地移动;小马驹低着头在一动不动地打着盹。

那时,她看见了他,她一下子就认出了他。瘸子提起油灯,拎着它慢慢地走远了。在他身后有两条明亮的光带,一边歪斜变形并逐渐伸长,另一边则不停地向前移动着。光带后边有一架雪橇,它迅速地闪了一下,然后便以更加迅速的速度冲入到了黑暗中。它慢慢地绕到屋后,最后临近门廊。

奇怪的是,在这里,在郊区,她仍旧遇到了茨韦科夫。不过,珍尼亚对此并不感到奇怪,她对他并不是太感兴趣。过了一会,油灯又出现了。它平稳地掠过所有的窗帘,然后又倒退回去。突然,它出现在原先那条窗帘的后边,继而又出现在原先的那个窗台上。一开始,它就是从那里被人取走的。

这事发生在星期四。到了星期五,终于有人来接她回去了。

九

回家后的第十天,也就是在中断了三个多星期后,珍尼亚又重新复课了。珍尼亚从辅导老师那里知道了所有的事情。午饭后,医生收拾好听诊器坐车走了。她请他代她向在春天时为母亲检查过身体的那座房屋、那些街道以及卡玛河鞠躬致敬,而他则希望再也不要把他从波姆市召到这里来为人治病了。她把医生送到大门口。她回家后的第一个早晨就遇到了一个医生,这着实让珍尼亚大为震惊。那时,妈妈还在睡觉,任何人都不许去看她。当她问起妈妈患的是什么病的时候,那个医生就从那天夜里讲了起来。那一天也就是她的父母去戏院看戏的那天。散戏后,大家走出了戏院,这时,他们的小公马……

"小畜生?"

"是的,如果你愿意这样称呼它……小畜生开始乱蹦,它用前蹄站了起来,撞倒了一个路人,还把他踩在了脚下……"

"怎么啦?踩死了吗?"

"唉!"

"那我妈妈呢?"

"你妈妈神经失常了。"他浅笑了一下。接着,他用同样的神情对小姑娘说了一句拉丁语:"partus praenaturus[①]"。

"妈妈生下了一个死掉的小弟弟吗?"

"谁告诉您的?……是的……"

"是什么时候生的?是当着他们的面生下来的吗?他们见到他时,他就已经没有气了吗?您不用回答了。啊,多么可怕呀!我现在明白了,他已经死了,不然,我就能听到他的声音了。当时我在看书,一直看到深夜,我是能听到一切动静的。那么,他是什么时候死的呢?医生,难道这种情况很常见吗?我甚至到卧室里去过一趟呀!他已经死了,肯定如此!"

这是在杰芬多夫家中观察到的情景,这是在黎明时看到的情景,这是昨天才发生的情景。而可怕的事则是在戏院门口发生的,到现

---

① 拉丁文,早产。——原注

在已经是第三周啦！多么幸运啊，她认出他了！她模糊地想到，如果这段时间里她没有遇见他，那么她现在，在听了医生的那番话之后，一定能断定在戏院门口被踩死的那个人正是瘸子。

瞧，医生在他们家已经客居这么长时间了，他已经把自己当成这个家庭的一员。现在他要离开了。晚上，辅导教师来了。有人在厨房里熨衣服，衣服已经在白天被洗过了。窗框上的霜已经融化。花园紧挨着窗户，现在，它已经陷入到钩花的窗帘里了。雪水已逼近餐桌。滚筒短促的隆隆声不时传进谈话中来。像其他人一样，季吉也发现珍尼亚变了，而珍尼亚也发现了季吉的变化。

“您为什么这么忧郁？”

“是吗？什么事都会发生的。我失掉了一位朋友。”

“您也有悲痛？这世间到底有多少死亡呀！而且它们还都是突然发生的！”珍尼亚叹了一口气。

当季吉准备讲述他的伤心事的时候，一种无法解释的情形又出现了。小姑娘突然有了别的想法。说到死亡的人数时，她显然忘掉了那天早晨所见到的灯光。她激动地说：

“等一等。涅加特即将出行的时候，有一天，您出现在了烟商那里。我看见您和另外一个人在一起，是这个人吗？”这个人指的是茨韦科夫，但珍尼亚不敢说出口。

听到这句话时，季吉呆住了。他想起来了，他们当时的确去买过纸，他们还为柳韦尔斯太太打听过《屠格涅夫全集》的事。当时，他也的确是和那位已故者待在一起的。他们两个人一起去的。她打了个哆嗦，泪水立即涌上了她的眼眶。但是，更重要的事情还在后面。

季吉在时高时低的隆隆声的伴奏下，断断续续地讲完了自己的话。这是多好的一位少年啊，他出生在一个良好的家庭里。季吉抽起烟来，而正是这口烟使得这位教师没有去重复医生讲过的那些事情。想到这，珍尼亚不禁打了一个寒战。当他试探着说出包含“戏院”在内的几个单词时，珍尼亚大叫了一声，从房间里跑了出去。

季吉留心地听了听，除了熨衣服的声音外，屋内就再也听不到别的声音了。他像一只鹳一样站了起来。他伸出脖子，略微抬起一只脚，他准备冲出去帮忙。他确定家中没有其他人了之后，便跑出去寻找珍尼亚，她可能已失去知觉了。他在黑暗中摸索着，他摸到了木头、羊毛、金属以及其他一些莫名其妙的东西。他想像着珍尼亚已经断了气，而他则在想办法将她从地毯上抱起来。突然，季吉胳膊肘后面传来一声大叫，那叫声还带着哭腔。这着实把季吉吓了一跳。原来，小姑娘正坐在他身后的角落里哭泣呢。

“我在这儿。当心，那里有一堆东西。请您在学习室等我一会，我马上就回来。”

窗帘一直垂到地板上。窗外，冬天的星空一直垂到地面上。茂密的树木低低的，它们拖着一层层熠熠发光的树枝，在没腰的雪堆中，在深厚的雪地上，向着窗里透出的明亮的灯光艰难地走去。在墙背后的某个地方，沉闷的、隆隆的擀压声忽前忽后地回荡着，像是被床单紧紧蒙住了一样。辅导教师在思考，怎样才能把那件敏感的事情向小姑娘解释清楚。那位死者在小姑娘的心中一定占据着一个特殊的位置。她的变化很大：当初向她讲解循环小数时，她还是个孩子；然而现在，她竟然学会叫“他”回学习室了，才仅仅过去一个月啊！看来，死者在某个时候曾经给这位小姑娘留下特别深刻的、难以磨灭的印象，这种印象自有它自己的名字。真是怪了，他每隔一天就给她上一次课，但他竟然没能发现这一点。她是那样可爱，他无法不可怜她。什么时候她才能哭够？什么时候她才能回来上课呀？对了，其他人都去做客了。我是从心底里可怜她。多么美妙的夜色！

他错了，他的想像与事实完全不符。但有一点他没有弄错。隐藏在现象后面的印象是无法被抹掉的，它的特点就是它比他所能想到的深度还要深……这超出了小姑娘的知识范围。这件事的意义就在于，有生以来第一次，另外一个人走进了她的生活。而且，还是一个第三者，一个与她完全没有关系的人。他没有姓名，即使有，也是一个既不会引起仇恨也不会产生爱情的、带有偶然性的名字。但是，它却是戒律所指的那个名字。面对一个人时，戒律会说“不可杀人，不可盗窃”等等。戒律说：“你这个特殊的、活生生的人，一定不要对他人做你不希望对自己做的那些事。”季吉以为这种印象自有它自己的名称，其实，他大错特错了，它们没有名字。

珍尼亚还在哭，因为她认为一切罪过都起源于她。那一天，是她在别人的花园后面看到他，并把他引入到自家的生活中的。现在看来，这样做简直毫无必要，毫无益处，毫无意义。后来，她总会时不时地遇见他，直接或间接地遇上他，甚至就像最后一次发生的那样，她在绝不可能的情况下还是遇到了他。

当她看见季吉从书架上取下一本书时，她皱起了眉头，说：

“不，今天我不会回答问题的，请您把它放回原处。对不起，但请这样做吧。”

她没有再说下去。于是，那只手只好把《莱蒙托夫文集》放回到斜插着的一排经典作品中去了。

一九一八年

空中通道

献给米哈伊尔·阿列克谢耶维奇·库兹明[①]

一

在一棵老桑树的树荫下，一个保姆靠着树干睡着了。一大团浅紫色的乌云在路边升起。草丛里原本热得直叫的螽斯突然不再发出声响，兵营里咚咚作响的军鼓也瞬间消停。大地变得昏暗，世间仿佛也不再有生气了，整个一副无精打采的样子。

“往哪儿走？往哪儿走？”一个精神有些错乱的牧女掀动着被扎伤的嘴唇，扯着嗓门大叫起来。她拖着一条被压伤了的腿，跟在一头小公牛后边，一甩一甩地挥舞着野枝条，出现在花园另一端的垃圾堆中。那是个长着苦茄子的荒凉地方，乱砖头和压坏了的铁丝随处堆着。昏暗的空气中弥漫着一股腐臭味。

不多久，她就消失不见了。

矮矮的麦茬一直延伸到天边。乌云朝被烤焦的麦茬扫了一眼，便像骏马似的轻巧地扬起前蹄，直立了起来。乌云悠游地漫游着。在它的下方，麦茬地继续向前延伸，一直延伸到兵营的后面。乌云放下两条前腿，平稳地穿过马路，悄无声息地沿着第四条轨道向前溜

---

① 米·阿·库兹明(1875—1936)，俄罗斯诗人，象征派与阿克梅派代表人物之一。

去。匍匐在地面上的已经有些秃顶的灌木丛，沿着河岸追随它而去。它们像流水一般流动，似乎在向它鞠躬致意。然而它并没有搭理它们。

浆果和毛毛虫热糊涂了，纷纷从树上掉下来。它们一个接一个地滚落下来，钻到保姆的围裙里去。这下它们不必再被晒得胡思乱想了。

一个小孩爬到水龙头跟前。他已经爬了很久，还在继续往前爬。

大雨终于落了下来。像要躲避漆黑的夜雨砸到它们身上似的，两条铁轨沿着弯弯曲曲的篱笆飞驰而去。当这个湿漉漉的夜晚开始用戏谑的语气，气喘吁吁地对你们喊着不要害怕时，当它说它的名字叫暴雨、爱情或者别的什么时，我就会开始向你们讲述事情的经过。被偷走的小男孩的父母晚上就洗干净了自己的凸纹布衣服。天色尚早。他们像要去打网球似的，穿着雪白的衣服，穿过黑暗的花园，走到标有站名的柱子跟前。就在这时，市内火车那突出的底盘从菜地后边徐徐地开了出来。火车喷出来的黄色烟雾瞬间便遮没了那家土耳其人开的糖果店。

他们要到码头去接一名海军学校的学员。那个人曾经爱过她，而且现在仍旧是她丈夫的朋友。在获得了舰长证书以后，他将在今天早晨抵达这座城市。

丈夫急切地想把自己初为人父的深切感受告诉这位朋友，这种强烈的感觉到现在还没有完全冷却。经常发生这样的情况：一件并不复杂的事情，却能使你强烈地感受到某个特殊的意义和某种前所未有的魅力。这事对你来说是如此新鲜，就像一个人刚刚周游了世界，极大地开阔了眼界，有很多话急于倾吐一样。你能感觉到，在即将到来的会面中，他也只不过是你的听众而已，而你那滔滔不绝的话语定会使他大为震惊。

她与丈夫相反。她就像急于入水的铁锚，想要听一听那忙碌的港口上传来的铁器乱撞的叮当声，看一看那带有三个烟囱的巨轮上的赭红色锈斑，以及像流水一般流淌着的粮食；她想要置身于天空、风帆和水兵服发出的清脆响亮的拍击声之下。两人的心思是很不一样的。

大雨滂沱，倾泻而下。现在，我要开始做我允诺过的那件事了。核桃树的树枝在水渠上空咯吱咯吱作响，两个人影在田野里奔跑着。留着黑胡子的男人穿了一件绿色长衣，还戴着银耳环。他抱着一个神情愉悦的小孩子。身旁女人的乱蓬蓬的长发正在风中飘飞。大雨滂沱，倾泻而下。

二

原来，他早已被提升为海军准尉了。

夜里十一点，由市里开出的最后一趟火车渐渐驶近车站。此前早已身心疲惫的火车在拐过弯道之后开始变得躁动不安起来。现在，它把整个林区的空气连同树叶、沙粒和露水满满当当地吸进了水箱里。然后，它慢慢地停了下来。最后的一阵轰鸣过后，它终于沉静了下来，耐心地等待着站里的回应声。终于，声音从四面八方的路上向它聚拢过来。与此同时，一位女士、一个男人和一个士兵——他们全都穿着白衣服——走过大道，拐进一条人行小径，直到一个沾满露水、好似耀眼的光轮一样的屋顶从一片杨树林后边直接浮现在他们面前。他们走到篱笆跟前，“砰”的一声关上了篱笆门。这竟然没有碰掉流水槽、屋脊或飞檐中的任何一样东西，而它们此刻全都像发痒的耳环似的在篱笆门的吊环里摇晃。与此同时，那铁制的行星也随着他们的靠近而渐渐沉入远方。远行的列车发出的轰隆声忽而出人意料地尖利起来，忽而又全然听不见了。它仿佛正伪装出短暂的安静，欺骗着自己和别人。终于，列车像一滴细小的肥皂水或雨点一样，消失得无影无踪。

后来人们弄清楚了。原来，那根本就不是火车的声音，而是大海为了取悦自己而掀起的层层水浪。月光穿过大路边缘，在站台的小树上倾泻而下。当你看到这个景象时，你会想起某位极其熟悉却又时常被人们忘记名字的诗人经常描绘的那种场景。这样的情景，经常在过圣诞节的时候被布置出来，呈现在孩子们的面前。你还会想起，这样的情景曾在你的梦里出现过，那时候，它被叫做世界的尽头。

沐浴着月光的门廊旁立着一个装颜料的白桶，还有一把靠墙倒竖着的、粉刷墙壁用的刷子。这时，朝向花园的那扇窗突然被打开了。

“今天已经粉刷过了，”一个女人低声说，“您注意到了吗？咱们去吃晚饭吧。”

随后又是一阵寂静。这寂静没有持续多久，屋里开始陷入一片混乱。

“怎么啦？怎么没有了？不见了吗？”一个男人和一个歇斯底里的女人同时叫了起来。那男人的嗓音听起来就如同松弛的琴弦发出来的噪音。

“是在树下吗？是在树下吗？马上给我站起来！好好地讲。别哭。看在基督的份上，请把我的手放开。天啊，这是怎么一回事！我的托沙，托申卡[①]！不许哭，不许哭！你亲眼看见了？没良心的东西，不要脸……可恶的东西！”他有点语无伦次了。痛苦的声音汇聚到一处，又突然中断了。这声音在更远的地方慢慢地响起，最后，一点儿也听不见了。

黑夜即将退去，但离天大亮还有一段时间。此时，寂静的大地上堆满了噤声的、干草垛似的怪影。它们在安歇。怪影星罗棋布，但它

① 托沙的爱称。

们之间的间隔却显得比白天时更大,仿佛是为了好好地休息一下而舒展开了手脚。在它们之间的空地上,怕冷的草地在被露水湿透了的枯枝败叶下喘着粗气。这声音轻微得几乎听不见。有时人们会发现,某个怪影原来就是一棵树、一朵花或其他某种熟悉的东西。事实上,这些影影绰绰的堆积物多半是没有名字的。它们略微有点头晕,在这半昏迷的状态中,它们未必会告诉你刚才是不是下过雨,现在是不是已经停了,抑或是即将要下雨,雨点马上就要滴落下来了。它们总是不断地被倒来倒去,用来从过去指向未来或者从未来指回过去。这种不确定性也就如同经常被人翻来覆去的沙漏中的沙粒。

在遥远的田地的另一边,隐隐约约闪现着三个人影。他们站在那里,如同被黎明时的一阵风刮走的亚麻布料一样,不知道会被刮到什么地方去。在他们的对面,大海那终将归于沉寂的呼啸声喧腾起来。这四者只能被从过去送到未来,却永远不会被送回来。而在同一时刻,那几个身穿白衣服的人正不时地从一个地方奔跑到另一个地方。他们一会儿弯下身子,一会儿又直起腰。然后,他们又跳进坑里躲起来。最后,他们走到了另一处田埂上。因为彼此离得很远,他们相互吆喝着,向对方摆着手。这些信号每次都会被误读,所以他们不得不马上换成另一种方式。这次,他们的手摆得更加急促,他们看上去也更加懊恼,但对方给出的却仍旧是表示他们没有看懂的信号。其实,他们的真实意思不过是不要返回原地、在找过的地方继续寻找。这几个人影的一系列动作给人的印象仿佛是,他们原本在夜里打棒球,结果不小心把球打丢了,以至于他们不得不在一条条水沟里找球,如果能找到,他们便会接着打下去。

空气中没有一丝风。看起来天就要亮了。望一眼这些被时断时续的大风吹离大地的人,就可以想像到这样的场景:风、黑暗和不安像一把断了三个齿的黑梳子一样梳理着林中的草地,在不断的梳理中,林草变得原来越柔软,越来越蓬松。

有这样一个法则:那种经常发生在别人身上的事是永远也不会发生在我们自己身上的。这个法则已经不止一次地被作家们援引过。它的确凿性就在于,当朋友们还认得出我们时,我们便认为不幸是尚可补救的;可是,当我们意识到事情已经无法挽回、不可补救时,朋友们就再也认不出我们了。仿佛是为了确证这一法则正确无误似的,我们会变成另外一些人,一些仿佛命里注定就该经受火刑或破产,遭受审判或进疯人院的不幸的人。

当那些还没完全丧失理智的人气急败坏地责骂保姆时,他们觉得情况应该像下面说的这样:只要他们惩治得当,男孩就会因为他们的恐惧与悲伤被人送回原处。这样一来,他们走进儿童室就可以找到男孩,然后轻松地舒一口气。然而,看着空荡荡的小床,他们只能惊惶大叫。他们只能带着一颗破碎的心,跑到花园里去寻找。一无所获后,他们又不得不跑出家门去找。为了找到孩子,他们越跑越远。然而,时间在一分一秒地流逝,夜色在慢慢变换,他们的希望与心境也在随之转变。现在,在这夜色将尽时分,他们已经变得垂头丧气、痛苦万分了。他们怎么也想不明白,自己到底是犯了什么罪,残酷的上苍又是出于什么目的!上天不但不给他们喘息的时间,还要拖着他们继续从一个角落走到另一个角落。但是,他们却永远也无法在这片大地上见到自己的儿子了。他们早已经忘记了那位海军准尉,因为他已经到峡谷的另一边寻找去了。

难道是为了这个有争议的观察结果,作者才向读者隐瞒他非常熟悉的事实吗?要知道,他比其他任何人都更了解,只要小镇上的面包铺一开门,只要两辆头班火车一错开,这件悲伤的事就会迅速传遍所有的别墅。这个消息最终会告诉从奥尔金纳来的那对孪生中学生,他们该把自己结识的无名氏和昨天的战利品送到什么地方去。

大地尚未睡醒,但晨曦已经从树下露了头。天渐渐地亮起来,如同发丝从戴得很低的尖顶帽子下探出来。海涛声像想要忽然销声匿迹似的，变得比原先更低沉了。不知出于什么原因，树木变得甜蜜媚人起来。它们越来越频繁地摆动着，用自己流光婉转的枝条轮流拍打着围墙。忽然它们又停下了，长时间地沉入到刚刚被搅醒的梦乡之中。鸟巢的深处，那被层层树影笼罩下的安乐窝里，一只小鸟和它的啾啾叫声如同两颗稀有的钻石一般闪烁着。小鸟既害怕孤独，又不愿承认自己的渺小，所以，它正极力让自己融入到那片一望无际的露水里。终于，它成功了。它把小脑袋歪到一侧，紧紧地眯缝起眼睛。刚刚从睡梦中睁开眼的大地悄无声息地围绕在它的周围，看上去既愚蠢，又忧郁。看到周围这一切，小鸟不由得高兴起来。然而，这些努力似乎还不够。突然，有力的鸟叫声从积蓄已久的力量中爆发了。这声音像冰冷的星辰一样突然闪烁起来，又像一个永恒不变的图案被投射在了变化不定的空间中。它渐渐冷却下来的声音里却不可思议地发出了回声和喷射声，就像是有人把一只巨大的眼球倒在了茶碟上一样。这声音令它彻底暴露了。

看吧，天亮得更快了。整个花园都布满了湿漉漉的白光。这白光以最密集的方式泻向粉刷过的墙壁，泻向撒满砾石的小路，泻向那些涂抹过某种如石灰般微白的明矾混合剂的果树树干。看，孩子的妈妈，脸上带着同样苍白的颜色，从野外回来了。她正沿着花园踉踉跄跄地走过来。她没有停住脚步，而是跌跌撞撞地横穿到后院里。她甚至没有注意到自己的双脚踩在什么东西上或陷进了哪里。高高低低的畦地使她走起路来上下颠簸，好像她那不安的心情还需要搅匀似的。穿过菜园，她走近了篱笆墙，在那儿可以望见通往营地的小路。海军准尉也向这个地方走过来。为了避免绕花园再走一圈，他准备翻过篱笆墙。东方的天空已经露出鱼肚白。他爬到篱笆上，像一片被风吹斜的船上的白帆。她扶着篱笆的桩等着他。看得出来，她想跟他说点什么，而且，她完全准备好要说什么了。

在海岸上，已经能感觉得到不久前已下过的或即将要下的那场雨已近在眼前。路基那边，整夜都听得到的隆隆声来自什么地方呢？大海像涂了一层水银的镜子的背面一样平躺着。它在渐渐变冷。只有在边缘地区，它才能稍稍苏醒过来，发出轻轻的呜咽声。地平线像患了病，颜色焦黄而又凶相毕露。这对于黎明时候的大海来说，或许还情有可原，因为大海紧临一堵长达几百俄里[①]的、肮脏的大猪圈的后墙。海浪随时都可能在那儿发疯，并从各个角落里掀起巨涛。现在隐约可见的是，海浪正在用肚皮爬行着，相互摩擦着，碰撞着，如同一大群黑黝黝、滑溜溜的猪。

海军准尉迈着快速有力的步子从山岩后边走到海岸上。他不时从一块石头跳到另一块石头上。他刚刚得知上边发生了一件令人震惊的事。他从沙滩上拾起一块扁平的碎石片，把它平抛入水中。石片就像在唾液上滑行一样，弹跳着斜滑了出去，发出所有浅水滩都会发出的那种难以捉摸的、如同幼儿啼哭似的声音。在对找回孩子彻底绝望后，他才从林中空地向别墅走去。这时，廖丽娅刚从里边跑到篱笆墙前。当他走到跟前时，她才匆匆地说了一句：

“我们再也不能这样下去了。上帝保佑！找到他吧，他是你的儿子。”

他一把抓住了她的一只手，廖丽娅却挣脱着逃走了。而当他翻身进到花园后，就哪儿也找不到她了。他又拾起了石头，一边不停地抛掷一边离去，最后消失在一块突出的岩石后边。

可是他本人留下的痕迹却还在他身后继续存在着、动弹着——这是受惊的砾石在慢慢地移动、塌落。它们翻过来又覆过去，不时发出轻微的叹息。它们也想要睡觉，也想让自己躺得更舒服些。这样，它们以后就能安安稳稳地睡个好觉了。

---

① 俄制长度单位，1 俄里 = 500 沙绳≈1.0668 公里。

三

时间已经过去了十五年。外面天色渐渐黑了，室内很昏暗。一个感到烦闷的士兵站在一个女人面前，这已经是这个陌生女人第三次来找省执行委员会主席团委员了，即前海军军官波里瓦诺夫。从前厅窗口，你可以看见穿堂的庭院，那里的积雪下填满了一堆堆的砖头。院落的深处以前有一个污水坑，现在则放着一大堆长久没运走的垃圾。天空如同一片茂密的荒草，它是在这一大堆由死猫和罐头盒堆积而成的斜坡上生长出来的，待到解冻的时候，它便会复活。在苏醒过来之后，它还会重新享受由滴答作响的融化的雪水、叽叽喳喳的鸟鸣以及空气颤动着发出的轻微嗡嗡声所组成的春天的自在的生活。然而，现在只需把目光从这个角落移开，把眼睛抬得更高一点，就足够使人惊叹不已——这片天空是多么地清新啊！

现在，他可以把那些从海上和火车站传来的、没日没夜的轰响和枪炮声通通驱散，这天赋的本领把他的那些关于一九〇五年的回忆也统统推到了远方。这回忆在被无休止的炮弹轰炸过后，已经被彻底压平和夯实了，就像被压路机来回轧过很多次一样。从此，它只是沉默地皱着眉头，一动不动地哪儿也不去，如同冬季里那一条条单调地延伸开去的轨道。

这是怎样的一片天空呢？即使在白天，它也会让我们想起我们在青年时代和行军途中见过的那种夜色；即使在白天，它也十分抢眼，甚至是引人注目；即使在白天，它也会布满荒凉的大地。它能把昏昏欲睡的人推倒，也能把睡梦中的人提起来。

这就是空中的通道。每一天，像李卜克内西、列宁和其他为数不多的、具有他俩那种气魄的人们的率直的思想，都像火车一般，沿着这条通道开过来。这些通道铺设得很有水平，它们足以穿越各种各样的边界，不管这些边界被叫做什么名字。其中有一条通道，是在战争时期开辟的，如今仍保留着原有的战略高度。而且，由于贯穿其中的那条边界的某些特性，这条空中通道强迫自己进入到边界建造者的行列中来。这条古老的军事支线在自己的地盘和光辉日子里曾穿越过波兰国境，然后又穿越了德国国境。如今，在这个地方，在它的起点旁边，在众目睽睽之下，它又将越出庸才及其耐力的界限。它越过院子的上空，院子似乎也害怕它那永久的使命和它那令人窒息的巨大身躯。所以，院子就像城外居民区纷纷避开轨道一样避开了它。这是属于第三国际的天空。

士兵回答女士说，波里瓦诺夫还没有回来。他的话语中含有三个层面的烦闷。这种烦闷类似于习惯了污泥浆的生物却陷于干涩尘埃中的那种烦闷。这种烦闷是部队里的人在做断后工作或征收工作时，向自己发问时所产生的那种烦闷。也就是说，规范的谈话顺序已经被颠倒，被打乱了，而这也让这位女士开始变得语无伦次和提心吊胆起来。最后，这种烦闷还是那种故意装出来的烦闷，而这样做的目的就是为了使某件从未发生过的事情看起来变得普通而又寻常。他非常清楚最近一个时期的制度对这位女士来说是多么不同寻常。所以他故意装出一副傻样子，就像根本就没有弄懂她的意思一样。事实上，除了专政之外，他确实也从未关心过其他的事情。

廖乌什卡突然走了进来。某个像巨人用的绳索一样的东西，把他从夹着雪、狂风和一片无法被照亮的黑暗的屋外，直接扔到了二楼上。士兵一把接住这神秘的东西，原来是一个公文包。然后他拦住来人，那架势就跟人们试图拦住一架正在全速转动的旋转木马一样。

“有件事，”他对来人说，“刚才有人从俘虏营来过。”

“又是关于匈牙利人的事吗？”

“是啊。”

“不是已经告诉他们了吗，光靠证件，这批人是走不了的！”

“哦,我非常明白这一点,必须乘轮船,才能走掉。我就是这样对他们解释的。”

“嗯,那接下来呢?”

“他们说:‘不用您说,我们也知道您的职责是要提供完备的文件,比如专门用于登船的文件。可以这么说,那只是例行公事。’他们要求必须给他们腾出一个舱位来。”

“好吧。还有什么事?”

“没有别的事了。他们说,只要给他们文件和一个船舱就行了。”

“不!”波里瓦诺夫打断了他的话,“何必重复!我谈的不是那件事。”

“卡纳特街送来一包文件,”士兵报出了契卡所在的那条街的街名。然后凑到他跟前,压低嗓门悄悄絮语,如同换岗交接班时那样。

“你怎么啦?就这样。不可能!”波里瓦诺夫冷淡而又漫不经心地说了一句。

士兵从他身边退开,两个人默默地站了一会儿。

“您带面包来了吗?”士兵突然灰溜溜地问道。根据公文包的形状,其实他已无须等到他回答。所以他又补充说了一句:“这儿还有一位……女公民要见您。”

“好吧,好吧,好吧。”波里瓦诺夫仍然漫不经心地拖长声音说道。

巨人的绳索抖动了一下,随后又被拉紧了。公文包动了起来。

“同志,请进。”他对着夫人说,请她进了办公室。他没有认出她来。

与昏暗的前厅相比,这儿更是漆黑一片。她跟着他走进去,但一进门便停住了脚步。大概因为那儿有一张铺满整个房间的地毯,所以他刚迈了两三步,脚步声就不知消失到哪里去了。后来,同样的脚步声在这个黑洞洞的房间的另一端响了起来,接着依次响起的是移动玻璃杯、面包干和方糖，拆开手枪零件和几支六棱铅笔等虚张声势的声音。他的手在桌子上慢慢地移动着。它们一边滚动着、揉搓着一些东西，一边寻找火柴。她几乎无法让自己的精力马上集中到这个房间里。房间里挂着地图，橱柜里凌乱不堪。当这一切突然出现时，老彼得堡大街上的青铜像也伴随着一团光，露出了它那伸出来的手。那只手好像已经做好了准备，要去点亮所有的景色。突然，电话铃响了。嘀铃铃的颤音像是来自广漠的田野或穷乡僻壤，这使人想到电话线是穿过一座完全陷入黑暗中的城市后才通到这里来的。电话里所讲的是一件在布尔什维克管制下的某个外省发生的事情。

"是的，"这个满心烦恼、快要累死了的人在回电话，他用一只手遮住眼睛，"是的，我知道，我知道。胡说，沿线检查一下吧。胡说！我跟司令部联络过了。日梅林卡大约在一个小时内就会回电话。就这些吗？是的，我会在这里的。我会说的。不行，再过二十分钟吧。完了吗？"

"请说吧，同志。"他一只手拿着火柴盒，另一只手捧着一朵硫黄冒出的淡蓝色火焰，对来访的女人开了口。

刹那间，她那一字一顿、激动不安的款款细语，几乎与火柴棍撒落一地的声音同时响起来。

"廖丽娅！"波里瓦诺夫失态地叫了一声，"不可能——对不起。不对呀——是廖丽娅吗？"

"是的……是的，你好……让我镇静一下……是上帝把我带来的。"她一个劲儿地喘着气，哭泣着低声说。

忽然一切都消失了。一会儿过后，在点燃的小油灯发出的光亮下，两个人相对而立。男人身穿拉链没有拉上的短皮衣，因为极度缺少睡眠而显得有些困乏；女人则是从火车站赶来的。由于很长时间没洗脸，身上又非常脏，她那曾经动人的青春，如同那片昼夜喧腾的大海一样，消失得无影无踪了。在油灯下，她把她的经历、德米特里的死和他根本不知道曾经存在的那个女儿的死统统告诉了他。她所讲述的一切,都是让他感到苦恼的真事。这种事会把听者也邀请进坟墓的,只要他的同情并非惺惺作态。在油灯的灯光下,他只看了她一眼,便立刻想起了那个使他们在相见时没能立刻接吻的原因。他不由得扑哧笑了一下。成见的根深蒂固令他自己也感到惊奇。随着油灯渐亮,她对这间屋子的装潢所寄予的期望也瞬时全部破灭了。这个男人对她来说太陌生了,以至于她都无法把这种下意识里的陌生感归咎到光线的变化上。于是,她更加坚信自己的精力应该集中到自己的这些事情上来。像她之前做的那样,她开始凭着记忆盲目地讲起自己的故事,就像在讲一件和自己不相关的事情一样。

“如果您珍惜自己的孩子……”她用这样的方式开了头。

“又来了!”波里瓦诺夫顿时发火了。他滔滔不绝地讲了起来。他讲呀讲,语速飞快,没有丝毫的停顿。

他说话就像是在写文章,既有定语又有逗号。他在房间里踱来踱去,时而停住脚步,时而摊开或挥动双手。说话的间隙,他皱起眉头,用三个手指挤捏着鼻梁上方。他刺激和按摩着这个地方,好像这儿是快要烧完或即将燃起的怒火的发源地。他恳求她别再以为人们比她想的还要坏了,也不要觉得一些人可以随心所欲地对待另一些人。他以一切神圣的名义祈求她不要再进行这些无意义的谩骂,特别是在她承认自己也欺骗了别人以后。他说,如果她相信那些长篇累牍的废话,那么她只会得到与初衷完全相反的结果。他完全无法理解,为什么刚才没有出现而现在突然出现在他生命中的某样东西,带给他的感觉竟然会不是获得,而是失去。他记起来,在深陷在她的故事里时,他是怎样感觉到一种兴高采烈和自由自在的。他也记起来,那天他是怎样渐渐丧失在河沟里继续搜索的兴致,又是怎样渐渐只想到大海里去洗个澡的。“所以说,即使时间会倒流——”他试着嘲笑她,他不得不再一次为她寻找她的家庭成员,不得不再一次被她扰乱，而他所做的这一切，肯定或是为了 Y，或是为了 Z，而绝不是为了他自己，或者为了荒谬的她。

“您说完了吗？”她让他宣泄了所有的愤怒，“您说的都对。我收回我刚才说的话。难道您不明白吗？就算这是一种卑鄙和怯懦吧。孩子找到时，我高兴得发疯了。多美呀！您还记得吗？这件事以后，难道我还会有勇气去毁坏自己和德米特里的生活吗？所以，我放弃了。但现在不是谈我的事，他是您的。唉，廖瓦①，廖瓦，要是您知道他现在处于何等危险的境地就好了！我不知道应该怎么讲，让我依次序从头讲起吧。从那一天起，我和您就再也没有见过面。您不认识他。他非常容易轻信别人，这一点总有一天会把他害惨的。有这么一个坏蛋、冒险家，不过，还是让上帝当他的判官吧，他叫涅普洛沙耶夫，托沙的同窗……”

正在室内踱步的波里瓦诺夫一听到这句话，马上就一动不动地站住了。他再也听不进她的话了。她报出了一个人名，就是那个士兵不久前悄悄提到的诸多人名中的一个。他知道这个案件。对于被告来说，想胜诉几乎是毫无希望的。败诉只是时间的问题罢了。

“他不是用自己的姓名进行活动的吧？”

听到这个问话后，她的脸色立刻变得煞白。也就是说，对于此事他比她知道得还要多；也就是说，情况比她想像的更糟糕。她忘记他是站在谁的阵营里了，她想当然地认为儿子的全部罪孽都只在一个杜撰出来的人名上。于是，她又立即开始从一个完全无用的方面保护儿子。

“可是，廖瓦，他总不能公开地坚持……”

他又听不进她的陈述了。他明白了，她的孩子可能冒用了他从文件上看到的某个姓名。于是，他站在办公桌旁给人打电话，以打听

① 廖乌什卡的爱称。

一点消息。他从一个连队打到另一个连队，又打到城里。直到深夜，一个绝对可靠的消息才像条深渊似的豁然在他面前咧开大嘴。

他看了一下周围，廖丽娅没有在房间里。他感到眼眶十分酸痛。当他环视房间时，视野里浮现出一大片钟乳石和小溪似的东西。他想挤捏一下鼻梁上有点不舒服的地方，却不得不先用手揉擦一下双眼。这一动作使“钟乳石”浮动起来，它们开始变得模糊不清。如果它们的痉挛和扭曲变形不是这么频繁和无声无息，他或许会感到轻松一些。终于，他在写字台底座和椅子中间找到了她。她就像一只没有被摔坏的大布娃娃似的躺在一层木屑和垃圾上。当她清醒过来时，黑暗中的她还误以为那层东西是地毯。

一九二四年

阿佩莱斯线条

传说有一次，希腊画家阿佩莱斯①去拜访对手宙克西斯②。由于在家中没有见到宙克西斯，阿佩莱斯便在墙上画了一条线。宙克西斯回来后，根据这条线猜出了他不在家时是哪位客人造访了他。宙克西斯并不想拖欠人情，于是他挑了个时机，专门在阿佩莱斯不在家时前去拜访，并且也留下了自己的标记。自此，阿佩莱斯线条就成为了美术界的醒世警句。

一

九月的一个傍晚。当比萨斜塔带着大批浩浩荡荡的、倾斜的霞光和阴影冲向比萨市区时，当被晚风吹拂得浑身酥痒的托斯卡纳地区散发出如同被手指揉搓过的桂叶一般的味道时，在这么一个傍晚——哟，不对，应该是八月二十三日的傍晚，埃米里奥·列林克维米尼在旅馆里没有见到海涅，于是，便向旅馆仆人要了灯和几张纸。仆人为了讨好列林克维米尼，除了要的东西，他还送来了墨水、笔、一

---

① 阿佩莱斯(Apelles)，公元前四世纪下半叶的古希腊画家，真迹没有流传下来。据说他非常善于运用优美的线条，“阿佩莱斯线条”一词即意味着经过顽强的努力达到的高度完整和精致。

② 宙克西斯(Zeuxis)：公元前四世纪末到五世纪初的古希腊画家，长于创作壁画和镶嵌画，但没有作品保留下来。他致力于摆脱古典传统，把世俗题材引入绘画之中。传说他曾画过一串葡萄，逼真如实物，竟引来一些小鸟争相啄食。

根火漆和印章。只可惜，列林克维米尼用一个表示厌恶的手势回绝了他多余的殷勤。列林克维米尼从领带上取下一根佩针，在蜡烛上把它烧红。接着，他扎了自己的一个手指头，又抽出了一张名片。他用扎破了的手指把名片的一边折起，然后心不在焉地把名片递给了殷勤的仆人，说道：

“请把这张名片转交给海涅先生。告诉他，我会在明天的同一时间再次登门拜访。”

比萨斜塔从一串中世纪的城堡群中冒出头来。外面，站在桥上看斜塔的人渐次增多。夕阳的余晖如同游击队员一般在大小广场上爬行。大街小巷尽是倾倒的阴影，有些还拥挤在狭窄的甬道里。比萨塔蛮横而又莽撞地一直倾斜下去，直到一个巨大而任性的影子挡住了太阳——白昼结束了。

仆人结结巴巴但又足够简要地把有人来访的事告诉了海涅，并在太阳完全沉睡之前的某个时刻，及时地将那张带有血痕的、变成褐色的名片交给了眼前这位不耐烦的房客。

“真是个怪人！”海涅当即猜到了来访者的真实姓名，即著名长诗 Il sangue① 的作者。

费拉拉人列林克维米尼出现在比萨城里纯属偶然。而恰巧在那几天里，海涅，这位威斯特法伦的流浪诗人，也出于某种偶然的原因来到了这里。所以，列林克维米尼并不觉得这一偶然事件有什么奇怪的地方。他想起了几天前收到的一封潦草不堪但挑衅意味十足的匿名信。写信的陌生人要求很过分，他在不经意间提到诗歌的种类和起源时，竟然要求海涅出示阿佩莱斯式的身份证明。

匿名作者写道：“爱情是一朵血染的云，有时会完全遮住我们全身无忧无虑流淌着的血液。就请您谈谈爱情这朵云吧。您的叙述要

① 意大利文，《血》。——原注

简洁，不能超过阿佩莱斯所画的那一条线。而且，请记住您高贵的血统与精神（这两种概念是不可分割的）——这正是宙克西斯所感兴趣的唯一的东西。

“此外，我的出版商康吉告诉我说您在比萨，由于想要彻底消除那种折磨我的困惑，所以我就想在比萨见您一面。三天后我会亲自造访，期待着您那阿佩莱斯式的大手笔……”

海涅把仆人叫来并吩咐道：

“我将乘十点的火车去费拉拉，而您已经见过的那位名片君明天晚上会来找我，所以还请您亲自把这包文件交到他手中。还有，请给我结账并把搬运工叫来。”

留下的文件看起来像是空的，不过，它还是有一定的摸不透的重量的。那是因为里面有一张显然是从某篇手稿上剪下来的薄薄的小纸条。小纸条上有一句没头没尾的话：“可是隆东里芬娜和恩利柯[①]已经把自己原来的名字抛弃了，并把它们换成了前所未有的名字：他叫‘隆东里芬娜！’他狂叫了一声。‘恩利柯！’她喊了一句。”

二

在人行道的石板上，在铺了沥青的广场上，在阳台上，在阿尔诺河畔上，比萨人尽情享受着托斯卡纳飘着清香的夜晚。而在尘埃落定的悬铃木下，在那些本来就闷不透风的甬道里，燥热的空气又让人难以呼吸。此外，使夜色变得油亮酷热的，还有一束束爽朗的星光和一团团扎眼的浓雾。这些火光使意大利人忍无可忍。他们在狂热地咒骂着，又仿佛是在祷告，并在第一眼望到仙后星座时，擦掉额头上肮脏的汗水。手帕在黑暗中晃来晃去，就像上下浮动的温度计。满

① 亨利的爱称。海涅的名字是亨利。

街都传染了这些亚麻布温度计的读数，它简直把人们弄得头昏脑涨。读数中，一股闷热被传播着，像一种有人响应的流言，又像一种时疫，还像一种令人失魂落魄的恐惧。正如这座明显处于停滞状态的城市被分成了街区、住宅和院落一样，夜间的空气也是由单独的会晤、惊叹、争吵、流血冲突、絮语、嘲笑和窃窃私语所组成。这些嘈杂的声音像沾满灰尘的密集编织物一样横行在人行道的上方。它们或一排排地、突兀地立在人行道上，或长在便道上，如同街上奄奄一息的行道树在煤气灯的光亮中变得苍白无色一样。比萨的夜就是这样，坚定、别致而又威严地设定了人类耐性的界限。

这里离这个界限太近了，杂乱就是从这里开始的。同样的杂乱也笼罩着火车站。手帕和咒骂声在这里渐渐退出舞台。刚才还把正常来往看成莫大痛苦的那些人，此时正提着皮箱和纸盒，在售票处前面大吵大闹。为了抢占梯阶，他们都像发了疯似的冲向黑乎乎的车厢，冲进一个个单间。这些人身上顿时被打上了炭黑色标记，就像烟囱清理工。这些单间被发热赭石胶合板隔开，在炎热、咒骂和有力的冲撞下，胶合板也翘起来了。车厢、钢轨、火车头、信号灯都在发着光，甚至停在副线上的油罐车也在发光。远处和近处的火车头吼出一阵阵好似被蒸汽压扁了的嘶叫声。张着大口的炉膛不时地冒出熊熊烈火，火光像令人发痒的虫子一样纷纷撒落在司机的脸上和司炉的短皮衣上。幸运的是，这一切尚处在人能忍受的限度之内。

紧靠窗户的一个座位。在最后一刻，由整块石头铺成的月台上已空无一人，只留下一片噪声。列车员在喊了一句“Pronti！[①]”后，便从车旁跑过去，去追赶自己的声音了。车站上的柱子缓缓地掠过，灯光像织针似的穿来穿去。反光灯的灯光不时地射进车厢的窗户，并

① 意大利文，准备完毕。——原注

被牵引力拖着穿过车厢，穿过对面的窗户，射到外边，然后晃动着蔓延在铁轨上。它在铁轨上磕磕绊绊，然后升高，并最终消失在草棚的后边。街道非常狭小，胡同畸形得有些不伦不类，涵洞张着血盆大口，在隆隆声里把它们统统吞噬。窗帘外就是渐渐临近的、哗哗作响的果园，枝繁叶茂、花纹斑斓的葡萄园点缀出一片令人心旷神怡的开阔地。田野也漫漫无际。

海涅乘车全凭运气。他脑子里什么也没想，只想着能打个盹。于是，他闭上了眼睛。

“这事也许该说出个名堂来，没有必要预测，也没有可能预测。前边是一片令人陶醉的未知天地。”

此时正是酸橙花开的季节，开阔的果园里充盈着沁人心脾的花香。一阵煦风扑面而来，香气也想在这位乘客已经合拢的睫毛上小憩一会儿。

“这一点是肯定的，该说出个名堂来，否则，何必没事找事……”海涅打了一个哈欠，“何必没事找事？凡是列林克维米尼的情诗，必然都注有‘费拉拉’的字样！”

峭壁，深渊，沉睡中的邻座乘客，还有车厢里的臭味和煤气灯的火舌。火舌在舔嘴唇，在舔天花板上的簌簌声和阴影。可是当峭壁和深渊换成隧道时，它就喘不过气来了。山隆隆作响着从车厢顶棚上慢慢滑落。同时，它把火车头冒出来的烟雾压扁，塞进窗户，并让它们抓着挂钩和网兜穿过条条隧道和道道峡谷。一条山溪在黑暗中微微泛着银光。它从高得令人难以置信的山顶上倾泻而下，撞在山岩上，摔得粉碎。单线铁路则在小溪的上空哀怨地哭诉。山顶上笼罩着由一条条瀑布溅起的蒙蒙烟雾，它们低沉的吼声响彻在火车周围。

“阿佩莱斯线条……隆东里芬娜……在一昼夜的时间里大概是什么事也办不成的。可是没有更多的时间了，必须无声无息地消失。

但是，明天……只要仆人把我的行程路线告诉他，他立马就会冲到火车站去的！”

费拉拉！钢铁般的蓝黑色的黎明。芳香的雾霭中弥漫着寒气。啊，拉丁的早晨正在多么嘹亮地歌唱啊！

三

“办不到。这期 Voce[①] 的版面已经排完了。”

“是的，但我怎么也不会把自己发现的东西交到别人的手里，不管他付多少钱。再说，我在费拉拉停留的时间也不能超过一天。”

“您是说，他的笔记本在车厢里的长软椅下面吗？”

“说对了，就是埃米里奥·列林克维米尼的笔记本。不仅如此，笔记本里除了记有大量琐事之外，还有更多没有发表过的诗、草稿、零星札记和箴言。笔记是今年记下的，记了整整一年。而且根据签名，可以断定大部分是在费拉拉记下来的。”

“笔记本在哪儿？您随身带着了吗？”

“没有，我把行李留在火车站了，笔记本在旅行包里。”

“太可惜了！我们本来可以把笔记本送到他家里去的，因为编辑部知道列林克维米尼在费拉拉的住址。可是，他已经外出一个月了。”

“怎么啦？难道列林克维米尼不在费拉拉？”

“问题就在于此。说真的，我弄不明白，您在公布自己的发现时到底希望得到什么样的结果呢？”

“唯一的希望就是，通过贵报使我和此笔记本的所有者建立起可靠的联系。那样，列林克维米尼就可以在这件事上随时得到《声报》

① 意大利文，《声报》。

的盛情帮助了。”

“有什么办法呢！请您坐下写一份启事。”

“对不起，编辑先生，我可以用一下您案头上的电话吗？”

“请便。”

“……是‘托尔克瓦托·塔索’旅馆吗？……有空客房吗？……几层？……好极了！请把八号客房留给我。”

“Ritrovamento[①]：兹拾得埃米里奥·列林克维米尼欲出版之新书稿，‘塔索’旅馆八号房房客将在自己的客房里等候手稿的主人或其代理人一整天，直至夜里十一点。从明天开始，《声报》编辑部和旅馆经理办公室将会适时得知上述之人每次更换地址的消息。”

海涅旅途劳顿，如今正死沉沉地睡着。早晨的热气把他房间的百叶窗烤得滚烫。那百叶窗似乎正在发光，就像口琴的铜薄膜。一道道纵横交织的阳光投在小窗户旁的地板上，活像一件散开去的草织品。草织品上的根根细草互相靠拢着，拥挤着，偎依着。街上传来了模糊不清的话语声，有的神采飞扬，有的结结巴巴。一个小时过去了，根根细草已经紧紧地贴在一起，编织物也在地板上化成了一小片阳光。街上有人在大谈“山海经”，有人在打盹儿，还有人在结结巴巴地说着话。海涅在睡觉。渐渐地，一小片阳光正在散开来，而拼木地板则好像要被它浸透似的。又是这个图案——被火燎过的、正在起褶的干草编成的一件变得越来越稀疏的编织物。街上有说话声。海涅在睡觉。时间在流逝，它们在懒散地增长着，和编织物的黑色空洞一起增长着。街上有说话的声音。编织物正在褪色，正在被蒙上灰尘，正在变得暗淡无光。最后，它沦落为一块用绳索编织的擦脚垫。钩织的边缝、线头和扣环都已经分不清了。它已经被磨得破旧不堪了。街上有说话声，海涅还在睡觉。

---

① 意大利文，招领启事。

他马上就要醒了。请记住我的话，海涅马上就会纵身跃起，是马上。只是，要让他把最后的一幕梦境看完……

一个已热得干裂的车轮突然在轱辘处裂开，辐条就像一撮撮桩子那样凸了出来。随着大车轰隆一声斜倒下去，一捆一捆的报纸也跟着从车里窜落下来。人群，阳伞，橱窗，遮阳布篷。人们用担架把卖报的人抬走——医院就在附近。

“您看，我说过吧！”海涅跃身而起，“马上就来！”

有人在发疯似的敲门，并且很不耐烦。海涅似醒未醒，头发蓬乱。他迷迷糊糊地抓起睡衣。

“对不起，马上就来！”迷糊中，他的右腿像是用金属铸就的一样砰的一声摔到棉絮上。“就来，来了！”

海涅走向门口。

“谁呀？”

仆人应了一声。

“是的，是的，笔记本在我这里。请以我的名义向夫人传达歉意。她在客厅里吗？”

仆人应了一声。

“请夫人稍等。十分钟后，我愿完全听从她的吩咐，听见了吗？”

仆人又应了一声。

“别忘了转告夫人，先生向她致以最诚挚的歉意。不能立刻见她，令他深感愧疚。但是，他将会努力……堂倌，您听见了吗？”

仆人应了一声。

“……他将会努力补救自己那不可原谅的疏忽。记住，要说得谦恭一点。我可不是费拉拉人。”

仆人应了一声：“好的，好的。”

“堂倌，夫人在客厅里吗？”

“是的，先生。”

“她一个人在那里？”

“一个人，先生。请往左，先生，往左！”

“您好，夫人，您有什么事需要我效劳吗？”

“Pardon[①]，您是八号房间的客人吗？”

“是的，我租住的就是这个房间。”

“我是来取列林克维米尼的笔记本的。”

“请允许我介绍一下自己，我叫亨利·海涅。”

“对不起……您是……他的亲戚？”

“没有一点关系。事情纯属巧合，而且是让人伤心的巧合。我有幸也……”

“您也写诗？”

“我从来没有写过别的东西。”

“我通晓德文，并把我的全部空闲都献给了诗歌。可是……”

“您见过《诗人生前没有发表过的诗作》吗？”

“当然啰。那么这就是您吧？”

“对不起，我还是企盼着能知道您的大名。”

“我叫卡米拉·阿登采。”

“太好了！那么说，阿登采夫人，您看到了我今天在《声报》上刊登的启事？”

“是的，是的，是关于发现的笔记本的。它在哪里？请您给我。”

“夫人！卡米拉夫人，您可能就是被无与伦比的列林克维米尼全心全意颂扬过的那位女士。”

“不要提这些。我们不是在舞台上。”

---

① 法文，对不起。

“您错了，夫人，我们一辈子都在舞台上，但绝非每个人都有能力自然地扮演他出生以来就被赋予的那个角色。卡米拉夫人，您爱自己的故城，您爱费拉拉，然而它却是第一座明显令我感到厌烦的城市。您真漂亮，卡米拉夫人！一想到您和这座可恶的城市串通起来反对我，我的心就会颤栗。”

“我不明白您的意思。”

“夫人，请不要打断我的话。我说的是，这座城市使我昏昏欲睡过。就像一个下毒的人在其酒友即将得到幸福时把后者灌醉一样，他催眠后者，目的就是要当着后者那已走进酒馆的幸福女神的面，激起一点点对他的蔑视之情。那时，幸福就会背叛被催眠的人。下毒者对走进来的幸福女神说：‘女神啊，请您看一眼这个懒鬼，这就是您的情人！他靠讲一些关于您的故事来消磨等待的时间，那些故事就像马刺一般刺进了我的想像中。您是不是骑在这些故事的脊梁上才赶到这里来的？您为什么如此残忍地用细条鞭子抽打它呢？它大汗淋漓，它浑身燥热啊！这些故事呀！请您劳神瞧他一眼吧！圣洁的女神！他已陶醉于自己那些与您有关的故事里。您看，离别正在对您的情人催眠哩！不过我们倒是可以叫醒他。’‘不必了，’中毒者的幸福女神回答下毒的人，‘不必了，不要惊动他，你看他睡得那么香。也许，他正梦见我。还是麻烦您给我一杯潘趣酒吧。外面那么冷，我浑身都冻僵了。哦！请您搓一搓我的手……’”

“海涅先生，您是一位很奇特的人。请您继续讲吧，我对您神乎其神的讲话很感兴趣。”

“对不起，可别把列林克维米尼笔记本的事给忘掉。我到楼上自己的房间去一下。”

“您放心好了，我不会忘掉它的。请您接着讲吧，真逗！接着讲吧。好像是幸福女神在说‘请搓搓我的手’，对吗？”

“对，卡米拉夫人，您是在认真地听我讲话，谢谢您。”

“是吗?”

“这座城市对待我就像下毒的人对待他的酒友一样。而您,美丽的卡米拉,却站在了它那一边。它偷听了我关于黎明的想法。那些想法像强盗城般古老,又像强盗城般孤零零地伫立在那里。它催眠了我,以便能悄悄地利用那些想法。它诱导我恣意谈起花园的事,却又扬起风帆全速前进,从红色的傍晚飞驰向阔远的夜空。瞧,它扬起了风帆,却把我丢在码头的小酒馆里。即使这个狡猾的家伙建议您叫醒我,您也不会让他这么做的。”

“喂,亲爱的,这事与我何干?我是希望仆人把您彻底叫醒的吧?”

“您会说:‘不,夜幕即将拉开,千万不要有暴风雨。是时候了,要赶快出发,别唤醒他。’”

“噢,海涅先生,您大错特错了。我会说:‘是的,是的,是的,费拉拉,如果他还在睡,那就把他推醒!我没有空,快点把他叫醒!把自己人全都召集起来!让所有的广场都发出隆隆的声响,直到把他唤醒。时间不等人!’”

“是的,是真的。笔记本啊!”

“回头再说,回头再说。”

“啊,敬爱的夫人!费拉拉打错了算盘,而且被愚弄了。下毒的人在奔跑,我醒了!我被叫醒了!我跪在您的面前,我的爱人!”

卡米拉一下子跳了起来:

“够了!够了!真的,这一切都和您很相配,就连这些老生常谈的话也和您很相配。对,正是这些老生常谈的话呀!可是您绝不能这样做!您毕竟是一个漫游四方的演员啊!我们只是萍水相逢,只是在半小时之前才……天啊,我甚至觉得谈论这事本身也很可笑,可我却还在谈!我一生中从来没有感到自己比现在更愚蠢过。这场面活像是放进水里立即就会开放的东洋花儿,简直是完全一样!可那是纸花，廉价的纸花呀！”

“我在听您说，夫人。”

“先生，我更想听您说。您非常聪明，甚至都有些尖酸刻薄了，但您又不嫌弃那些老生常谈的话。这很奇怪，不过又不矛盾。您的表演热情……”

“对不起夫人，‘热情’这个词用希腊语来讲是激情，用意大利语来讲则是飞吻。有时需要飞吻……”

“又来了！算了，这令人难以忍受！您一定隐瞒了什么，请说出来吧！请您听我说，别生气，亲爱的海涅先生，刚才这一切，您不会责备我不懂礼貌吧？您实在是一位非同一般的大孩子——不，不是那个字眼，您是一位诗人。是的，是的，我怎么没有一下子找到这个字眼呀？唉！其实只要看您一眼，就足以找到它了——一个受上帝奖励的、受命运宠爱的、游手好闲的人。”

“Evviva①”海涅跳到窗台上，把整个身子探出窗外。

“小心，海涅先生！”卡米拉叫着，“小心，我害怕！”

“放心好了，亲爱的夫人。喂，好东西，接着！”里拉②向广场飞去。“这数量或许比你把几十座费拉拉花园洗劫一空得到的还要多十倍，多到裤子上每个窟窿都可以塞一个索利多③！走吧！不过当你把它们花出去时，请不要对着它呼气，因为康太萨花有股含羞草的气味。二流子，快跑吧！女魔法师，您听到了吗？一个小男孩将身着爱神的丽装回来！还是谈点正事吧。眼光多么犀利啊！只用一条线，一条阿佩莱斯线，就能表达出我全部存在的本质！”

“我不明白您的意思。或许这是一条新的出路？又或是一个舞

① 拉丁文，万岁。

② 意大利币名。

③ 意大利币名，等于二十分之一的里拉。

台？说真的，您究竟想要什么？”

“是的，这是另一个舞台。可是，为什么不能让我在亮眼的光柱下待一会儿呢？生活中，被照得最亮的地方正是那些最危险的地方，比如桥梁和路口。这事不能怪我，光线太强了，以至于其他的一切都淹没在了黑暗中。站在这样的桥上，虽然这是一个舞台，但被这不安的灯光照亮之人还是会发怒的，因为他们就好像是被押出来示众一样，像被人用栏杆、城市的全景、深渊和沿街的反射信号灯包围住一样……卡米拉夫人，如果我们不是在这么危险的地方遇见，我的话您肯定连一半儿也听不进去。这个地方想必是十分危险的，虽说我本人对此并不十分肯定。但我之所以这样认为，是因为人们为了照亮这个地方而耗费了太多的灯光，而我们就这样被粗鲁而难堪地照亮了。这事也不能怪我。”

“好了，您说完了吗？实情正是如此，但这也当真是闻所未闻的谬论！我愿意相信您。是的，这并不是个刁钻古怪的想法，这几乎是出于我的需要。您也不是在撒谎，特别是您的眼睛。对啦，我到底想要对您说些什么呢？我忘记了……等一下……我想起来了。亲爱的，请听我说，其实，在一个小时以前……”

“不用说了！这些都是废话，有时间的存在，也就有永恒的存在。永恒的数目很多，但又没有一种会有开端。一旦时机成熟，它们就会被揭露出来，而这恰是偶然性的杰作。再有，扔掉那些废话吧。夫人，您熟悉这种抗议吗？夫人，我的整个身体都在跟我提出抗议呢，我必须向它们屈服，如同人们向群众让步一样。还有最后一点，您还记得您刚才是怎么称呼我的吗？”

“当然记得，我随时准备着重复这个称呼。”

“不用了，您对人的观察是多么有生气啊！您已掌控了那条像生命一样独一无二的线。既然如此，请不要放开它，也不要在我身上扯断它。请拉紧它，尽量地拉紧它吧！请把这条线延续下去……您到底得出了怎样的结论呢，夫人？到底是怎样的？是一幅侧面肖像吗？还是一幅半侧面肖像？或者，还有其它的什么样子？”

“我理解您的意思。”卡米拉把手伸给海涅，“就这样吧，不，上帝啊！我毕竟只是个女孩子，我需要醒过来。这就像是催眠术。”

“夫人！”海涅站在卡米拉的脚前，他像演戏似的大声喊：“夫人！”接着，他又把脸埋在手心里，低沉地呼叫着：“您把那条线画出来了吗？真痛苦啊！”他低声叹息着，双手从变得煞白的脸上猛然移开。他瞟了一眼阿登采夫人那越来越看不清的眼睛。接着，难以言表的惊讶之情在她脸上浮现出来。

四

……这个女人确实楚楚动人，她令人心神荡漾的程度简直难以言表。海涅发现自己的心怦怦跳得厉害，如同船尾掀起的浪花般咕咕作响。那浪花渐渐升高，越涨越高，最后缓缓地淹没了那紧紧合拢的双膝，并化作一层波浪懒洋洋地漫过她的身体。波浪爱抚着她的绸衬衫，轻柔的水面爬上她的肩头，又扬起了她的下巴。啊，妙极了！先是把它稍微抬起来一点儿，然后再高一点儿，夫人齐喉咙深地沉浸在他的心海里。再掀起一层浪，她就会被淹死的呀！于是，海涅托住这个将要沉没的女人，然后一个吻。多么热烈的一个吻啊！把他们托出水面。就这样，在两颗火热缠绵的心灵的碰撞之下，他开始呻吟，抽搐，并向上冲击。谁知道他会冲向何方呢？而她也没有拒绝，没有。不，随你的便，她被吻住了。她那被亲吻征服的、僵直了的身体在歌唱。如果你愿意的话，我将成为这亲吻的舢板，只要你驮着她，驮着她，驮着我……

“有人在敲门！”从卡米拉的胸中冲出一声嘶哑的尖叫。“有人在敲门！”她马上从他的怀抱中挣脱出来。

确实有人在敲门。

“真是见鬼了！谁在那里？”

“先生，没必要把厅门锁住，我们这儿不兴这个。”

“闭嘴！我有权力想干什么就干什么。”

“您生病了，先生。”

意大利式的脏话像祷告词一样，总是出人意料又充满着激情。等海涅打开门锁，仆人还站在走廊里喋喋不休地骂着。而在他身后不远的地方，一个衣衫褴褛的少年，从头到脚统统埋在一大堆藤蔓、夹竹桃、橙花和百合花当中。

“这个坏小子……”

还有玫瑰、木兰、石竹……

“这坏孩子死皮赖脸地求我们让他进入一个窗户朝广场的房间，那只能是这个贵宾客厅了。”

“对，对，贵宾客厅。”男孩子从喉咙里挤出低哑的吼声。

“当然是进贵宾客厅啰，”海涅表示同意，“是我亲自叫他来的。”

“因为，他与帐房、浴室，尤其是阅览室不可能有任何关系，”仆人不耐烦地接着说，“可是，他的衣服太破了……”

“啊，是的，”海涅大声叫道，好像刚从梦中醒来一样，“隆东里芬娜，请您瞧瞧他的裤子！可爱的孩子，是谁用渔网给你缝了这么一条裤子？”

“先生，在费拉拉，栅栏上的尖刺每年都会被人用特制的园艺工具重新磨一遍……”

“哈——哈——哈！”

“他的衣着太不得体了。”仆人不耐烦地接着说下去。他看见夫人走了过来，便着力强调这句话。夫人脸上先是掠过疑惑的影子，接着是遏制不住的欣喜的光芒，这两种表情相互交错。“他的衣着太不得体了，所以我们建议他通过我们来转交先生所需要的东西，他在外面等着回话就行，可是这小骗子……”

“对，对，他做得对。”海涅止住了他的唠叨，“是我叫他面见夫人的。”

这时，脾气火爆的卡拉布里亚人已经控制不住自己了，他还在嘟嘟囔囔：“这个小骗子，居然还吓唬起人来了。”

“他到底说了些什么呢？”海涅好奇地问，“多么有趣啊，夫人，您说是不是？”

“这毛孩子拿您当挡箭牌。他威胁我说：‘如果您违背了这位先生的意志不让我去见他，那么这位大批发商在下次经过费拉拉时就会住到别的 albergo[①] 里去。’”

“哈——哈——哈！真是个淘气鬼！夫人，您看怎么样，请把这片热带种植园搬到……等一等！”海涅转过身来，等待卡米拉的吩咐，但是她没有任何回应。于是他继续说，“先送到八号房间。”

“先送到您的住处吧。”卡米拉附和着，脸上泛起淡淡的红晕。

“是，先生。至于那个毛孩子……”

“猴崽子，你这条裤子值多少钱？”

“朱里奥浑身上下都是伤疤，朱里奥冻得发青，朱里奥没有别的衣裳，朱里奥既没有爹，也没有娘。”十岁的小滑头流着汗，哭丧着脸诉起苦来。

“一共需要多少钱，回答我！”

“一百个索利多，先生。”毛孩子想入非非而又不自信地说，就像个常出现幻觉的病人。

“哈——哈——哈！”大家都笑了。海涅笑了，卡米拉笑了，仆人也笑了。特别是当海涅从钱包里取出一张十里拉的钞票递给穷小子

---

① 意大利文，旅馆。——原注

时，仆人笑得尤其带劲儿了。

穷小子闪电般地伸出手抓过钞票。

“等等，”海涅说，“有理由相信，这是你在商业舞台上的首场演出，祝你一切顺利……喂，堂倌，我告诉您，您的笑在这个场合绝对是不合适的，因为它会伤到这位少年商人的自尊心。我可爱的小商人，你最近在费拉拉做买卖时，绝对不会再来这不好客的‘托尔克瓦托’了，对不对？”

“啊，不是的，先生。相反……先生打算在费拉拉再待几天？”

“两小时以后我就会离开这里。”

“恩利柯先生……”

“是的，夫人。”

“我们到街上去吧。说真的，没有必要再回到这个无聊的客厅里来了。”

“好吧。堂倌，把这些花送到八号房间去。等一等，这朵玫瑰还没完全绽放。今晚费拉拉的花园就把它托付给您照顾了，夫人。”

“Merci[①]，恩利柯……这朵黑色的石竹花已失去了一切自制力。先生，费拉拉的花园委托您去照看这朵恣意的花。”

“夫人，请伸出您的手。堂倌，把这些花送到八号房间。给我把帽子拿来，就在房间里。”

仆人走开了。

“恩利柯，您不会这样做的。”

“卡米拉，我不明白您的意思。”

“您会留下来的。啊，您什么也不必回答我，哪怕在费拉拉再多待一天也行……恩利柯，恩利柯，您的眉毛粘上花粉了，我来给您掸掉。”

① 法文，谢谢。

“卡米拉夫人，您的鞋上有一条毛毛虫，我来给您弄掉——我往法兰克福拍封电报——您的连衣裙上沾满了花瓣，夫人。我会每天给您拍电报的，直到您禁止我这样做为止。”

“恩利柯，我没看见您的手指上有订婚戒指，您可曾戴过这种饰品？”

“可是我早就发现您的手指上戴着它了，卡米拉……啊，帽子！谢谢您。”

五

芳香四溢的夜色倾洒在费拉拉所有的偏僻小巷里，它像回声响亮的水滴一样在错综复杂的街道上滚动着。如同海水灌入耳鼓一般，整个人的头都发蒙了。

咖啡馆里吵吵闹闹，一条落寞又贫穷的小巷直通到那里。震耳欲聋又令人头昏脑涨的城市之所以屏住呼吸从四面八方把它包围起来，主要原因就在于，傍晚藏入了一条胡同里，而胡同的拐角处正是那家咖啡馆。

卡米拉在沉思中等待着海涅。他到咖啡馆旁边的电报局去了。

“为什么他不愿意在咖啡馆里把电报写好再派人送走呢？难道他无法满足于发个普通而正式的电报吗？坚固的、完全建立在感情上的联系存在吗？然而，从另一方面来看，如果不提醒他电报的事，他完全可能把她忘记，这个人就是隆东里芬娜……我该打听一下她是谁，可以问吗？这可是隐私呀！天哪，我简直成了小姑娘！可以问，而且应该问！今天，我有没有权利做这一切？亲爱的，这些演员们把你给毁了，但是这个人……那么列林克维米尼呢？多么遥远的印象！是从春天开始的么？啊，不是的，还要早一些，是迎接新年的时候呢！不，他从来没有跟我亲近过……可是这个人呢？”

“卡米拉,您在想什么?”

“您为什么如此忧虑呢,恩利柯?别难过了,我放您走。有一些电报是仆人根据口述记录下来的,往家里发一封这样的电报吧,您只耽搁了三个小时。夜里,有一趟火车从费拉拉开往威尼斯,天不亮就能到米兰。您迟到的时间不会超过……”

“卡米拉,您讲这些是什么意思?”

“恩利柯,您为什么如此忧愁呢?请您给我讲一点儿关于隆东里芬娜的事。”

海涅颤栗了,他从椅子上跳了起来。

“您是从哪里知道的?他在这儿吗?我不在的时候他来过这儿吗?他在哪儿?他在哪儿,卡米拉?”

“您的脸色发白了,恩利柯。您指的是谁?我向您打听的是个女人,难道不是吗?或者是我没把这个名字念对?是隆东里芬诺吗?问题全在于一个元音字母。您坐下,大家都在看我们。”

“是谁把她的事情说给您听的?您收到了她的消息吗?这个消息是怎样传到这里来的?我们在这里纯属偶然,我想说的是,没有人知道我们在这里。”

“恩利柯,当您待在电报局里时,谁也没来过这儿,也没有发生过任何事,我向您保证。不过,这事儿越来越蹊跷了。这么说,他们是两个人?”

“那可就奇怪了!匪夷所思。我快要丧失理智了。卡米拉,是谁向您提起这个名字的?您是在什么地方听到的?”

“是在昨天夜里,在梦里听到的。天哪,这是多么常见的事!可是,您还没有回答我,谁是隆东里芬娜?世界上的巧合还没有灭绝,先抛开那些巧合吧!恩利柯,她到底是谁?”

“啊,卡米拉,隆东里芬娜就是您!”

“信口雌黄的戏子!不!不!放我走!别碰我!”

他们两个人都纵身跃起。卡米拉的整个身子做了一个极为迅速的动作,他们二人之间只隔着一张茶几了。卡米拉抓住了椅子的靠背。在她和她的决心之间冒出了某种东西。这种东西入侵到了她的体内。咖啡馆像旋转木马似的,被圆形的气浪掀起来了,颠覆了,消失了。把它揪下来,把宝石项链揪下来……

一连串的面孔、山羊胡子、单眼镜、带柄眼镜,都沿着同一条令人恶心的、旋转木马似的路线转了起来。它们的数量飞快地增长,而且都在向她扑过来,各个茶几旁的谈话声也纷纷传到这张不幸的茶几上。现在,她还能看见茶几,还能依扶着它。也许一切都会过去的。不,不协调的乐队跑调了……

"堂倌,拿水来!"

六

稍微有点发寒热。

"您的客房多小啊!……对了,对了,就这样,谢谢。我再躺一会儿。这是疟疾——除此之外,我还有一整套公寓。不过您可不能抛下我,即使这种情况随时都可能发生在我身上,恩利柯!"

"是吧,亲爱的?"

"您怎么不说话?不,不,不用说。这样更好……唉,恩利柯,我根本就想不起来今天是否有过早晨……它们还摆在那里吗?"

"卡米拉,什么东西?"

"花。夜里应当把花搬出去。那香气太浓了!它有几吨重?"

"我让他们把花搬出去……怎么啦,卡米拉?"

"我要起来了……我自己来,谢谢。瞧,全都过去了,只要站得住就行了……是的,应当把花搬出去,搬到哪儿去呢?等等,我在阿利奥斯托广场上有一整套公寓,从这儿或许能看得到它……"

“已经是深夜了。天气好像凉爽了一些。”

“街上的人怎么这么少？”

“嘘，他们说的每句话我们都能听见。”

（……）

“他们在谈什么？”

“我不知道，卡米拉，好像是几个大学生在吹牛，也许谈的正是我们所谈的。”

“让我过去。他们在拐角处停下来了。天哪，他把一个小孩从头顶上扔过去了！又静了下来。挂在树枝上的光线看上去多么奇怪！可是，怎么看不见路灯呢？我们不是在顶层吧？”

“你指的是什么，卡米拉？”

“我们头顶上还有一层吗？”

“是的，好像还有一层。”

隔着悬挂的护板，卡米拉从窗口探出头去，从下往上看。

“没有……”但是海涅不等她把话说完，“一个人也没有。”她收回身子后重复道。

“怎么回事？”

“我以为那儿站着一个人。窗台上有盏灯，他把碎叶和碎影从窗户抛到街道上。我想把头伸过去，好用脸颊接住它们，可是一个人也没有。”

“这本身就是诗呀，卡米拉！”

“是吗？我不知道。那就是它了，就在那儿，在戏院附近，在闪烁着浅紫色灯光的那个地方。”

“谁呀，卡米拉？”

“真是个怪人！这就是它，我的家，是的，不过这是病情发作啦！如果能安排一下……”

“已经为您订好了房间。”

“是吗？想得太周到了！总算可以安心了。几点了？走，咱们去看看我的房间，真有趣。”

他们微笑着离开八号房间，神情激昂得就像在堆放木柴的院子里玩攻占特洛伊城游戏的小学生。

七

黎明尚未破晓，天主教堂的钟就开始叮叮当当地响个不停。它在拨浪鼓似的钟锤的撞击下，冷冰冰地向人们点头鞠躬。旅馆里只点着一盏灯。当刺耳的电话铃响起来时，它闪烁了一下，接着就被人关掉了。它成了如下景象的见证者：一个睡眼蒙眬的值班员跑到电话机前，在和电话那头的人吵了几句后把听筒放在了话机上，然后他便消失在了走廊的深处。过了一会儿，那人从昏暗的深处又冒了出来。

“是的，先生今天清早就要离开。既然事情紧迫，那么过半个小时以后他定会给您打电话的。劳驾您把电话号码留下来。请问，要找哪一位？”

被叫来接电话的人穿着短袜从八号房间里走了出来。他迈着夜里才有的摇摇晃晃的步伐，一边走一边扣着纽扣。当他穿过横向的小走廊走进大走廊时，小灯还亮着。

灯恰恰位于这间客房的对面。然而，为了走到电话前，从八号客房里出来的那个人不得不在走廊里绕了一个大圈，而这个圈子的起点则位于八十号客房一带。在和值班员简短地谈了几句之后，他的表情就变了，从焦灼不安突然变成了无忧无虑和好奇。他底气十足地拿起话筒，讲了一些礼貌性的话之后，才发现对方是《声报》的编辑。

“您听我说，这样做太不合理了！谁告诉您说我有失眠症？”

（……）

“看来，您在爬钟楼的时候错爬到电话机旁来了，您为什么敲钟？喂，怎么回事？”

（……）

“是的，我耽搁了一整夜。”

（……）

“仆人说得对，我没有把家庭住址告诉他们。绝对不会告诉他们的。”

（……）

“告诉您？也不会的，我根本就不想发布它，更别说是像您想像的那样在今天发布了。”

（……）

“在任何时候和任何情况下，它对您都没用。”

（……）

“编辑先生，您别发火，总之，要更冷静一点。列林克维米尼也不会打算请您作中介的。”

（……）

“因为他并不需要中间人。”

（……）

“我再一次提醒您保持冷静的重要性。列林克维米尼从来也没有丢过任何笔记本。”

（……）

“对不起，尽管这是您第一次做出明确的解释，但它是不对的，肯定不对。”

（……）

“又来了？好吧，暂且如此。这只不过是贵报昨天那一期范围内的一次论证而已。远远没有超过它的范围。”

（……）

“从昨天开始，从下午六时开始。”

（……）

“只要您嗅一嗅在这谎言的酵母上散发出来的那种东西的味道，您就会为这一切找到一个更加尖刻一点的名字，它会比您刚才告诉我的话离真相更远。”

（……）

“好的，好得很。我看不到今天这事会有什么障碍。亨利·海涅。”

（……）

“正是如此。”

（……）

“听到此话，不胜荣幸。”

（……）

“您怎么说？”

（……）

“很乐意从命，这事怎么办呢？很遗憾，我今天必须走，要不您到火车站来吧。让我们在一起待上一个小时。”

（……）

“九点三十五分。其实，时间就是一连串的意外。最好还是别来吧。”

（……）

“请到旅馆里来吧。白天来，这样更加靠得住。或者晚上到我的临时住所里来，到时请穿上燕尾服，带上鲜花。”

（……）

“是的，是的，编辑先生，您是预言家。”

（……）

“或者是明天，在城外，在决斗场上见。”

（……）

“我不知道，也许并不是玩笑。”

（……）

“如果这两天您都没空，那就后天来吧，像您所知道的那样，到Campo Santo① 来。”

（……）

“您愿意吗？”

（……）

“您愿意吗？”

（……）

“大清早的这次交谈多么奇怪呀！喂，对不起，我累了，想回房间。”

（……）

“我听不见？是回八号房间吗？啊，对了，是的，是的，是八号房间。这个房间可不简单呐，编辑先生，那里面的气候可跟外面不一样。永恒的春天已经在那里停留了四个多小时。再见，编辑先生。”

海涅下意识地拧动着开关。

“别关灯，恩利柯。”走廊深处的黑暗中传来了一句话。

“是卡米拉吗？”

一九一五年

① 意大利文，公墓。

安全保护证

纪念莱内·马利亚·里尔克

第一篇

一

一九〇〇年夏天的某个炎热的清晨，一列停在库尔斯克车站的特快列车就要出发了。在列车尚未启动之时，一个身披黑色蒂罗尔[①]式斗篷的人走到了车窗前。与他同行的是一个高个儿女人，那大概是他的母亲或者姐姐。此时，他俩正跟父亲谈论着什么，可能是一个令三个人都觉得很亲切的话题吧。只听见那女人用磕磕绊绊的俄语跟母亲交谈了几句，而那个陌生男人则全部用德语说话。虽然我熟悉德语，可是他说的那种德语我却从未听过。在这人挤人的站台上，提醒发车的铃声响了两次。在两次铃声的间隙，我觉得这个外国人好像是掺杂在茫茫人海中的一个侧影，一个真实世界中的幻影。

快到图拉的时候，这对男女来到了我们的包厢。他们提到位于科兹洛夫的扎谢卡村没有供特快列车停车的位置，还提到他们不知道列车长会不会通知火车司机在托尔斯泰的家乡临时停车。从接下

① 地名，位于奥地利西部阿尔卑斯山区。

来的谈话中我得知,原来他们是打算去接索菲亚·安德列耶夫娜的[①],因为她要去莫斯科听交响音乐会。索菲亚·安德列耶夫娜不久前还到过我们家。列·尼·伯爵[②]这几个字所代表的精神气质一直在我们家里发挥着潜移默化的影响。这样的状态并不会因为表现形式的不同而发生改变。早在距今非常遥远的童年时代我就发现这事儿了。托尔斯泰的斑斑白发后来被家父、列宾[③]和其他人的写生画重现过。而在我童年的印象中,他早就与大概是后来常见到的另一位老人——尼古拉·尼古拉耶维奇[④]重合在了一起。

交谈了一会儿,他俩便告辞回自己的车厢去了。过了不多会,飞驰的路基突然倏地被刹住了,白桦树也跟着闪了一下。路基发出刺耳的咝咝声,车厢底盘相互碰撞着。飞旋的沙尘中,布满积云的天空露出了轻松的神态。它踏着俄罗斯舞步,朝刚刚下了火车的人们轻盈地飘过来。一架双套空马车转了个身子驶出了小树林。如枪声响过后一般令人不安的寂静顷刻间降临到了站台上。其实,它一点儿也不清楚我们的情况,因为我们并不想在这里停留。人们向我们挥动手帕道别,我们也挥动手帕回礼。我们还看到了马车夫是怎样把他们扶上车的。瞧,戴着红色套袖的车夫把一条围裙递给了女客人。然后,他欠身整了整宽腰带,又把齐腰长的外衣下摆盘了起来。他马上就要继续扬鞭赶路了。这时,火车已载着我们驰向下一个弯道,而那个小车站也渐渐消失了。它就像一页被读完了的书一样慢慢地翻过去了。人们的面孔和发生过的事情也终究会被人们遗忘吧。并且,是被人们永远地忘记,就像可以预见的那样。

---

① 列夫·托尔斯泰的妻子。

② 即托尔斯泰。

③ 列宾(1844—1930),俄国画家,巡回览画派重要代表人物。

④ 尼古拉·尼古拉耶维奇(1856—1929),俄国骑兵上将,俄军统帅,大公。

二

三年过去了。外面正值严冬。暮霭低垂,人们又身裹重裘,街道显得更加拥挤不堪。连它的长度也好像缩短了三分之一呢。静悄悄的街上,立方形的轿式马车肆无忌惮地飞驰着。传统礼仪的传承在过去就曾不止一次地被中断过,现在,它们算是被彻底终结了。它们被这更强有力的权势——个性化的浪潮,冲走了。

我不打算细说此前发生过的事。在十年的时间里,人们用古米廖夫式的"第六感"揭示了大自然的奥秘;最初激发了植物学的热情竟来源于对五瓣花植物的持续关注;能从鉴定手册中查到的名字使芳香四溢的花草们安下心来。本来,它们已经迫不及待地想去找林奈[①]了,像是为了摆脱默默无闻而急着去追逐荣誉似的。

一九〇一年的春天,动物园里展出了一队来自达荷美的亚马孙女人。我对女人的最初感受从此便和裸露的队伍、鼓声伴奏下的热带舞步带给人的感受联系在了一起。相比起某个注定到来的时刻,我比别人更早地成为了光鲜外表的奴隶,因为,我在她们身上过早地看到了"外表"的奴隶的样子。

一九〇三年的夏天,一位住在普洛特瓦河[②]对岸的朋友家的养女在游泳时溺水了。那时我们还住在奥博连斯克,斯克里亚宾[③]一家人还住在我家附近。一个大学生试图跳下去救她,结果自己却送了命。后来,她多次从同一个陡崖上跳水自杀却始终没有成功。最后,她发了疯。再后来,我摔断了腿。但幸运的是,我却得以仅用一个晚上的

---

① 林奈(1707—1778),瑞典博物学家、教授。双名法的创立者。

② 位于俄罗斯中部,鄂喀河的左支流。

③ 斯克里亚宾(1872—1915),俄罗斯作曲家、钢琴家,无调性音乐的先驱之一。

时间就摆脱了日后发生的两次战争。在我上着石膏一动不动地躺在床上时，河对岸的朋友家着火了。乡间，尖厉的警报声像发寒热症一样疯狂地发着抖、尖叫着。倾斜的火光像一只飞起来的风筝一样在猛烈地跳动着。只一瞬间，明亮的火光便被卷成了筒子，随即翻滚着潜入到馅饼心似的红灰色的烟尘里。就在那天夜里，我的父亲愁白了头发。他和医生一起从马洛雅罗斯拉维茨市[①]骑马返回时，离家两俄里便看见林间路上火光冲天、烟雾腾腾。由此，他深信这是他心爱的女人连同三个孩子和那条上过石膏、有三普特[②]重的腿一起着了火。当然，这条腿本是不该被抬起来的，因为这样会造成终生的残疾。

我已说过，我并不打算详细描述这些情景。那么，就让读者来替我完善它吧。他们喜欢缠绵的情节和惊心动魄的事件，并把历史看成一个永远没有结局的故事。不知道他们是否也期盼着历史会有个合理的结局。他们最中意的地方不过就是他们经常散步的地方而已。他们还会全身心地沉湎于序言和引言之中。但对我来说，只有当他们愿意停下思考的时候，人生的意义才会显现出来。在我的理解中，历史的内在分段由死亡传递并以在劫难逃的形式呈现。姑且先不说这个。在生活中也是一样。只有当食物令人厌倦地被一部分一部分地煮熟，然后又被完整地吃掉时，在早早酝酿好的感情充分得到宣泄的情况下，我才会完全活跃起来。

言归正传。外面正值严冬，暮色中的街道看上去比平时短了至少三分之一。整个白天都过得飞快。在街道后方飞旋的雪花中，车灯追逐着自己掀起的阵阵旋风疾驰着。在放学回家的路上，同样是

---

① 地名，卡卢加州的区中心。

② 普特，沙皇时期俄国的主要计量单位之一，是重量单位，1 普特 = 40 俄磅≈16.38 千克。

在风雪中，印有“斯克里亚宾”字眼的音乐会清单掉了下来。它落到我的后背上，我便用背包盖顶着它，把它背回了家。从它上面化出的雪水，一直流到了窗台上。这情形令我崇拜得颤抖起来。毫不掩饰地说，其颤抖的程度甚至比染上寒热病还要强烈。每次见到斯克里亚宾，我的脸都会变得惨白。而惨白的脸随即又会涨得通红。他一跟我说话，我就会丧失理解力。我知道，我是在全班同学的哄堂大笑中，以驴唇不对马嘴的方式回答完他的提问的。但是我到底回答了些什么，我自己也不知道。我想他能猜到我之所以会这样的原因。但是，他一次也没有出面帮过我，这说明他并不怜惜我。这也正是我所渴望得到的感情，那种既得不到回报又得不到支持的感情。这种感情越是炽热，便越能庇佑我不被他那妙不可言的音乐摧毁。

去意大利之前，他来我们家辞行。他弹钢琴——他那绝妙的演奏是无法用语言形容的。然后，他在我们家吃晚饭、高谈阔论、闲话家常并开怀大笑。而我却隐隐地觉得他好像有些苦闷。开始道别了，祝福的话纷纷响起来。我的祝词像一小团血似的也融入了大家那一大堆临别祝福之中。临别赠言总是边走边说，而高声呼喊则在房间门口此起彼伏地相互挤压。这声音终于甚至渐渐转移到前厅里去了。在前厅里，这些话又被归纳起来被快速地又说了一遍。与此同时，他皮大衣上的领钩却久久不能挂到缝得过紧的扣环里。门终于被撞响了，钥匙也转动了两次。在钢琴和那只被环形灯照亮的、证明刚才他还在弹奏的乐谱架旁走过时，妈妈坐了下来。她翻看着他留下来的练习曲。仅仅是前十六个小节就组成了一个乐句，令人惊叹的娴熟跃然纸上。这种娴熟是世间的任何技术都无法取代的。于是，我连大衣也不穿，光着头就冲下了楼梯。夜色中，我沿着米亚斯尼茨卡亚大街跑去。我想要把他叫回来，或是再看他一眼。

每个人都有过这样的体验：传统作用在我们每个人的身上，它赋予我们每个人一张不同的面孔，并用各种不同的方式去实现它，而我们却只能按照我们曾经爱过的方式去爱人，在我们曾经遇到过爱的场合寻找爱，因为唯有这样，我们才能被称之为“人”。人们借着“外部环境”发现自我，而传统却假借这样的名头掩盖了自己的本质。其实，人们给它网罗出来的复合的形象始终都不合乎它的本质，但它却又总能在我们面前提供明显的例外。为什么大多数人都是带着一副看上去还不错、尚且可以忍受的共同的面貌离开人间？因为多数人害怕他们要在“传统”的压力下做出童年时代才会做出的那种牺牲。所以，他们宁愿相信无个性比有个性好。只有当我们尚为儿童时，我们才会奋不顾身、怀着等同于距离之平方的力量去爱。而这，正是我们的心想要做的事情。

三

显然，那天我没能追上他。大概，我也未曾想过能够追上他吧。

六年后，我才又一次见到他。那是他从国外回来以后的事了。那时，我正经历着我的少年时代。似乎每个人都觉得，少年时代总是无边无际地漫长。不管以后我们能活几十年，什么样的时光都无法填满这座名叫“少年时代”的飞机库。人们或分散或扎堆，却不分昼夜地飞进去寻找回忆，就像教练机飞回机库去添加燃油一样。换句话说，少年时代只是我们一生的一部分。然而，它的重要性却胜过了整个人生。浮士德度过了两个童年，因此经历了不可思议的生活。或许，他的生活也只能用数学上的悖论来衡量了。

他回国后就立即着手排练《狂喜之诗》。现在，我多想用一个较为得体的名字来代替这个名字啊！它听上去有股浓厚的香皂包装纸味儿。排练在每天清晨进行。那时，福尔卡索夫斯基巷和库兹涅茨巷还浸沉在冰雪造成的泥泞中。去排练场必须要经过一段晨雾弥漫的道路。沿途死气沉沉，只有教堂钟楼的钟锤高高地悬挂在雾霭中。

每次都只有一只钟发出叮当一响,其余的钟则像过斋日似的清心寡欲,默不作声。戛杰特尼巷与尼基特斯卡亚大街的十字口处有一片泥潭,泥泞得像酒店里用蛋黄加白兰地搅拌成的饮料。车夫吆喝着把雪橇赶进正在化冰的泥泞中。前来排练的演奏员拄着手杖,在石头铺成的路上敲出得得的响声。

这时,音乐学院里总是乱糟糟的,就像正在清场中的马戏团。半圆形的梯形教室里,一格一格的座位上空无一人。但是,池座里却坐满了人。被塞进鼓槌的音乐已经蜷缩了大半个冬天,现在它正沿着管风琴的木壳吧嗒吧嗒地拍着脚掌爬出来。突然,听众像潮水一般涌了进来,就像让给敌人的城市正在被腾空。音乐突然被释放出来了。它形态花哨,音色丰满,音量像突发的闪电一样骤然增大。它跃然散开在舞台上,继而又被重新调整,急促而和谐地层层逼近。在达到前所未闻的混响后,它突然旋风般地戛然而止在低音上。所有的声音全都停了下来,它们整整齐齐地一字排开在台前的脚灯前。

这是在瓦格纳①虚构的、由巨象般的庞然大物开辟的世界中的第一个居住点。它是建立在抒情大地之上的一栋不真实的房屋。它由已经和整片大地完全融为一体的建筑材料——宇宙尘埃烧制出的砖头——砌成。在交响乐编织的篱笆上,凡·高画笔下的太阳升起来了。窗台上放满了肖邦那布满灰尘的文献。这里的居民并没有去触碰这些尘埃,却要付出全部心血去完成前人那些最美好的夙愿。

听到这部交响乐,我不禁潸然泪下。这旋律早在被排成铅版校样之前就已经深深地嵌在我的脑海中了。这并不足为奇,因为谱写这部交响乐的那双手早在六年前就曾经相当有分量地落在过我的肩上。

这六年不过是各种美好印象的进一步深化,一切不过是顺其自

① 瓦格纳(1813—1883),德国作曲家,毕生致力于歌剧的改革与创新。

然。如果不是这样，那还能是什么呢？在交响乐中，我如同遇到了一个幸福得令人生羡并且与我同龄的女人。这也没有什么好奇怪的。与它为邻就必然会影响到我的家人、我的学业甚至我的整个生活。那么，就让我来说说这些具体的影响吧。

人世间我最喜欢的就是音乐。而在音乐领域里，我最喜爱的就是斯克里亚宾的作品。在认识他之前，我不过是在音乐殿堂里牙牙学语而已。他回国之前，我曾师从一位现在仍然健在的作曲家。我要是能再通过一门管弦乐法当然就更好了。当时，人们曾经对我学习音乐的行为议论纷纷。然而最重要的一点却是，即使大家都反对，也无法阻止我。我完全无法想像那种游离于音乐之外的生活会是什么样子。

然而遗憾的是，我没有“绝对的听觉”。也就是说，我不具备听出随意取来的一个音的音高的才能。这一缺陷或许与总的音乐天赋毫无关系，因为我的母亲就完全具备这一才能。但这样一来，却令我更加心神不安了。从一方面来看，如果音乐是我人生舞台的所在，那我就完全可以不必去关心什么“绝对听觉”了，因为我知道，在一些出类拔萃的现代作曲家中，许多人就与绝对听觉无缘。比如说，有人认为瓦格纳和柴可夫斯基可能就没有绝对听觉。音乐是我的崇拜物，它成为了我生命中那个对我来说最致命的一个点，在这一点中，聚集着一些令我最迷信和最忘我的东西。我会因为傍晚某一时刻的灵感而倍受鼓舞，而到了第二天早晨，我又会因上面一而再、再而三地提到的那个缺陷而急于去贬低自己。

尽管如此，我还是写出了几部正儿八经的作品。现在，该把它们拿给我的偶像看看了。我们两家是有深交的，因此，安排一次会面不过是一件再平常不过的事。可是，我却怀着一种极端的心态来看待这个问题，因为无论何时，这迈出的一步都会令我觉得我是在无理纠缠。这次，在我的眼里，它甚至都快要变成一种亵渎神灵的行为了。

在约定好的那一天，在我出发去斯克里亚宾临时居住的格拉佐夫斯基巷时，我带去的与其说是自己的作品，不如说是我对他的那种早就超越任何感情的爱慕之心，以及因我造成了想像中的失礼而必须向他表达的那份歉意。我坐在拥挤不堪的四轮马车里，心里的种种感情被挤压着、颠簸着。马车在棕色的阿尔巴特街上毫不留情地前进着，载着我去接近那个令我感到害怕的目的地，只有毛茸茸汗涔涔的大乌鸦、马匹和行人陪着我在及膝深的水里走向斯摩棱斯克大道。

四

那一天，我认清了一件事，那就是：我们的面部肌肉是怎样被训练出来的。当时，我激动得喉咙都哽住了。我口干舌燥，嘴里发出喃喃的声音却不知所云。我一边作答，一边一口接一口地呷着茶水，以免自己喘不上气或者做出更糟的蠢事来。

凸出的颌骨和前额上的皮肤在抖动。我挑动着眉毛，频频点头和微笑。我觉得我的面部表情是痒酥酥、火辣辣的，而我的脸则皱得像一张蜘蛛网。每当我摸到鼻梁处的皮肤皱褶时，我便会用紧握在手中的手帕一再地去擦额头上渗出的大汗珠。窗帘低垂，然而我仍能感觉到脑后窗外的巷子里弥漫着的初春的朝气。在我面前，男女主人之间放着的茶碗里，散发着茶的醇香。主人们正以双倍的努力喋喋不休地寒暄着，以帮助我尽快摆脱窘境。茶炊咝咝作响，蒸气袅袅上升。巷子里蒸发的水汽和垃圾堆散发出来的沼气使阳光变得模模糊糊。烟灰缸里的雪茄烟蒂冒出的缕缕轻烟，像一把玳瑁梳子似的缓缓地透过烟灰缸，然后向着有阳光的地方飘去了。触及阳光后，轻烟又厌烦地沿着斜斜的光束爬回去，像爬在一块绒布上一样。我不知道为什么，发生在炫目的空气、热气腾腾的华夫饼干、冒着轻烟的白砂糖和像白纸一样闪闪发光的银器间的这种循环更加重了我的惶恐心情，甚至有些令人难以忍受了。一直到我走进大厅坐到钢琴旁的时候，我的心绪才平静下来。

当弹奏第一支乐曲时，我心里还有点惶惶不安。弹奏第二支曲子时，我就已经差不多把慌乱彻底克服了。而当弹奏到第三支曲子时，我竟然感到了一种新鲜的、始料未及的压力。偶然间，我的视线落到了听我演奏的那个人身上。

随着演奏的推进，他先是抬起头，继而扬起眉，然后又堆着微妙的笑容，神情焕发地离席而起。伴随着旋律的变化，踩着旋律节奏的强弱，他轻盈地向我踱来。他喜欢这一切。我赶紧结束演奏。他立即向我表明，我在音乐方面的才能用不着多说了，因为我具有比音乐大得多的才能，而且在音乐领域里已经有权力发言了。他一边谈论着我弹奏的乐曲，一边坐到钢琴旁。然后，他把其中最吸引他的那一段重新弹了一遍。这一段短曲很复杂，因此我并没有期待他能准确无误地把它重弹一遍。然而，此时却发生了另一种意外的情况：弹奏时他转了调。于是这几年一直令我心神不宁的那个缺陷竟然从他的双手底下冒了出来，就像露出了他自己的缺点一样。

有说服力的事实常常胜过变幻无常的猜测。所以，我又颤栗了一下，并想到了两种可能。如果我向他坦诚地道出心中的块垒，他会反驳说："鲍里斯[①]，我也没有绝对听觉呵。"这就好了。那就是说，不是我死气白赖地缠着音乐，而是命里注定音乐是属于我的。可是，要是他的回答涉及到瓦格纳和柴可夫斯基，涉及到调音技师等等呢？而我已经开始谈到那个使我心神不宁的话题了。被中途打断后，我又将吞下回答的话："绝对听觉吗？在听完了我对您说的话后，您还要这样说吗？那么瓦格纳呢？柴可夫斯基呢？还有成百上千个具有绝对听觉的调音师呢？"

---

① 帕斯捷尔纳克的名字。

我们在大厅里踱来踱去。他一会儿把手放到我的肩上，一会儿又挽着我的胳膊。他谈到即兴演奏的危害，还谈到应该在什么时候、为了什么目的和怎样去写作。他的几部新奏鸣曲因难以弹奏而遭人诟病，而他却将此作为应该一直追求的简朴的范例。他又举出几支最平庸的浪漫曲来说明结构复杂应受到谴责的观点。他那些奇特的比喻没有使我感到尴尬。我承认，无个性的确比有个性复杂。不珍惜笔墨的长篇大论之所以好像通俗易懂，其实不过是因为它内容空洞。正是因为被空洞的陈词滥调教坏了，我们才会把久别之后出现在我们面前的那些闻所未闻的、丰富多彩的作品当成是对形式的追求。他不知不觉就把话题转入到了更加紧要的事情里。他问了我的学习情况。我告诉他，我选中的是法律系，因为法律容易学。他建议我立即转入历史语文系的哲学分系。第二天，我就照办了。在他说话的那个时候，我其实正在思考已经发生的那件事。我并没有违背我与命运的交易。我还记得预想中的那条可能最坏的出路是什么样子。这个偶然事件是否会使我心中的神失去光辉呢？不，永远也不会，它只会把我心中的神从原来的高度提升到新的高度。为什么他不肯对我提出的那个问题做出我一直想要得到的、最简单明确的答复呢？这是他个人的秘密。有朝一日——虽然为时已晚——他定会赏光向我做一个过期的自白的。他是怎样在少年时代克服自己的疑惑的？这也是他的个人秘密，正是这个秘密把他提升到了新的高度。房间里早已昏黑一片，胡同里亮起了街灯，到了客走主安的时候了。

告辞时，我不知道该怎样向他道谢。在我的心中，有一种东西在升华；有一种被压抑已久的东西冲了出来，并获得了自由；还有一种东西在哭泣，有一种东西在欢呼。

走到街上，扑面而来的第一股凉意使人想到了房屋和远方。一整片杂乱无章的房屋在莫斯科和谐的夜色的衬托下，从鹅卵石路面上拔地而起，直上云霄。我想起了家里的父母，想起了他们急不可耐地准备提出的各种问题。不管我怎么总结，最令人高兴的是，我的汇报都不会有其它更重要的意义了。我服从了即将要做的这个陈述的逻辑：才一次，我就把白天发生的令人感到幸福的事情真的当成事实了。对于我来说，白天的事情并不全是真实的，只有当幸福作用于他人身上时，它们才是真实的。不管我带给家人的消息多么振奋人心，我的心里还是会感到不安。然而，我高兴地意识到，我并不会把这番愁思灌进任何人的耳朵中去，它将像我的未来一样留在下面，留在这条街上，和此刻、比任何时刻都更属于我的整个莫斯科待在一起。我沿着小巷逡巡而行，不时毫无必要地穿越马路。前一天，我还觉得世界好像一直都是这样的，此刻，这世界却在我的心里融化和坍塌了。我走着，每转一次弯都会加快我的脚步。然而，我的心却不知道，我已经要与音乐彻底分道扬镳了。就在这一夜。

希腊人会把年龄算得非常清楚，也会避免把别人的年龄弄错。他们擅长把童年视为整体化的核心，并用封闭而独立的方式对它进行思考。希腊人的这个本领从伽尼墨得斯[①]神话和许多其他类似的神话中就可窥见一斑。这一观点也融入到了“半神半人”和“英雄”这一类事物的概念里。按照他们的想法，在相当早的时候，点滴的冒险和悲剧成分便已经被汇集成直观的一幕了。为了利于整个建筑物日后的平衡，大厦的某些部分——其中主要是宿命的拱门——应该在开工之始就被安置好。最后，也许死亡也应该以某种令人难忘的样子被人体验到。

正因为如此，古希腊罗马文化虽拥有卓越非凡、令人诧异、像童话般引人入胜的艺术，却始终不知浪漫主义为何物。

古希腊罗马文化由后世再未出现过的苛求精神和以技能和任务著称的超人精神共同培育出来，然而，它们却根本不懂饱含个人激情

① 希腊神话中特洛伊的美少年，被宙斯掠去充当众神的酒僮。

的“超人精神”为何物，而它规避这一缺陷的方式就是把世间所有的非凡现象都统统归入到人的童年时期里。当人们按照它的方法，迈着巨大的步伐进入庞杂的现实生活时，他此时的步伐和周围的环境就都不过是些平淡无奇的事罢了。

五

此后不久的一个夜晚，我参加了酒鬼协会“谢尔达尔达”的一次聚会。那是十来个诗人、音乐家和画家组成的一个团体。我想起来，我曾答应要给尤里昂·阿尼希莫夫（他曾朗诵过戴默尔[①]诗作的优秀译文）带去另一位德语诗人的作品。在我看来，我提到的这位德语诗人要远比和他同时代的诗人优秀得多。这一次，诗集 *Mir zur Feier*[②] 同样是在我最困难的时候落到我手里的，就像从前不止一次发生过的那样。这本诗集曾在雨雪天气里逃到了木板铺地的拉兹古利亚伊，然后藏身于乱七八糟地堆在一起的一堆受潮的古书、传统书籍和青年人的新作之中。几经辗转，它终于被送回到了城里的某扇门里，虽然当时那扇门里面的书其实并不多。现在，该谈谈这个集子落到我手里的经过了。

事情发生在六年前那个十二月的黄昏。那些黄昏和那条看得到雪花的、静悄悄的街道我已在本文中描述过两次。当时，我正跪着帮助妈妈整理父亲的书架。我爬来爬去的成果就是一排排整整齐齐的、被抹布揩干净的印刷品纷纷被插回到了书架上，就像内脏被重新放回到了身体里一样。忽然，从摇摇晃晃、最不听摆布的一摞书里掉出来一本褪了色的灰皮小书。非常偶然的是，我并没有把它重新塞

① 戴默尔（1863—1920），德国作家、诗人、表现主义先驱之一。

② 德文，《祝贺我》，里尔克的早期诗集。

回去。我把它从地板上拾了起来,然后拿到了自己的房间里。日子渐渐过去了,而我也爱上了这本诗集。不久,我又爱上了由同一只手签赠给我父亲的另一本与它结伴的书。但是,过了很久我才弄明白,这两本书的作者莱内·马利亚·里尔克其实就是我以前见过的那个德国人。在很久以前的某个夏天,我们曾在一个被人遗忘的林间小站丢下一位德国人。就在那段转着圈子的路上。那应该就是他。我跑去找父亲求证我的猜测,他说是的。可是,令他想不通的是,为什么我会为此事感到如此激动呢?

我并不是在写自己的传记。我是在别人的传记有需要时才写到这一段的。我和那本传记的主角都认为,只有英雄才配得上有真正的传记。其实传记这种形式根本就不适合诗人。如果一定要写诗人的传记,那么注定就要搜集一些无关紧要的琐事来凑数,而这些琐事却只会证明诗人在怜悯之心和外在的强制手段之间做出了多少妥协和让步。诗人甘心让自己的一生具有这种幅度的起伏,因此这些经历不可能被放在传记跌宕的垂直线中,即使我们希望能在那里看到它。你无法在诗人自己的名下找到他的传记,你只能到别人的名下、到他的追随者的传记中去寻找关于他的蛛丝马迹。个体诗人越是多产、越是孤僻、越是内向,他的生平事迹就越具有团体性的特征。而且,你无需动用包含寓意的其它手法,就能把他的经历和团体活动联系起来。当然,天才作家的下意识领域是无法用具体的方法衡量的,因为这一领域是由读者的感受构成的。然而遗憾的是,诗人无法知道自己对读者到底产生了什么样的影响。

我并不是在用自己的回忆来纪念里尔克,相反,这回忆是他赠予我的礼物。

六

虽然我的叙述涉及到了音乐，但我并没有提出什么是音乐，以及是什么原因使我喜欢上了音乐。我之所以不这样做，源于我在三岁时的一个发现。夜里，我醒过来。在我整个视野范围内，一切东西都早在十五六年前就开始沐浴在音乐的光辉中了，因此我也就没有机会去谈感受音乐的问题了。还有一个原因，那就是：现在，音乐已经与我们的主题没有关系了。如果那几个是问在艺术领域甚至是宽泛的艺术的领域——换句话说，是在诗歌领域——那么我就回避不了了。我既不会从理论上，也不会以过于概括的形式去回答，虽然我要讲的许多话其实都是在替自己和自己的诗作出回答。

太阳是从邮政总局后面升起来的。它滑过基谢尔尼大街，又降落在涅格林卡区[①]。把我们住的半幢房子镀成金黄色以后，它又渐渐转移到了餐厅和厨房里。我们的住房是公家的，房间都是由教室改建的。我已经在上大学，读的是黑格尔哲学和康德哲学。那时，每次与朋友们会面后，大家都会陷入到绝望之中。大家都会发表一通新产生的感悟，不是这个人就是那个人。

大家经常在深夜里叫醒彼此，似乎总有迫不及待又正当的理由促使大家这样做。要是被叫醒的人当时正在做梦，他就会感到无比羞愧，因为他觉得做梦是无意中被人发现的一个弱点。然后，我们会立即动身，像到隔壁房间去一样，到索柯尔尼基区[②]去，或者到雅罗斯拉夫铁路的道口去。这样一来，我们就会把不幸被视作“微不足道的

---

① 莫斯科的一个小区。

② 莫斯科东北部的一个小区。

小人物”的家里人吓得心惊肉跳。那时，我正跟一位富家姑娘谈恋爱，大家都清楚我爱她。她把睡不着的理由挂在嘴上，象征性地参加这些夜游，然后说些虚伪又委婉的话。当时，我正在给人家做功课辅导，收费很低。我这样做的目的只是为了不必向父亲要钱。每到夏季，家里人便会出去避暑，而我则留在城里靠自己挣的钱过日子。我靠节衣缩食来实现独立自主的幻想，然而结果却是，我的生活中又增加了一种叫做“饥饿”的概念。在空荡荡的住宅里，我把黑夜彻底变成了白昼。我只是在拖延着与音乐诀别的时间，而我其实已经与文学交织在一起了。别雷①和勃洛克②作品的深刻性在我面前展现出来，他们的魅力与一种远胜过简单、愚昧和无知的力量巧妙地结合在了一起。十五年来，我为音乐而放弃了语言的学习，而这种行为注定会被认为是标新立异的，正如有残疾的人注定会演杂技一样。我和一些朋友联系了“缪萨革忒斯”出版社。从别人的嘴里我知道了马尔堡市的存在，柯亨③、纳托尔普④和柏拉图的作品取代了康德和黑格尔。

我特意用信手拈来的方式描述那几年的生活。我本来是可以再增加些特征，或是用别的特征来取代它们的。然而，上面列出的这些特征已经足以表达我的目的了。像在一张草稿纸上绘画一样，这些特征已经能大体地勾画出我当时的真实生活了。然后，我立即问自己：到底是在哪里以及由于什么原因，在这一真实的生活中竟然产生了诗？其实，我无需多费心机就能回答好这个问题。这是一段我至今仍记忆犹新的独特感受。它深植于我的记忆深处，从一连串断断续续出现的特征中、从它们不同的发展进程中、从因循守旧的落后特

① 安德烈·别雷(1880—1934)，俄国象征主义文学中最有影响力的作家之一。
② 勃洛克(1880—1921)，俄国十九世纪末二十世纪初著名诗人。
③ 柯亨(1842—1916)，德国哲学家，创始人。
④ 纳托尔普(1854—1924)，德国哲学家，新康德主义马尔堡学派的领导人之一。

征中以及从他们后面堆积而成的沉渣中产生出来。

爱情流逝得最为迅速。有时，它在自然界中崭露头角时，它甚至会抢过太阳的风头。但是，这种状态又极其罕见。可以这样说，太阳几乎一直在跟爱情一争高低，但它却经常占据着更有利的地位。它能在把房屋的一侧镀成金黄色以后，又着手把另一侧镀成青铜色。它能用一种天气取代另一种天气，并转动着一年四季转换的沉重的大门。这样一来，其它的一连串征兆不过是尾随其后的、保持着不同的距离的、缓缓而至的必然事件而已。

我常常能听到自己发出愁闷的哨声。这声音从我脑后袭来，既是在吓唬人，又是在求人怜悯。它来自被人们甩掉的日常生活。它不是在威胁人们停住现实中的生活，而是在乞求人们让它归附到那早已远远走在前面的新鲜的空气里。在这回顾中，就包含着那个被叫做“灵感”的东西。生活中那些最华而不实的、最无关乎创造性的部分，走得过远而不停地向人们发出呼唤，它希望人们能关注到它们。

没有生命的东西的影响力其实更为深远。它们是静物画（画家们最喜爱的一个领域）的模特儿。它们积聚在生机勃勃的宇宙的最深处，长年处在静止状态。但它却能让人们对宇宙这个不停运动着的整体有一个更加清晰和完整的概念。任何一种在我们看来充满着反差的两极，都能让我们的认识更加深刻。这两极的布局本身就是在划定出一条界限。在这条界限之外，惊讶和同情都毫无用武之地。在那里，科学或许还能起到些作用，因为它正在探求的正是“现实生活在原子层面上的根基”。

然而，正因为没有第二个宇宙可以让人像揪头发似的揪住，所以人们也无法揪住现实的顶端，也就没办法把它从第一个宇宙中拎起来。为了能操纵现实——这也是它自己所呼吁的事情，就要得到它的写照。但是，我始终觉得这种写照好像只是一个摆脱困境的方法，而不是最终的“目的”。我一直认为，真正的“目的”就是把被描写的东西从冷轴移到热轴上去，就是把过时的东西放出去让它去追赶新的生活。我当时的见解与我现在的想法并没有多大的区别。我们描写人，就是为了给他们披上天气的特点；我们描写天气，或是描写与天气毫无二致的大自然，就是为了给它们披上我们的激情；我们把日常生活拽进散文里是为了写诗；我们把散文拖进诗歌里就是为了搞音乐。我把这种行为称为最广义的“艺术”，也即由那口人们世世代代撞击着的、活生生的人类之钟所定义的“艺术”。

城市带给我的感受始终都与我原来生活的那个地方不一样。我想原因就在于此。心灵的冲撞会把生活冲到描绘出的背景的深处。在那里，云朵在呼哧呼哧地原地踏步，不计其数的炉子喷出的浓烟正推开重云，横悬在空中。在那里，倒塌的房屋的台阶埋入到雪里，宛如一排排停泊在岸边的船只。在那里，放纵的生活正在用沉静的吉他木片修补那些苟且度日的、可怜的、丑陋的面孔。本来端庄稳重的妇女，在酒瓶旁，却好像快要被煮熟了一样。满脸通红的她们，搀扶着摇摇晃晃的丈夫从门里走出来。他们冲到夜间汹涌而至的马车夫的队列里，就像刚爬出热气腾腾的浴缸，转眼又走进了澡堂里相对凉爽的桦木穿衣间里。在那里，有人服毒自杀，有人点火自焚，有人泼硫酸给情敌毁容，有人身着绸缎去举行婚礼，还有人溜达进当铺去典当皮裘和衣饰。在那里，我教出来的留级生在等我来上课。他们摊开课本坐在那里，摆出一张张干巴巴的笑脸。他们偷偷地向彼此眨着眼，显示出十分低能的模样。他们看上去就像一朵朵番红花。那里，还有一所灰绿色的、半遭人唾弃的大学。上百间讲堂，一会发出嗡嗡的嘈杂声，一会又变得鸦雀无声。

教授们用眼镜片在怀表的玻璃面上一滑，然后抬起头来倾听来自学生们的齐声回答。他们仰头望着天花板的拱顶。此时，学生们的头便脱离了制服的上衣，像成双成对的朋友似的，靠着长长的细绳，悬挂在绿色灯罩的旁边。

每天，我都像是从另一座城市刚来到这里一样。闲暇时候，我的心跳总是会加快。如果那时我去看医生，他肯定会认为我可能是得了疟疾。然而，这种不时发作的慢性急躁症却是无法用奎宁治好的。古怪的出汗可能是由世上某些顽固的愚钝引起的，由土生土长的、明摆着的、无法被控制的个人的喜好引起的。这些因素活着，走动着，有时却活像是在摆姿势。要是把它们移植到想像中的一个居民区里，那么在这些因素中间，便会树立起一根假想中的天线，这根天线可以用来传播最近时兴起来的那些已经注定了结果的局势。寒热病就是由这根天线杆输导到另一极时所产生的电波引起的。此时，它正降临到这根想像中的天线杆子的底座旁边。在与远处的那根天线杆子交流的同时，这根天线也在呼唤着一位住在这里的、新出现的巴尔扎克。它希望他能到它的家乡来。可是，只要这根不祥的天线杆子稍微离我远一点儿，我的心里马上就会获得短暂的平静。

比方说，我听亚萨文①的课就不会觉得忽冷忽热，因为这位教授还算不上是个怪物。他讲课其实是有些才气的，而且这才气还会随着课程的深入而增长。时间似乎也不想对他抱怨些什么。它既不急于冲破他的观点，也没有急跑到通风口去，甚至没有慌慌张张地朝门口奔去。它没有把炊烟吹回烟道，也没有伸手去抓飞驰到风雪中的电车挂钩。不，时间一头扎进，同时也随手把我们带进英国的中世纪或罗伯斯庇尔的国民公会中。而与我们一起被带进去的，还有其它一切有生命的东西——除了我们印象中的大学里的那些直抵屋檐的高大窗户。

我住在一间租金便宜而且带家具的客房里。我的健康情况依然很好。同住的人中，有几位是我的大学同学。我们在那里一起教一

① 亚萨文(1873—1923)，俄国历史学家，英国自由资产阶级史学家。

群已经成年的学生。那里没有一个人表现出才华横溢的样子。老师也好，学生也罢，他们都不曾奢求从别处获得些意外的遗产。所以，他们能团结起来，能一起努力摆脱生活打算把他们钉死的那个死点。就像被留在大学里的教师们一样，职称对于他们来说也不具有多大的吸引力。小官吏、办公室小职员、工人、仆人和邮差都会到这里来上课，他们的希望就是有朝一日能成为另外一种人。

置身于这些精力充沛的人们中间，我也不会觉得忽冷忽热。在少有的心平气和的状态下，我经常顺路拐到邻近的一条胡同里去。那里有座名叫兹拉托乌斯特的修道院。在它的后院厢房里住着一些花匠。那些在彼特罗夫卡①零售鲜花的孩子们，就在这里买进各种各样的里维埃拉②花卉。批发商从尼斯③订购花卉，因为在他们的地盘上不用花多少钱就能买到这类名贵的花草。在新旧学年交替之际，在一个美妙的夜晚，我忽然发觉我们已经有很长一段时间没有在灯下上课了。三月里，明媚的黄昏开始越来越频繁地光临我们上课的肮脏客房。而在课后，它们根本就不屑在旅馆门口多停留一会儿。每到这个时刻，我都特别想到花商那里去看一看。走出家门，街道马上就出现在我的眼前，就像刚从地下冒出来一样。它不是像往日那样披着冬夜里用的头巾压低头，而是微微嚅动着嘴唇，像在讲述一个枯燥的故事。春风时断时续地吹拂着坚实的路面，发出阵阵沙沙声。像披上了一层真皮似的胡同在瑟瑟发抖，它在等待夜里第一颗星星升起。它已经等得有些不耐烦了。然而，贪婪而又闲散得出奇的天空却令人难以忍受地拖延着。星星还不出现。

走廊里的气味十分难闻。空箩筐堆得快要碰到天花板了。箩筐

① 莫斯科古老街道之一，是莫斯科中心区的一条繁华街道。

② 地中海北部沿海地区，因气候适宜于花草的生长，是欧洲花卉的供应基地之一。

③ 法国南部城市，地中海北岸避暑胜地。

上贴满了来自国外的邮票，邮票上盖满了来自那些大名鼎鼎的意大利城市的邮戳。门上蒙着毡子，房门一打开便会发出呼哧呼哧的响声。突然，一大团热气滚出了门外，像是有人迫不及待地要出来方便一下似的。从这团热气中，人们已经可以想像得出那种能令人十分激动的场景了。穿堂对面，在逐渐变低的上房的深处，一群卖花小孩挤在一扇古代要塞才有的那种小窗户跟前。他们接过如数清点过的货物，并把它们塞进篮筐里。在同一间屋子里，老板的几个儿子正在一张宽大的桌子旁默默地拆着刚从海关运过来的包裹。对折得像本书的橘黄色衬纸的下面，芦苇编的新盒子露了出来。冰冷的三色堇紧靠在一起被整块整块地取出来。这间很像看门人住的房间里，到处都充盈着醉人的芳香。它们看上去很像被层层风干的蓝色玛拉加[①]酒坯。黄昏前，屋里的朦胧的光柱和地上的阴影看上去就像是用湿润的深紫罗兰的草皮裁剪出来的一样。

然而，真正的奇观还在后头。老板走到院子的尽头，打开一扇砖石结构的贮藏室的门。他抓住地窖的盖环，提起了窖盖。于是，阿里巴巴和四十大盗的故事就在这一瞬间变成了现实，着实令人眼花缭乱。在干燥的地窖的底部，断断续续地亮着四盏太阳似的扁球形的“闪电”马灯。一束束按颜色和品种挑选出来的热气腾腾的红牡丹、黄雏菊、郁金香和银莲花正在大木盆里怒放。它们仿佛要和灯光比一比亮度。它们在呼吸——你能感觉到这种激动。它们在相互竞争。湿漉漉的茴芹被软刺串在了一起，散发出一股股淡淡的幽香。这味道像一股浪潮一样，凶猛地冲掉了金合欢那含着花粉气的芳香味儿。这是淡得像发白的露珠似的水仙在散发着清香。但是，在这场狂风暴雨般激烈的争奇斗艳中，大获全胜的却是紫罗兰的黑色蝴蝶花。它们深藏不露又疯疯癫癫，像黑多白少的眼珠似的，用自己那

① 西班牙南部地中海岸的城市，以盛产葡萄酒闻名。

与世无争的姿态引人入胜。它们那甜滋滋的清香从地窖的底部升起，很快便填满了地窖那宽阔的入口。闻到这气味后，胸口就会觉得发闷，那感觉就像是突然患上了胸膜炎。这气味会使人想起某一样东西，但这种感觉随即又会烟消云散。这留给人一种被愚弄了的感觉。看来，促使鲜花们每年回归大地的原始动力就是由这些香味产生的吧。关于得墨忒耳[①]的希腊神话故事的源头大概也距此不远。

七

在那个季节和之后很长的一段时间里，我一直把自己的诗歌习作看成是自己作品中的一个弱项——本来也不期待其中能有什么佳作。有一个名叫谢·尼·杜雷林的人，在那时却用他独到的赏识给予过我一些支持。这或许是因为他有着一颗非同一般的同情心。此时，在别的朋友们看来，我已经是一个几乎能站稳脚跟的音乐家了。所以，我不得不将这些青春期的新征兆瞒着他们。

与此同时，我却在热烈而认真地攻读着哲学，因为我觉得我未来的事业可能就在它附近开始。在我们班上，大家读的课程就像授课方法一样与理想相去甚远。这是发生在已过时的形而上学和羽翼未丰的启蒙运动思潮之间的某种奇特的结合体。为了能和谐相处，这两种思潮各自放弃了本该属于它们的最后一点残余的“思想”。哲学史变成了小说式或文学式的说教，心理学则退化成了小册子风格的肤浅想法。

什彼特[②]、萨莫索诺夫和库比茨基这些年轻的副教授们无法改变这种风气。可是，他们也不能埋怨年长的教授们。他们受制于要“把

① 希腊神话中掌管农业的谷物女神。

② 古·什彼特(1879—1940)，俄国唯心主义哲学家，胡塞尔学派追随者。

课讲得极其通俗易懂”的要求，这种思想在当时已经渐占上风。扫盲运动也正是在那时开始的，虽然参与者们还没有明确地意识到这一点。在这种情况下，多少有点知识基础的大学生只好越来越依赖大学图书馆。学生们的好感分属于三个人。大多数人倾心于柏格森[①]。格丁根的胡塞尔[②]学派的门徒则在什彼特身上感受到了支持。马尔堡学派的追随者们没有领导人，他们自行其是，结成一些始于谢·尼·特鲁别茨科依[③]的、富于个人传统的、偶然性的分支团体。

年轻的萨马林是这个圈子中的一位优秀人物。他是俄国“最好的过去”的直系后裔。此外，他还靠不同等级的亲戚与尼基塔大街拐角处的一幢大楼的历史发生了联系。在一学期里，他能两次出席随便哪一个讲习班的聚会，就像一个已独立门户的儿子按时回到父母家里去参加一次象征家庭团圆的午餐会一样。这个又高又瘦的怪人走进会场，东张西望地寻找着座位，这使得学术报告人不得不中断发言。会场突然变得鸦雀无声，而他自己也因此而倍感尴尬。这种尴尬一直持续，直到他踏着咯吱咯吱作响的台阶，走上梯形教室那半圆形木板后的听众席，并坐到最边上的一张长凳上。然而，只要一开始讨论报告的内容，刚才如此费劲才被拖到天花板下面去的那些轰隆隆和咯吱咯吱的声响，便会以焕然一新的形态重新转回到下面去。批判过报告人的第一个失误后，萨马林会即兴引用来自黑格尔或者柯亨的某个论点。然后，这个抛出的论点便会像一只球似的沿着有棱角的、大抽屉式的台阶滚下去。显然，他心潮澎湃，不能自已，说话时甚至会吞掉一些单词。但他的声音生来就很响亮，从童年到断气都始终保持着同一个平稳的声调。他既不会低声细语，也不会大声

---

① 柏格森(1859—1941)，法国哲学家，“变的哲学”的创始人，直觉主义的代表人物。

② 胡塞尔(1859—1938)，德国哲学家，现象学创始人。

③ 谢·尼·特鲁别茨科依(1862—1905)，德国公爵、宗教哲学家、教授。

吆喝。但他发不出颤舌音，这一点总是一下子就暴露出他的血统关系。后来，我就再也没有见到过他。只有在重读托尔斯泰的作品时，我才会不由自主地想起他，并在聂赫柳多夫身上又看到了他。

八

特维尔林荫道上的那家夏季咖啡馆其实并没有招牌，但是，大家却都管它叫 Café grec[①]。在冬季，它也正常开张，但那时它的用途就有点儿令人难以捉摸了。一天，洛克斯、萨马林和我在那间空荡荡的咖啡馆里碰到了。这事纯属偶然，事先谁也没有做安排。不仅在那天晚上，恐怕是在已过去的整整一个冬季里，我们都是它唯一的一批顾客。天气渐渐转暖，春天的气息开始出现了。萨马林走进来，刚巧就坐到了我们桌前。于是，他口若悬河地议论开来。他拿起一块饼干，并用它在发言的逻辑重音处给自己打拍子，就像拿着一把合唱队指挥用的音叉。一段由周而复始的肯定和否定组成的、黑格尔式的无穷论横穿过整间咖啡馆。因为我把选定的副博士学位论文的题目告诉了他，他的思路就从莱布尼兹[②]和数学上的无穷性跳到了辩证法的无穷性上。他忽然提到了马尔堡市。抛开那儿的学校，这是我第一次听到纯粹关于这个城市本身的故事。后来我确信，在谈到这座城市中的那些古老的历史诗歌创作时，只能像他那样来描述。当时，陶醉于屋里通风机的喧嚣，我觉得这种令人沉醉的陈述听起来实在令人称奇。他突然想起来，他到这里来的目的并不是喝咖啡或者坐一会儿。他突然把拿着报纸在角落里打盹的老板惊得一跃而起。在得知电话有故障后，他便一头冲出冰封的鸟巢般的小咖啡馆。这产

① 法文，希腊咖啡馆。

② 莱布尼兹（1646—1716），德国自然科学家、数学家、哲学家。

生的噪声比他进来时还要响。很快，我们也站起来了。天气变了。起风了。狂风开始猛烈地撒着二月的雪花。它们落在地上，形成一只只整齐的8字形线柱。在它们拼命地绕来绕去的动作中，竟然还有点正在海上作业的味道。在海上，缆绳和鱼网就是这样被一圈一圈叠起来的，就像层层波浪一样。一路上，洛克斯几度谈起他喜爱的司汤达，而我则没有接话茬，因为风雪扑面而来。我忘不了刚才听到的那番话。我可怜那座城市，正如我能想像到的那样。我永远也看不到它，就像人们永远看不见自己的耳朵一样。

以上是二月间的事。四月里的一个早晨，妈妈告诉我，她挣了几个钱。加上省吃俭用，她已经积攒了二百卢布了。她要把这笔钱送给我，并建议我到国外去走一走。我得到这笔赠款后，心里觉得又高兴又突然，更感到受之有愧。这种复杂的心情是难以用笔墨形容的。比如，为了弄到这一笔钱，你必须在钢琴上叮叮当当地吃不少苦头。就是这种感觉。但是，我没有拒绝它的勇气。路线是不必费心就能很容易选好的。那时候，欧洲的各个大学一直都在互通信息。当天，我就开始跑各个办事处，并从莫霍瓦亚大街带走了少数文件和一点宝贝——两个星期前由马尔堡大学刊印的一九一二年夏季学期预定讲授课程的课程表。无论是在走路，还是站在办事处那有栅栏的柜台前排队，我都手执铅笔研究着这份课程表。人们在一里开外就能通过我脸上焦急的神情觉察到我的喜悦。我一边用这种神情去感染官员和文书，一边下意识地催着他们快点办理那些本来就不算太复杂的手续。

我的计划自然是斯巴达式的。火车要坐最慢的，因此买的车票也是三等票。到了国外，如果有必要，车票甚至可以降为四等。后来，我选定城郊的一个村子，租了一间便宜的房子。伙食是面包夹腊肠和茶。妈妈的自我牺牲精神激励我对自己要十倍地吝啬。还应该用她的钱去一趟意大利。此外，我知道大学的入学费和某些讲习班、选修课的费用也会吞食掉很大一笔钱。在当时的情况下，即使有十倍多的钱，我也不会放弃这样一个简朴的计划。我不知道我会怎样去使用剩下的钱。但是，什么事都不会诱惑我登上二等车，也不会令我在饭馆的桌布上留下任何痕迹。我是从战后的那段时期开始才要求过舒适和安逸的生活的。而在当时，重重的困难不允许我把任何装饰品和闲适之心引入到我的房间里。于是，我的整个性格也不得不暂时为之改变一下了。

九

国内还在化雪。天空的倒影正通过雪面上的块块冰层浮上水面。那样子，就像一幅画从描图纸下面滑了出来。整棵波兰苹果树上的花都在盛开。这景象像夏天一样从早到晚、从东到西、不眠不休地在我的眼前飞逝而过，就像由斯拉夫派构思出的浪漫国度中才有的景象。

柏林给我的印象是"少年们的城市"。他们在前一天就收到了礼物：短剑、头盔、手杖、烟斗、真正的自行车和成年人穿的长礼服。在第一个出口处，我就碰到了他们。显然，他们还没有习惯身上发生的这些变化。所以，每个人都在摆弄着昨天刚收到的那些礼物。在一条漂亮的大街上，书店橱窗里摆着一本纳托尔普的《逻辑概论》。我被它吸引住了，于是，我走进去果断地买下了它。我一直觉得，明天就会见到这本书的作者。在连续两昼夜的行程里，我已经在德国境内度过了一个无眠的夜晚。现在我将要度过第二个。

只有在我们俄国，三等车厢里才有折叠的高板床。而在国外，要想在旅行时少花点钱，那么夜里就得受点罪了：要四个人一起坐在一条被扶手分开的、深深的长凳上打盹。这一次，虽然车厢单间的两条长凳都由我一个人享用，但我还是毫无睡意。每过一段较长的时间，车上都会零星地上来几个去下一个区间的乘客。他们多半是大学生。默默地点头打过招呼后，他们便会消失在温暖的夜色之中。旧的乘客下车了，新的乘客再上来。每次更换乘客的时候，站台顶的下面都会浮现一座睡着的城市。远古中世纪的景象第一次展现在我的眼前。它的真实性令人感到震撼。就像看到一件原作一样，它鲜明得使人感到心惊。在旅行途中，我把熟悉的名字从读过的书中一个个地抽出来，就像从历史学家制作的、布满灰尘的剑鞘中抽出钢剑来一样，并铿锵有力地把它们读出来。

当靠近这些城市的时候，列车就会像一个由十节车厢组成的、穿着铠甲的怪物一样挺直身子。这时，车厢之间的皮褶子也会像锻炉的风箱一样膨起来又垂下去。盛在干净的酒杯里的啤酒，在车站上的灯光的照耀下变得更加清澈透明。安在好像是用石头制成的粗滚轮上的行李车，沿着铺着石头的站台开走了。它走得平平稳稳，就好像没装东西似的。短嘴火车头那大汗淋漓的躯干就停在高大的月台的拱顶之下。可能是低矮的车轮开了个玩笑，不然，火车怎么能在全速运转中突然停下来呢？而这些火车头又怎么会被抛到如此高的地方？

画上那些六百多岁的祖先们，首先从四面八方涌到这空荡荡的、由混凝土筑成的站台上。被斜梁肢解后的墙面上，那些本来睡着的壁画好像活了起来。墙上画满了宫廷里的少年侍卫、骑士、姑娘和长着红胡子、吃人的藩人；在盔甲式的、面罩状的画板上，在圆筒形的衣袖接缝处，在妇女胸前的十字紧衣绳上，类似装饰图案的方格板条一而再再而三地出现。房屋已经差不多紧挨着放下来的窗子了。眼前的景象令我感到无比震撼。虽然听起来可能已经有点过时了，但躺在宽大的窗椽上，我还是不由自主地低声发出了欣喜的赞叹。天色依然黑沉。但是，在抹过灰泥的墙壁上却勉强可以看见野生葡萄留下的黑色枝蔓，它们看上去像是在跳舞。又掀起了一阵暴风。煤炭、露水和玫瑰的气味扑面而来。飞驰的夜色中，一把火星突然向我袭来。于是，我赶紧拉起了窗子，并开始琢磨起吉凶未卜的明天来。现在该说说我要到什么地方去和去那儿干什么了。

天才的柯亨创建了马尔堡学派。这个学派由柯亨的前任、以《唯物主义史》一书闻名我国的弗里德里希·阿尔伯特·朗格[①]打下基础。这个学派有两个令我佩服不已的特点。第一，它自成一家，并且是在连根刨掉一切繁杂的某片净土上独立形成的。它不赞同各种各样的“主义”里常常存在的那些惰性和陈规陋习，这些“主义”们总是抓住对自己有利的生僻知识不放，即使这些知识已经经过多人多次转手。然而，这些“主义”终究难逃“不学无术”的评价，并且，它们永远都会因为这样或那样的原因而不敢在历代文化的自由空气中重新审视自己。马尔堡学派则更着眼于本源，并不受制于产生于术语的惰性，即它更多地着眼于思想变迁在科学发展史中留下的那些真凭实据。如果说流行的哲学说的是这个或那个作家在想些什么，如果说流行的心理学说的是一个普通人是怎么想的，如果说形式主义的逻辑学教的是在面包铺里该怎样思考才不会算错找头，那么，马尔堡学派感兴趣的则是，在过去的二十多个世纪里，在那些连绵不绝的著作中以及在产生世界发明的关键起点和终点旁边，“科学”是怎样想的。在这样一种更为贴近历史本来面目的位置上，哲学又恢复了青春并变得无比聪颖。它从一门古老的、“有问题的学科”，变成了一门探讨问题的学科。而事实上，它本来就应该是这样。

马尔堡学派的第二个特点是直接由第一个特点派生出来的。这一特点可被归结为：在对待历史遗产时，它持有一种求全责备式的严苛态度。对待“过去”这个问题，这个学派绝不会采取那种令人生厌

---

① 弗·朗格（1828—1875），德国哲学家和经济学家，新康德主义马尔堡学派的代表人物。

的姑息态度，即不会把“过去”看成一个养老院，在这个养老院里面，一小撮身披厚呢子斗篷、脚穿平底凉鞋或头戴假发、身披独袖上衣的老人正在信口开河。他们选取科林斯柱型、哥特式、巴洛克式或别的什么建筑风格中的个别离奇成分来为自己那些毫无道理的判断作辩护。对马尔堡学派来说，科学结构的同类性与人在解剖学上的同一性是性质相同的定理。马尔堡里的人熟谙历史，他们不停地从意大利的文艺复兴、法兰西和苏格兰的唯理论以及其他尚未被研究透的各种学派的文献中拖出一件又一件瑰宝。马尔堡里的人用黑格尔学派的双眼来观察历史，并且观察得极其精炼和概括。同时，他们又不超越逼真、合理和准确的界限。譬如，这个学派从不奢谈世界精神的发展阶段，而只谈伯努利家族[①]成员间来往的那些书信。但他们同时也认识到，任何一种思想，不管时间过了多久，不管是不是已经时过境迁，只要它是一个人们真正地遇到过的问题，就应该受得住我们逻辑性的、审视性的眼光。否则，我们会对这个思想失去兴趣，而它也会沦为考古学家或探讨服饰、风尚、文学和社会政治思潮的历史学家的研究对象。

其实，独立思考和历史主义这两个要素完全没能说清柯亨体系的内涵。而我，既不打算细谈这个话题，也没打算开启“什么才是它的本质”的讨论。其实，这两个要素说明的是，柯亨体系是非常有吸引力的，它们指出的正是柯亨体系的独特性，即作为一种当代意识，它在有现实意义的传统中占有某个具有现实意义的位置。

作为当代意识的一分子的我，此刻正在朝着引力中心的方向飞驰。火车越过了哈尔茨山脉[②]。在一个烟雾弥漫的清晨，它终于钻出

① 十七到十八世纪间瑞士的一个家族，三代人产生过八名数学家、物理学家。

② 德国北部的大山脉。

了森林。千年古城戈斯拉尔[①]像中世纪的挖煤工一样从我身边一闪而过。随后，火车飞驰而过的就是格丁根了。沿途城市的名字变得越来越响亮。对于它们中的大多数，火车都没有屈尊下就，而是开足马力把它们甩在身后。我在地图上寻找着这些像陀螺般滚走的城市的名字。一些城市的古老传说被翻出来了，它们会像卫星和星环加入到这些城市周而复始的循环中。有时，地平线会像《可怕的复仇》里所描绘的那样变得非常宽阔。于是，一些小城镇和古堡里的土地就会一下子冒出数道青烟。它们开始像夜空那样令人感到焦躁不安了。

十

在远行的头两年里，“马尔堡”这三个字我从不离口。在中学课本里，那些有关中世纪宗教改革的章节经常会提到马尔堡。“中间人”[②]甚至专门为儿童出版了一本关于它的小书。书中写的是十三世纪初被葬在马尔堡的那位伊丽莎白[③]公主。但是，无论多么令人难以置信，在莫斯科时我一次也未曾想到过，令我吃力地啃导数表和微分表、令我一下子从麦克劳林[④]的作品转到我完全啃不动的麦克斯韦[⑤]的作品上去的那种东西，竟然和我刚才提到的马尔堡之间有着某种程度上的一致性。那就是，只有当我提着衣箱，从骑士旅馆和老邮局旁走过后，马尔堡才会真实地出现在我的面前。

---

① 德国城市，位于哈尔茨山北麓。

② 俄国的一家启蒙出版社(1884—1935)，成立于彼得堡，后迁莫斯科。

③ 伊丽莎白(1207—1231)，匈牙利公主，许配图林根领主，夫死后，从事慈善事业。

④ 麦克劳林(1698—1746)，苏格兰数学家。

⑤ 麦克斯韦(1831—1879)，英国物理学家。

我仰着头，气喘吁吁地站着。在我的眼前高耸着的，是一个使人头晕目眩的斜坡，而坡上依次排列着的，是像石头模型一样的马尔堡大学、市政厅和一座有着八百年历史的古堡。我刚刚走了十步，便不知身在何处了。我想起，我已经把我与世界其他部分产生的联系都遗忘在车厢里了。现在，它与挂钩、网袋和烟灰缸一起，都再也追不回来了。钟楼上，悠闲的朵朵轻云停留在大钟的上方，它们似乎对这个地方很熟悉。但是，对于我而言，它们的存在却给不了我任何有用的信息。可以看出，它们会像这个巢穴的看守人一样永远都不会离开这里。一片中午时分特有的寂静弥漫四周，它似乎正在与下面那一大片平原中的寂静取得联系。但两片寂静好似都在放任我的窘态。上面的寂静正忙着通过丁香花醉人的芳香与下面的寂静通信，而小鸟们则在等待时机以便能再次啁啾不止。我几乎没有看到人。纹丝不动的屋顶好像也在好奇：这一切的结局将会是怎样的呢？

一条条街道像哥特式的侏儒一样紧贴在陡坡上，它们用自己的地下室监督着相邻街道上的顶层阁楼，错落有致。奇特的盒式建筑挡住了它们的狭隘通道。越往上越宽的层层街道平铺在突出来的原木上。它们的顶板几乎相互毗连，并在马路上空伸出彼此的手臂。街道上没有人行道。并不是所有的街道都可以通行。

我忽然想明白了。罗蒙诺索夫①曾在这些街道上漫步了五年。但是，在此之前，必然有一天他也是初来乍到。那时，虽然身上揣着莱布尼兹给他的学生沃尔弗②的介绍信，但他还是不认识这里的任何一个人。从那天算起，马尔堡其实并无多少变化。但仅仅这样说还是不能传达出马尔堡带给人的感觉。要知道，对于那个年代的人来说，马尔堡就已经是一个小得出人意料的古城了。只需回头一看，你

---

① 米·罗蒙诺索夫(1711—1765)，俄国科学家、文学家。

② 沃尔弗(1679—1754)，德国科学家、哲学家、数学家。

便会哆嗦一阵。在当时，即罗蒙诺索夫的时代，那些密密匝匝分散在脚边的瓦灰色的石棉瓦房顶，会让这座小城看上去更像是一群飞向饲料槽却着了魔的鸽子。我重复了一下二百年前的那个人的颈部肌肉动作——我颤抖了。镇静下来以后，我发现，布景中的景象已经俨然变成了现实。于是，我便动身去找萨马林推荐的那家廉价客栈了。

第二篇

一

我在城边租了一个房间。那栋房子在吉森[①]公路最后一排的房子里，路旁种着的栗树像听到口令似的肩并肩地排成一长列。它们在这个地方开始整齐地向右转，回过头向忧郁的远山和古老小城看了最后一眼，吉森公路便消失在树林后面了。

房间里有一个破旧的小阳台，正对着邻居家的菜园。菜园里，一节马尔堡市旧式轨道马车的车厢放在那里。它应该是直接从车轴上卸下来的。现在，它已经变成一个鸡笼了。

那间屋子的主人是一位年长的官太太。她和女儿靠着微薄的养老金度日。她们两个人长得几乎一模一样。有时，她们会截住我那像贼似的窥视着她们的衣领的目光，就像那些患有巴塞杜氏病[②]的女人常做的那样。这时，我的眼前总会浮现出儿时玩过的气球。气球的嘴儿被扎得紧紧的，并且揪成了一个结。我想，她们可能已经能猜到我的心里在想什么了。

旧式的普鲁士虔诚派们，正在用她们的眼睛观察着世界，而我却

① 德国朗恩河上的一座城市。
② 凸眼性甲状腺肿。

很想把手掌放到她们的喉咙上去。这样,我就可以放掉一点儿充斥在她们眼中的空气了。

在德国的这一区域内,这类人其实并不具有代表性。在这里,占统治地位的是另一类人,即中部德国人。在性格层面,他们这些人也会不知不觉地呈现出南方和西方、瑞士和法国的区分。窗外有一片绿树丛。当面对大自然中的那些绿叶胡思乱想时,翻翻法文版的莱布尼兹和笛卡儿著作真是再适合不过了。

那奇妙的鸡笼紧挨着一片田野,透过它,你可以看见田野对面的奥凯尔斯豪森村。这里其实是一片由细长的禾谷干草棚、长长的四轮大车和健壮的佩尔什马组成的狭长的宿营地。靠近地平线的地方,另一条路从那里伸展出来。进入马尔堡市之后,它便被称作 Barfusserstrasse[①] 了。中世纪时,民间把各派苦修会的修士统统称作"赤脚流浪汉"。

每年,严寒的冬天都是沿着这条路降临到马尔堡的。从阳台朝那边望去时,你可以想像出很多不错的典故:汉斯·萨克斯[②]、三十年的战争以及用几十年而不是几小时来衡量的历史灾难中的那些引人入睡而不是引人入胜的诸多特征。冬天,冬天,连绵不断的冬天。在一个世纪的荒芜过去后——或许是噬人的怪兽打了个哈欠,在遥远而蛮荒的哈尔茨山区,在飘忽不定的白云下,出现了新的居民点。它们有着类似于 Elend、Sorge[③] 这样听起来像火灾遗址的、难听的名字。

房子后面,兰河流淌着[④]。它把灌木丛和倒影都压在身子的下面。一条铁路线蜿蜒在河的对面。每到夜里,厨房的酒精炉就会发出低沉的嘶嘶声,而这声音很快又会被机械钟发出的当当声淹没。

---

① 德文,赤脚游民街。
② 汉·萨克斯(1494—1576),德国诗人、作曲家。
③ 德文,贫困、忧虑。——原注
④ 莱茵河右岸的一条支流。

与此同时，铁路线上的栏木也会自动落下。这时，一个穿制服的人便会出现在黑暗中。为了防止尘土飞扬，他手持喷壶快速地喷洒着道口。而几乎就是在同一瞬间，一列火车上下左右猛烈颠簸着疾驰而过。火车鼓型的头灯投下来的一束束灯光照到了主人家的锅里了。牛奶总因此被煮糊。

一两颗星星滑落在兰河那油亮亮的水面上。刚刚赶来的牲口在奥凯尔斯豪森村吼叫着。山上的马尔堡市像在上演歌剧似的泛出了红晕。假如格林兄弟①还能像百年前那样打着向萨维尼②学习法律的名义到访这里，我想，他们还会以故事搜集家的身份离开的。在确信大门的钥匙已经带在身上后，我就向城里进发了。

世世代代居住在这里的市民们早已进入了梦乡。迎面遇到的都是大学生，他们看上去都像在表演瓦格纳的歌剧《名歌手》。白天看上去像布景的那些房子，现在似乎靠得更紧了。街道上方那从一堵墙搭到另一堵墙上的吊灯已经没有了自由活动的地方，它们微弱的光线正在竭尽全力地照射着下面的各种声音。百合花状的光斑满满地洒在逐渐远去的隆隆的脚步声和阵阵爆发出的响亮的德国话上。电灯似乎也很熟悉这个地方的传说和故事。

那是很久很久以前的事了。那个时代比罗蒙诺索夫出生的年月还要早约五百年。当公元一千二百三十年还是崭新而平凡的一年时，一个真实的历史人物——匈牙利的伊丽莎白公主，从上面的马尔堡城堡走了下来。

一切都是那么久远。假如想像力还能够追溯到它，那么当想像力到达目的地时，它注定会在那里掀起一场暴风雪。某些远去的法

---

① 雅·格林（1785—1863）和威·格林（1786—1859），德国民间文学研究者，写有大量童话集。

② 萨维尼（1779—1861），德国法学家。

则已然被驯服，已然变得不可触及。黑夜将在那里降临。山岗将被森林覆盖，林中也会有野兽出没，人类的风俗习惯将会披上一层冰壳。

死后三年即被尊为“圣者”的伊丽莎白有一位供她忏悔的神父。他是个霸主，同时也是个没有想像力的人。这个清醒的实干家看到，他的忏悔人的心灵正在备受折磨，而他却因此欣喜若狂。为了能虐待她，他一直在寻找着令伊丽莎白真正感受到痛苦的方式。于是，他禁止她帮助穷人和病人。这时，历史的叙述就开始转变为传说故事了。据说，她无法做到神父提出的那些要求，而不听神父的话必然会带来罪孽。为了洗清她的罪孽，当她走在下山进城的路上时，暴风雪会用自己的身躯包裹住她；而当她夜行时，她的脸又会被变成鲜花的颜色。

然而，即便如此，她仍旧矢志不渝地完成了自己的夙愿。当面对如此虔诚的信徒时，连大自然也不得不背弃自己的定律。这时，自然法则以“奇迹”的面貌出现或许并无伤大雅。而在宗教盛行的时代，或许这才是“真实”的标准。

我们有我们自己的原则，但是，当面对法则时，大自然并不会停下争当我们庇护人的脚步。

越靠近马尔堡大学，那条陡然下降到山下去的路就变得越弯曲、越狭窄。由于笼罩在时代的灰烬里，房屋的正面都像马铃薯一样被烤熟了。其中一栋房屋的正面竟然只有一扇玻璃门。一条通向北面陡崖的走廊就在门后，那里灯火通明。门后还有一个晾台，里面摆着一张小桌子。晾台高悬在一片低地的上方，那里，曾在当时给那位诸侯之妻带来过诸多的麻烦。从那时起，坐落在诸侯之妻深夜行走之路上的那座城池，便一直保留着十六世纪中叶的模样，伫立在高处，亘古不变。这块低地曾搅乱过她内心的平静，也曾迫使她违反禁令。而如今，它仍旧奇迹般地发挥着自己的功用，并与时间步调一致地前进。

这会儿，低地正散发出夜间特有的潮气。铁器正在彻夜不停地铿锵作响。备用线路不时和主干道汇合又分开，并把本来平整的低地弄得皱皱巴巴。轰隆隆的一声总是不时响起，好像是某样东西在不停地落下又升起。从夜晚起到清晨，堤坝前翻滚的水声一直保持着振聋发聩的音调。锯木场里，圆锯发出的刺耳尖叫声正用三度音程应和着屠宰场里肉牛的吼叫。某样不知名的东西在不时地爆裂，发出灼热的白光，放出蒸气又翻转过来。被一层染上色的烟遮着，它开始左右移动起来。

哲学家是咖啡馆的常客，其他人则各有各的去处。晾台上曾坐着格某某、拉某某和几个德国人，他们后来都在国内和国外当教授。在一些丹麦人、英国女人、日本人和从世界各地汇集到这里来听柯亨讲课的人中间，我听到了一个又激越又动人的熟悉的声音。他是巴塞罗那[①]的一位律师，也是施塔姆勒[②]的学生，还是不久前的那场西班牙革命中的活动家。他在这里进修已经一年多了，此时，他正在给朋友们朗诵魏尔伦[③]的诗作。

我已经认识了这里的大多数人，所以我一点也不会觉得生分。我已答应过两件事，现在正在惶恐不安地做着准备。过几天我将向哈特曼[④]汇报我学习莱布尼兹的心得，还要向校长汇报我阅读《实践理性批判》一书的体会。我早已在脑海里推测出了校长的样子。初次见面的情况证明，这一形象推测得并不准确，但这个形象却已经成为了我的个人财产，即它已经能在我的体内自由地游走了。我怀着新生特有的狂妄和虚荣猜测，有朝一日我会不会获得他的垂青并被

① 西班牙东北部地中海沿岸城市。

② 施塔姆勒(1856—1938)，德国法学家、教授。

③ 魏尔伦 (1844—1896)，法国抒情诗人。

④ 哈特曼(1882—1950)，德国唯心主义哲学家。

邀参加他家星期天的午宴。每当这时，他的形象就会随着猜测的结果而发生变化。它或是沉到我那无私赞叹的底部，或是浮到表面上来。如果我真的被邀请，那么在周围人的心目中，我的身价定会增加百倍，因为，这将标志着我在哲学界的新仕途有了一个好开端。

伟大的内心世界可以被一位伟大人物用非常戏剧性的方式表现出来。这一点，我已经在他身上得到了证实。我已经知道，为了更清楚地讲明希腊人永生的概念，这个头发蓬松、戴着眼镜的老头会仰起头朝后退。然后，他会在空气中朝着马尔堡市消防队的方向挥挥手。在做完这些之后，他才开始讲解极乐世界[①]的形象。我已经知道，在另一种场合下，他又会神不知鬼不觉地接近康德前的形而上学，然后柔声细语地跟它调情。他还会猛然抬高嗓门，援引休谟[②]的话来严厉地斥责它。最后，他甚至会连咳几声，然后在一阵长时间的沉默后，用疲倦、平和而又慢吞吞的语气说一句："Und nunmeine Hem…[③]"。这意味着，他已经对一个完整的时代作出了谴责和批判。演出已经结束，现在，可以回到课程本来的主题上去了。

晾台上的人差不多都走光了。电灯也陆续熄灭了。东方已经破晓。我们凭栏俯瞰，确信夜间的低地已经不复存在。取而代之的是另一幅完整的风景。可是，它一点也不了解自己的前任——夜景——的情况。

二

这时，大家闺秀弗家姐妹来到了马尔堡。我在莫斯科读中学时

① 古希腊神话中的人死后灵魂永远安息的地方。在荷马的著作中这块福地位于世界的尽头。

② 休谟(1771—1776)，英国经验主义哲学家、历史学家、经济学家。

③ 德文，诸位、现在……——原注

就跟弗家姐妹中的姐姐有过交往。我曾不定期地给她上过课，但上的是什么我都已经淡忘了。准确地说，这家人为我那海阔天空的闲谈付钱就是了。

一九〇八年春，我们中学毕业的日期刚巧凑在一起。于是，我在自己备考的同时，也开始帮助弗家姐姐复习。

我复习的重点多半是当时没有好好在课堂上听课而漏掉的内容。我通宵复习，而时间总是不够用。尽管如此，我还是不择时机地(多半是在黎明时分)抽空去给弗家姐姐复习功课。因为我们读的是不同的中学，所以她的功课总是与我的不一样，考试的要求自然也就不完全相同。这一团糟的情况使我的处境更加不利了。对此，我倒并不在意。我对弗家姐姐的感情——此时已经该叫做"旧情"了，始自我十四岁那年。

她是一位很有教养的、楚楚动人的姑娘。她从幼年起就被一位非常疼爱她的法国老管家娇宠坏了。这一点，这位法国老太太比我更清楚。一大清早，我从外面给她心爱的姑娘带来几何学。与其说是欧几里得[①]的几何学，还不如说是阿伯拉尔[②]的几何学。她快活地道出自己那些机灵的猜测，然后就一刻也不离开我们了。我暗中感谢她的干预。有她在场，我的感情就可以原封不动地保持着不变。我既不评判它，也不归它管辖。我已经十八岁了。就我的禀性和教养而言，我无论如何也不会并且也不敢放纵这一情感。

在一年中的那个季节里，人们会在盛满开水的小缸里化开染料。不再有人过问的、堆满积雪的花园正在悠闲地晒着太阳，它们都被注满了晶莹的清水。花园外面，即栅栏外边，沿着地平线站着一排排园丁、白嘴鸦和钟楼。一昼夜里的时间里，他们能交换两次到三次意

① 公元前三百年的古希腊杰出数学家、几何学的创始人。

② 阿伯拉尔(1079—1144)，法国著名神学家。

见，那声音大得响彻全城。湿润润、毛茸茸的灰色天空在一扇通气小窗上蹭来蹭去，那里充盈着残留的夜色。它能连续几个小时都默不做声。可是忽然间，大车轮子的辘辘声被送进屋里来。这声音又同样突然地戛然而止，好像这是在玩救命棒游戏似的。似乎除了从马路上通过通气小窗钻进屋里之外，这辆大车就别无他事可做了。因此，它不会再拉东西了。空空洞洞的寂静显得更加神秘。它会像涌泉似的流进被声音撞击出来的那个洞口。

我不知道为什么，回想起这一切时，一块粉笔字尚未被擦干净的黑板会如此深刻地铭刻在我心中。啊，但愿那时有人能制止我们书写那些等积锥体的定理。应该把黑板擦得雪亮并规规矩矩地用粗笔画写出我们俩的未来。啊，我们真的会被惊呆的！

这一想法来自于哪里，又为什么会在此时此刻出现在我的脑海里？

这是因为时值初春，冰冷的半年即将被强制迁出。周围的湖泊和泥沼像那些没有悬挂起来的、镜面朝上的镜子似的矗立在大地上。这说明，极其广袤的世界已经被打扫干净，而房间也已经做好出租给新住户的准备了。这是因为，当时就拥有这样的愿望的那一个人，此刻应该有权重新拥抱和享受所有现世世界的整个人生。这是因为我爱弗家姐姐。

这是因为，单凭它的丰厚的质感就可以预见未来了。人的未来就是爱。

三

但是，有一种对待妇女的、所谓的高尚的态度存在于世间。让我在这方面略抒己见。有一大堆现象会导致少年去寻短见。这些现象多得像一个大得看不到边的大圆圈。其中包括，一大圈幼年的胡思乱想、童年的反常行动、少年的绝食的错误，还有一大圈克鲁采奏鸣曲[①]和为反驳克鲁采奏鸣曲而谱写的奏鸣曲。我曾在这个圈子里混过。丢脸的是，我在里面待了很久。这到底是怎么一回事？

这个圈子很折磨人。除了受害之外，它不能给你带来其它什么有意义的东西。然而，你却永远摆脱不了它。所有载入史册的人都会蹚过这个圈子，因为那些奏鸣曲正是迈向自由的精神领域的不折不扣的入口。谱写这些乐章的人既不是托尔斯泰们，也不是魏德金德[②]们。它是大自然本身，它只是借用他们的手来谱写罢了。而且，只有在他们的相互矛盾和对立中，大自然构思的完整性才能被体现出来。

把事实与臆想用那条被称为爱的堤坝分割开来，大自然就像关心世界的完整性那样关注着爱的持久性。癫狂、病态、夸张……所有的症结统统可以被归结在这里。真的可以这样说，在这里，它走的每一步都是在小题大做。

但是，对不起，伟大的作品的确被创作出来了啊！据说，这还是大自然的主要营生。或许这是一句空话吧，是物种史吧，是人类姓氏史吧。要知道，伟大的作品正是在这里、正是在生物进化的开始阶段、正是在爱的堤坝旁被创造出来的，激荡不安的想像力就是在这些地方爆发出来的！

既然如此，能不能说我们在童年时代就学会了言过其实，因此，我们的想像力变得紊乱，还是因为在那个时期，大自然也会小题大做地用我们来大做文章？

大自然遵循这样一种哲学观点，即它认为，只有几乎不可能的事

① 克鲁采奏鸣曲，贝多芬创作的第九首小提琴奏鸣曲。列夫·托尔斯泰写有同名的中篇小说。

② 魏德金德(1864—1918)，德国剧作家、演员。

情才是真实的事情。一切生物的感情都被它弄复杂了。它用一种方式使动物的情感变得复杂，又用另一种方式使植物的情感变得复杂。在如何使我们的感情变复杂这个问题上，它对人类做出了极高的评价。所有手段都不是随便的，也不是无意识的。它在有意识地运用对我们最有效的手段来使我们的情感变得复杂。我们感觉我们身上有那种像苍蝇一般的庸俗，这都是拜它所赐。我们每个人都会有这种感觉。我们离苍蝇越远，这种感觉就越强烈。安徒生在他的《丑小鸭》里对这一点做出了天才般的描述。

任何一部叙述性的文学作品，都散发着令人不堪忍受的庸俗味，就像“性”这个词本身带给人的感觉一样。而这正是这些作品的使命所在。正是凭着这种龌龊，它们才对大自然有用处，因为大自然和我们的联系正是建立在对庸俗的恐惧感之上的，而其它任何非庸俗的东西却不会使它的控制手段显得更高明。

在这方面，不管我们的思想提供出什么材料，这份材料的命运都始终掌握在大自然的手中。大自然会通过从它自身体系中派遣给我们的本能来使用这种材料。教师们都希望通过自己的努力来减轻自然本性带来的负担，但这些努力却只会使自然本性觉得负担更加沉重。事情也本该如此。

说它本该如此，是因为，感情自身因此获得了克制的对象。它本来就是要么克制这个惊慌，要么克制另一个惊慌，至于克制感情的障碍是由哪类污秽龌龊和卑微琐事组成的，这反倒无关紧要。在宇宙范围内，会导致怀孕的运动是一切事情中最纯洁的一件事。千百年来，这一纯洁性获得过多少次胜利啊。而相比之下，单单这一点就足以使所有非纯洁的东西散发出秽气了。

还有艺术。它关心的不是人，而是人的形象。原来，人的形象比人还要高大。这一形象只能在行动中产生，但又并不是在所有行动中都会产生。只有在小题大做的过程中，它才会被产生出来。

当一个诚实的人只说真话时,他是在做什么呢?在他说真话的时候,时间也在流逝,而生活就会利用这段时间向前进发,从而令他的真话落在后面。这样,真话还是会让人受骗。那么,让人随时随地都说真话是否还有必要呢?

在艺术领域里,他的嘴被堵住了;在艺术领域里,人们缄默不语。于是,形象便开始发言了。结果,只有“形象”才跟得上大自然随时取得各项成就的节奏。

俄语里的“撒谎”更多的是指废话连篇,而不是骗人。艺术就是在这个意义上撒着谎。它的形象是在拥抱生活,而不是在寻找观众。它的真相不是形象性的,而是不断地发展的。

千百年来,唯有艺术还在反复谈论着爱。同时,它又不必受制于本能,也不必不断地去补充那些使情感变得更加复杂的手段。越过精神发展的障碍之后,上一代人并不会被扬弃。他们会被保留在“抒情性的真理”中。因此,只要远远看一眼就可以想像得到,人类正是通过代代相传的“抒情性的真理”才渐渐形成的。

这一切都不同寻常。这一切都极其困难。

情趣教导德行,而力量则训导情趣。

四

姐妹俩在比利时避暑时,通过间接的方式得知我正在马尔堡。随后,她们又被召往柏林去参加家庭聚会。在去柏林的途中,她们顺路来探望我。

她们下榻于古老城区里最好的一家旅馆。我与她们形影不离地度过了三天。这三天完全不像我平日里的生活,因为,那简直像过节一样。我不停地给她们讲一些故事,并陶醉于她们的笑声和过往行人表示理解的表情中。我带她们出去游行。人们也看到我和她们坐在大学讲堂里一起听课。就这样，她们离开的那天还是到来了。

在她们离开的前一夜，餐厅侍者一面摆设餐桌，一面对我说："Das ist wohl ihr Henkers mahl，nicht wahr?[①]"

翌日早晨，我刚走进旅馆，就在走廊里遇到了妹妹。她看了我一眼便猜到了我的心思。于是，她没跟我打招呼就退回到自己的房间里，还锁上了门。我走进姐姐的房间，心情异常激动地对她说，不能再这样下了，我请求她能决定我的命运。这一表白，乏善可陈，毫无新意，它只是表明了坚定的决心而已。她从椅子上站起来。我那带有进攻性的激动神情令她向后方退去。退到墙角时，她忽然想起来，世间有一个方法可以让这一切一下子就停下来。于是，她拒绝了我。不一会，走廊里传来了嘈杂声，这是有人从隔壁房间里把箱子拖出来。接着，有人敲响了我们的门。我很快就恢复了常态。去火车站的时间到了，而到车站只有五分钟的路程。

到了火车站，我完全丧失了为人送行的能力。我刚刚才意识到我还没来得及跟姐姐道别，站台旁便出现了一列从法兰克福来的、开得很平稳的特快列车。乘客们迅速上了车，列车平平稳稳地开动起来。而我则跟着车跑了起来。我在站台尽头处加速，并跳上了车厢的蹬梯。很好，沉重的车门还没有关死。怒气冲冲的列车员挡住了我的路。他抓住了我的臂膀，生怕我会因为恼羞成怒而自寻短见似的。我的两位女乘客也离开包房跑到车厢里来了。为了营救我，她们匆匆忙忙地往列车员手里塞钞票。这样，我就可以补票了。他发慈悲放开了我，我便跟着两姐妹走进了车厢。我们在向柏林飞驰。那个差一点就被中断的、神奇的节日又延续下去了。风驰电掣般前进的速度，以及因刚才所经历的一切而引起的、令人陶醉的头痛，令我觉得我比原先还要幸福。

---

① 德文：吃最后一顿晚餐吧，您明天就要上绞架了，不是吗？

我在火车运行中跳了上去，为的只是要和姐姐说一声再见。但是，我又把这事给忘了。再想起这事时，已经为时已晚。我还没来得及清醒过来，白天就过去了。夜晚也如期降临。柏林站台上那回声很响的顶棚把我们压在地面上。应该会有人来接姐妹俩的。但是，这顶棚却把我们给遮住了。我当时的情绪很糟，所以我不希望有人看到我和她们在一起。她们说，我已经向他们道过别了，只是我没有留意罢了。很快，我便隐没在车站嘈杂的人群中。

已经是深夜了。细雨烦人地下个不停。柏林其实与我毫不相干。最近一趟开往我要去的方向的火车，要到清晨才会开。本来我可以在车站里自由自在地等候那趟车，可是我不想再在众人面前露面。我的脸一阵阵地抽搐，眼泪也一刻不停地想要夺眶而出。最后一次道别的心愿终于成了泡影，而我的渴望也仍然没有得到满足。作曲家会全力摇动起一大段华彩乐章，以便去触发使人悲痛的音乐，这样一来，最后一个强烈的和声就会把这音乐全部撵走。可是，我却得不到这种精神上的放松。

那个夜晚下着烦人的蒙蒙细雨。车站前的柏油马路跟站台上一样雾气腾腾。站台那嵌在铁栏杆里的玻璃圆顶，就像套在网兜里的一只大皮球一样。马路上传来的哐当哐当的阵阵响声很像碳酸气的爆炸声。周围的一切都蒙上了微微颤动的雨水。由于事情来得太突然，我走出家门时既没有穿大衣，也没有带行装，甚至连证件都没有带。一见到我这副模样，店家便彬彬有礼地说，客房已经满了。这样，他们就可以把我撵出去了。最后，我还是找到了一个落脚处。这回，我的轻便装扮并没有造成障碍。这是一个下等客栈。房间里剩下我一个人时，我便侧身坐到窗前的一把椅子上。它旁边就是一张桌子，我把头垂在桌子上。

为什么我要这样详尽地描写我的姿势？因为我保持着这个姿势，度过了整整一夜。有时，我感到好像被人轻轻触碰了一下。身边的墙壁一直斜砌到黑暗中的天花板下，我抬起头来，对着它发泄一通。我用空洞的眼神自下而上地丈量着它，那凝视的目光就像一把尺子。突然，我又泣不成声了。我用手掌托住了脸。

之所以我要如此准确地描写这个姿势，因为在清晨的时候，我就是摆着这个姿势登上飞驰的火车的。这个姿势令人至今记忆犹新。这是一个人从高大的东西上掉落下来时应有的姿势。这姿势曾驮着他走了很久，然后，它丢掉了他，又从他的头顶上呼呼地掠过去了。最后，它在转弯处永远地消失了。

我终于站了起来。我环视了一下房间，然后推开了窗户。夜色已经逝去，空中垂下细得像雾似的雨丝。不知道雨停了没有。住宿费已经预先支付过了，因此大厅里空无一人。我没有跟任何人打招呼就直接离开了。

五

这时我才注意到周围环境发生的变化。大概这些变化早就开始了，只是，一直在不停发生着的新鲜事和一个成年人不停啜泣的丑态把它们遮掩住了。

周围的一切都发生了变化。从未有过的体验浸入到我的现实生活中。晨曦应该能认得出我的面孔。这次，它好像是为了要留在我身边才降临到这里的，而且，它摆出了一副好像永远都不会离开的样子。

雾散了。这预示着接踵而来的将会是一个酷热的白天。城市慢慢地活动起来。运货车、自行车、篷车和火车开始轻快地向各个方向移动。它们的上方飘荡着人类的肉眼看不见的、气流似的计划与欲望。它们像亲切的、不言自明的寓言故事，冒着烟，并紧凑地移动着。相比起童年时代的印象，飞鸟、房屋、家犬、树木、马匹、郁金香和行人都显得更加低矮和生硬。我领会到了人生中所谓“简练”的含义。这感悟穿过大街，握住了我的手。它牵着我在人行道上行走。我比任何时候都不配与这广阔的夏季称兄道弟。但是，我目前还不想谈这一点。我的一切行为都可以暂时得到宽恕，因为我将在将来的某个地方用工作去报答晨曦对我的信任。周围的一切都像是法律条文一样惊人得可靠。有了这条文，人们甚至会可靠到绝不会为了贷款而去欠债。

没费多大周折我就买到了车票。之后，我在车厢里坐了下来。没等多久火车便开动了。于是，我从柏林又驰向了马尔堡。但是，这回与来的时候不同。这次，我是在白天乘车赶路的，而且我用的是现钱。我已经与之前判若两人。我在舒舒服服地乘车赶路，用的是从弗家小姐那儿借来的钱。马尔堡的那间陋室里的景象还不时浮现在我的眼前。

在我的对面、背对着前进的方向的那排座位上，坐着几个边抽烟边摇晃着身体的人。其中一个戴着一副夹鼻眼镜，那眼镜老是想从鼻子上滑到凑得很近的那张报纸上去。另一个人是林业司的官员，他的肩上背着一只猎袋，猎袋的底部放着一杆猎枪。另外还有几个人。他们的存在使我觉得很拥挤。当然，在我脑海中闪现出的马尔堡的房间应该更加拥挤。我用沉默对他们施加着催眠术。有时，我也会有意识地打破我的沉默，这样，我就可以检验我实施的催眠对他们是不是有作用了。他们应该能明白它所传达的意思。这催眠的氛围和我同行，而我也一路上都在它身边当差。我还穿着它的制服进行伪装。按照每个人的生活经验，这制服应该是他们每个人都熟悉和喜爱的样式，否则，我邻座的乘客怎么会对我报以无言的同情呢？然而，与其说我是在与他们交流，还不如说我是在客气地蔑视他们；与其说我坐在包厢里，还不如说我是在没有摆姿势的情况下摆姿势给包厢里的人看。包厢里那友爱和敏感的气氛比香烟和火车头冒出来的烟还要浓。一些古老的城市迎面掠过，而在我的脑海里，马尔堡住房里的陈设却不时地浮现出来。这到底是为什么呢？

两姐妹到来前约两个星期的时候，发生了一件小事。但在当时，这件事对于我来说却相当重要——我在两所学校里分别做了报告，报告很成功，我受到了表扬。

人们建议我发挥一下自己的观点，并在夏季班结束前再做一次报告。我牢牢地抓住了这个建议，并以双倍的热情投入到准备工作中。

然而，仅凭着这股突如其来的热情，内行的旁观者就可以断定我是永远也当不成一名好学者的。我攻读科学时投入了整个身心，然而这个学科自身的要求却并不是如此。在我脑子里有一种植物性的思维模式，这种思维模式的特点是，任何一个次要的概念都会得到我提供的营养，都会得到我的照料，并且这些概念会在我的诠释的过程中得到无限的发挥。当我在它的影响下去翻阅图书时，我并不是出于无私的求知欲，而是为了寻找有利于它的引文。尽管我的作品是借助逻辑、想像、纸和墨水来完成的，但我之所以喜欢它，主要是因为随着写作进程的加深，它会被添上由引文和对比组成的、越来越浓艳的修饰。由于时间有限，有时我不得不放弃摘录，而只在我需要展开的地方直接写上作者的名字。因此在这个时刻，我的作品题材已经完全被具体化了，它变得一进门就可以被肉眼看得到。它是这个样子的：它伸直身子平卧着，横贯整个房间；它像一株水龙骨①一样把自己的阔叶和枝蔓压在桌子、沙发和窗台上。把它们拆散就等于中断我的论证进程，而彻底清除掉它们就等于焚毁那尚未誊写的原稿。连女房东也不允许别人碰它们，而最近一段时间以来，也确实没有人打扫过我的房间。在返程途中，当我想像到我的房间时，说真的，我

① 一称岩蚕，一种高大如树的蕨类植物。

已经把自己的哲学作品及其以后这可能经受的遭遇统统看成了一个有血有肉的实物。

六

到了马尔堡，我竟认不出它了。山长高了，内陷了。城市消瘦了，变黑了。

女房东给我开了门，她从上到下地看了我一眼，然后要求我说，今后再碰到这样的情况，最好能事先通知她或她的女儿。我回答说，我无法事先通知她们，因为突然发生的一些事情使我无法回家却只能先急急忙忙地去一趟柏林。她看了看我，眼中的笑意更浓了。我突然意识到，我是身着便装出现在她面前的，虽然来自德国的另一端，却好像晚上散步回来一样。这种事肯定会使她百思不得其解。她肯定觉得，眼前的这一切都不过是一套拙劣的谎话。她一直在微微地摇着头。随后，她递给我两封信，一封信是封好的，另一封则是本地的明信片。封好的那封信是彼得堡的表姐突然来法兰克福时寄过来的。她说，她就要去瑞士了，并且会在法兰克福停留三天。在明信片那三分之一的空白处上，则写满了没有个性的、工整的字，下面签名的是柯亨本人。这个签名我非常熟悉，因为学校的布告栏里都是由他签署的通知。信的内容是邀请我在即将到来的那个星期日去他家吃午饭。

我和房东老太太用德语交谈了一会儿，内容大致如下："今天是星期几?""星期六。""今天下午我就不吃茶点了。是的，希望你别忘了。明天我要去法兰克福。请在清晨叫醒我去赶第一班火车。""可是，如果我没记错的话，三级文官先生[①]不是请您……""没关系，来得

① 指柯亨。

及的。”“但这是不可能的。在三级文官先生家里，正餐入座的时间是十二点，而您……”显然，这种过于热切的关心已经近乎失礼了。我略含深意地看了她一眼，便转身走进了自己的房间。

我心神不安地坐到床上。连一分钟的时间都不到，我便克服了不必要的懊恼，并走进厨房拿来了地板刷和簸箕。我脱了上衣，挽起袖子，着手清理起那盘根错节的植物来。半个小时之后，房间已经像我刚住进来的那一天一样整洁了，就连那些从中心图书馆里借来的书也没能破坏它的整洁。我仔细地把他们捆成四包，这样以后去图书馆还书就方便了。然后，我用一只脚把它们深深地推到床底下。这时候。女房东敲了敲我的房门，她拿着火车时刻表告诉我明早发车的准确时间。看到房间里发生的变化时，她愣住了。她抖了抖裙子、绸上衣和头饰，然后突然像一团羽毛似的战战兢兢地向我飘过来。她向我伸出一只手，木然而又庄重地祝贺我完成了一项艰巨的任务。我不想再次扫她的兴，于是，便让她留在了她那高尚的误解之中。

随后，我又洗了脸。我手里拿着毛巾，一边擦脸一边走到阳台上。已经是傍晚时分了。我擦着脖子，远眺着奥凯尔斯豪森与马尔堡之间的那条路。初到这里的那个晚上，我是怎样朝那个方向观望的呢？我已经想不起来了。结束了，结束了！哲学结束了。无论我对它有什么样的想法，都结束了。

和坐在火车包厢里的那些邻座的乘客一样，哲学也不得不承认，任何一种爱都是转入新信仰的通道。

七

马尔堡的价值在于它的哲学流派，而我再也不需要它们了。然而，奇怪的是，我并没有立即就回国，因为马尔堡又展示出了另一方面的价值。

创作心理学和诗学之间的诸多问题长期存在着。其实，在整个艺术范畴中，艺术的起源和艺术中那些毋庸置疑的要素恰恰是人们最能直接感受到的部分。

我们不再去认知现实了，因为它出现在一种新的范畴中。我们觉得这个范畴好像是它自己的身份，而不是我们的身份。除了这个身份，世上的一切都是有名字的，唯独它是新的，没有名字的。让我们试着给它起一个名字吧。结果，它被命名为“艺术”。

艺术中最鲜明、最易于记住和最重要的部分，就是它的起源。世间最好的作品，表面看上去是在描绘形形色色的事件，但实际上它却是在讲述自己的诞生史。在我描述的这个时间段内，我第一次充分体会到了这一点。

在我向弗家小姐倾吐私情的这段时间，并没有发生任何会改变我的处境的事情。可是，示爱却给我带来一些近似于幸福的、意外的惊喜。我陷于绝望之中，而她则安慰过我。对于我来说，她的轻轻抚摸就是一种幸福，而我亲耳听到的、不可改变的回答所引发的悲痛，也会因此被一阵欢喜的浪潮冲刷掉。

那天的情景犹如一番迅猛而热闹的奔忙。我们好像一直在加着助跑却冲进了黑暗里。随即，我们又一刻不歇地箭也似的跑了出来。就这样，虽然一次也没有看清过什么东西，但我们却在一整天的时间里，到挤满人的底舱去了大约二十次。时间的大战船正是靠那里的人划桨才开动起来的。这恰恰就是那个成年人的世界。因为它，我从童年时代就开始强烈地嫉妒着弗家小姐。然而，我却仍旧按照中学生的方式喜欢上了一个女中学生。

回到马尔堡后，我才发觉分手之人并不是那个认识了六年之久的女孩子，而是在遭到她回绝后只打过几个照面的一个女人。我的双肩和双手都不再属于我自己了，它们像别人的肢体似的请求我给它们戴上锁链,而人就是在被这种锁链锁住以后才去干那些共同事业的。现在,不戴铁链我就无法想到她。我只喜欢戴着铁链,只喜欢当囚犯,只喜欢出一身冷汗。这样,“美”就可以在这身汗中服完属于它自己的劳役了。任何一个关于她的想法都会使我与集体合唱队结成一体,而这合唱将使世界充满林立的、有鼓舞力量的反复的运动。这合唱像战役、像苦役、像中世纪的地狱和手工艺。我所说的那些事情孩子们理解不了,我要把它称作“现时的感觉”。

我在《安全保护证》的开头就说过,爱有时会赶超太阳,我指的就是感情里那种无比鲜明的感觉。每天早晨,凭借某条刚刚才被第一百次重新确认过的可靠的消息,它就能超越周围的一切。与它相比,太阳的升起反倒像都市新闻一样,变得有待验证,变得不那么可靠了。换句话说,我指的是一种胜过“光”的鲜明感,非常有力量的鲜明感。

在有知识、有才能和有空闲时间的情况下,我打算写一篇谈论创作美学的文章。我会以力和象征这两个概念为纲把它写出来。我会在文章中阐明,科学抓住的只是光柱的横截面中的大自然,而艺术则不同,它感兴趣的是被力的光束穿透的生活。我会采用理论物理学所采用的那种最广义的力的概念,而我的阐释与物理学之间的差别仅在于我所谈的不是力的原理,而是艺术的呼声还有艺术的存在。我要阐明,为什么在自我意识的范畴内,力就叫做感情。

我们曾经认为特里斯坦①、罗密欧与朱丽叶以及其他古代文献中所描写的情感都是强烈的情欲。其实,这样评价这些内容显然并不充分。它们的主题要比“强烈”这一概念宽广得多,它们的主题就是力的主题。

---

① 特里斯坦是凯尔特族古代爱情传说中的主要人物。另一个主要人物是爱尔兰公主伊瑟。

艺术也是从这一主题中延伸来的。其实，人们并不能像摆弄天文望远镜那样随意地调整它的方向。其实，艺术表达的主题比人们想像的更为片面。艺术对准的是正在被情感所改变的现实，它按照实际情况忠实地把这一过程记录下来，它是这个改变过程的记录者。但现实到底是怎样被改变的呢？“细节”赢在鲜明性上，却输在意义的独立性上。这样一来，任何一个细节都是极重要的，但任何一个细节又都可以被另一个细节取代。随便挑一个细节就可以证明整个已经变动的现实处在何种状态。

当这种状态的特征被移到纸上时，生活的特点就会变成创作的特点。后者比前者更为鲜明，它们被研究得也更为彻底。它们还有专门的术语可用，这些术语就叫做“手法”。

作为一种活动，艺术是现实的。作为一种事实，它又是象征性的。它之所以是现实的，是因为隐喻并不是由它自己想出来的。在大自然中，它一旦被找到，便会被神圣地再现出来。而独立的转义却是毫无意义的，它只能指引人们去寻找整个艺术的总的精神。也就是说，如果已经变动的现实的各个部分单独分开，那么它就会变得毫无意义了。

艺术因其具有一个完整的、沉重的外形，所以就具有了象征意义。它唯一的象征就存在于它的整体所具有的形象的鲜明性和非必然性之中。形象的可互换性证明，现实的各个部分之间并不容易分辨清楚。形象的可互换性，即艺术，就是力的象征。

其实，只有“力”才需要依赖语言，而意识的其他方面则无须任何标记。即使没有标记，它们也会长存。有一条可通向光的、能进行视觉类比的、可直接到达的道路存在着，它可以通向数字，通向准确的概念，甚至通向思想。然而，力的事实以及只存在于迸发出来的那一瞬间的力，却没有任何其它的东西可以用来表现自己。只有形象的、移动着的语言，即附加有特征的语言，才可以为它调用。

直接引用表达感情的话常常别有寓意，这样做所取得的效果也是无可取代的[①]。

八

我到法兰克福去看望表姐，又顺路去看望了自己的家人——那时，他们已来到巴伐利亚了。弟弟已经来看望过我了，后来，父亲也来过。但是，这些事却丝毫没有引起我的重视，因为，那时我的精力已经投入到写诗这件事上来。我不分日夜地写，我只要有时间就写，写海，写黎明，写南方的雨，写哈尔茨的煤……

有一次，我精神高度集中，几乎到了极点。那天，夜幕先是费力地降临到最近的一道篱笆上，然后它又筋疲力尽地垂到大地之上。那是一个完全无风的夜晚，生命的唯一标志就是那有气无力地偎依在篱笆上的天空的黑影。如果说还有一个标志，那就是盛开着的烟草和紫罗兰的强烈的气味儿了。那是大地对天空疲惫姿态的回应。在这样的夜里，几乎所有的东西都能用来比喻天空！大大的星星宛如招待晚宴，银河则犹如一个大社会。在倾斜着延伸出去的空间里，用白粉完成的涂鸦之作像是夜间花园里的一条小花畦。那里还有天芥菜和紫罗兰。晚上，有人会给它们浇水，而它们则一起向一侧歪倒了。花朵和星星挨得这样近，以至于天空看上去已经置身于花洒之下了。现在，星星和带白斑点的花草已经融成一片，分不清了。

---

① 为了不产生误解，我有必要在这里提醒大家一下。我谈的不是艺术的内容，不是使它变得更加充实的那些诸多方面。我谈的是艺术现象的意义和它在生活中所占的地位。建立在“光的类比”的基础之上，一个个单独的形象便会变得清晰可见。那些关于艺术的、独立的词语，都是依靠认识而存在的，就像其它概念一样。但是，艺术整体中，那些无法被引用的语言本身却是在做寓意之间的运动。这种语言的实质，其实也是在谈论着“力”而已。——原注

我在专心致志地书写着。现在，盖在我桌子上的灰尘已与从前大不相同了。从前的那些哲学灰尘是因为我背弃信念而积聚起来的。我曾为我的著作能不能完成而无比担忧。我喜爱吉森公路上的碎石。出于情感上的原因，我没有拂去现在的灰尘。远处的餐桌漆布上放着一只好久没洗过的、亮晶晶的茶杯，它看上去就像一颗闪烁在空中的星星。

全身浸透了莫名其妙的、足以溶解一切东西的汗水后，我蓦地站了起来。我开始在房间里踱起步来。“真卑鄙！”我心里想，“难道他不再是我心目中的天才了吗？难道我是在跟他断交吗？从收到他的明信片开始，我就已经卑鄙地躲了两个多星期了。必须说清楚了。可是，怎么开口呢？”

我想起来，他是个学究气很重的、严厉的导师。“Was ist Apperzepzion?①”他曾这样问一个应考的非专业人士。那个考生把这个拉丁词译成德文，说那是……durchfassen② 的意思，他就回答说：“Nein, das heisst durchfallen, mein Herr③”。

有时，在他的课堂上还要朗读古典著作。在朗读时，他会不时地打断朗读者，并问他作者的用意是什么。他要求学生像军人那样用一个名词简洁明了地说明一个概念。但即使是近乎准确却又并非完全准确的答案，他也不能容忍。他憎恶含混不清的解释。

他的右耳已经失聪了。有一次，我坐在他身旁分析康德课的作业。他让我滔滔不绝地讲下去，让我讲得忘乎所以。然而，他却在我最意想不到的那一刻，令我震惊地提出了那个经常用到的问题：“Was meint der Alte?④”。

---

① 德文，何谓统觉？——原注

② 德文，琢磨。

③ 德文，不，那叫不及格，先生。

④ 德文，老头儿是什么意思？

我已经不记得他问这句话到底是什么意思了。如果思想也能像乘法口诀表那样表达,如果正确答案应该像回答“五乘以五等于几”那样来回答的话,我的回答应该是这样的:“二十五。”他把手往旁边一挥,皱了皱眉头。我随即稍稍修改了一下我的答案。但这种轻微的修正却使他露出了怏怏不快的神情。他接下来要做的事很容易就能被猜到了,他伸出手指在空中点了点,然后叫起来一些高材生。这样一来,我的答案就被补充得越来越复杂了。答案暂时还在“两个十再加上半个十”,或者“一百的二分之一再除以二”这样的层面上重复着。但是,这种越绕越复杂的答案使他更加生气了。看到他脸上现出鄙夷的表情后,谁也不敢再重复我的那个答案了。他的身子向着另一些学生微微颤动了一下。他做了一个手势,这个手势的意思应该是说:堪察加[①],救救我吧!于是,令人愉快的答案便纷至沓来了:有的人说六十二,有的人说九十八,甚至有人说二百一十四。他举起双手,费了很大力气才制止住这阵欢快的胡言乱语。他转过身来,对着我,干巴巴地轻轻重复了一遍我说过的那个答案。这一举动激起了一阵新的骚动——为我辩护的骚动。当他把这些观点都理清以后,他便上上下下打量着我,还用手拍拍我的肩膀。他问我是从哪里来的,是他们学校第几届的学生。接着,他皱起眉头,用鼻子呼哧呼哧地喘着粗气。他一边让我继续说下去,一边在嘴里不停地作着评判:“Sehr echt, sehr nichtig; Sie merken wohl? Ja, Ja; ach, ach, der Alte![②]”我又想起了一些别的事情。

喂,你会用什么样的方式去接近这种人呢?我该对他说些什么呢?“Verse?[③]”他曾拉长声音慢腾腾地说,“是诗!”对于那些又平庸

① 西伯利亚东部的半岛。学生用语中指课堂后排座位,通常是学习较差的学生坐的地方。

② 德文,很对,很正确;您猜得到吗?咳,咳,一个老头呀!

③ 德文,是诗吗?——原注

又无能的人类的种种花招，他研究得还不够透吗？

九

大概这一切都发生在七月里，因为那时椴树还在开花。阳光穿过晶莹的蜡黄色花序，像透过取火镜似的，在覆满灰尘的树叶上灼出点点黑斑。

从前我也经常从操练场旁边走过。中午的时候，操练场上空尘土飞扬，就像有人在那里夯土一样。你还可以听到低沉的、颤抖的咚咚声。那其实是在练兵。练兵的时候，一些爱看热闹的闲人——肩上背着售货箱的食品店小伙计和城里的小学生——会在操练场前停留。那里的确是有热闹可看的。操练场上分散布着一些圆滚滚的大汉，他们各个都像是套在麻袋里的公鸡似的。他们两人一组，一边跳向对方，一边又攻击着对方。士兵们身穿棉袄，头戴铁网头盔。他们在练习击剑。

这景象对我来说毫无新意。看了整整一个夏天，我都看腻了。

现在是我前面描述过的那一夜之后的一个上午。在进城的路上，当走过操练场时，我忽然想起来，不到一小时之前我曾梦见过这个操练场。

我想了一夜也没能想好究竟应该怎样处理与柯亨之间的关系。天快亮的时候我才躺到床上。之后，整个早晨我都是在睡梦中度过的。梦见操练场后，我就醒过来了。那是一个关于未来战争的梦，是一个数学家说过的那种内容充实的梦，而且是个自然而然的梦。

人们早就发现，步兵连和骑兵连里的人都要硬记住一个条令。这个条令反复重申：现在是战争时期，和平思想还没有能力把战局从“推进”转换成“撤出”。马尔堡市街道狭窄，士兵们无法列队通过，所以，穿着褪色军装、脸色苍白、满身尘土的猎骑兵们每天都只能在城下绕行。但是，一看到他们的模样，人们就会首先想到文具店。在那里，印有猎骑兵图像的画片正在按张出售，每买十二张还会得到一小块阿拉伯树胶作为奖励。

梦中的情境就大不相同了。梦里的印象不是为了满足习惯的需要才出现的。梦中，色彩是会移动的，是会下结论的。

我梦见一片空旷的田野。隐约中，我感觉这里就是被围困的马尔堡。面无血色、身形又高又瘦的奈特尔其克人推着小车从我身边鱼贯而行。那是一个世上未曾有过的、极其凶险的时刻。梦境富有腓特烈[①]时代的特征，壁垒和土筑工事充斥其中。一些手持单筒望远镜的人隐隐约约地出现在炮台所在的高地上。一片世上从未有过的寂静笼罩着他们。这寂静通过人的肉体就可能觉察得到。它宛如松散的沙尘暴在空中动着。它不是静止不动的，而是正在发生着的，就好像一直有人在用铲子翻它一样。这是我以前做过的所有的梦中最悲凉的一个。我大概在梦中哭过。

我与弗家小姐之间的事深藏在我的心中。我的心脏很健壮，它一直在坚强有力地搏动着。白天那些最偶然和最不好的印象会在夜里被它的跳动勾出来。这次它勾起了练兵场的场景。这样的触动足以使整个操练场的机械装置运转起来。梦境在自己回旋往复的行程中轻轻地奏出来一句话："我在做关于战争的梦。"

我不知道我进城的目的是什么。但是，我的心情却莫名地沉重，仿佛我的脑袋里已经塞满了用于筑城的泥土。

现在正是吃午饭的时候。我在大学里没有看到熟人，进修班的阅览室里也空无一人。墙脚跟前排列着这个小城的一些私人房屋。酷热逼人，窗台前冒出一些衣领被咬得斜到一边去的溺水者。他们的身后是半明半暗的正室。一些枯瘦的女性苦行者走进了那一半的

---

① 腓特烈大帝（1712—1786），普鲁士第三代国王。

昏暗之中。她们身穿长袍，胸襟就像在洗衣锅里煮得太久而煮出了洞。我转身回家，并决定走上边的那条路。因为那边城堡的围墙下有许多绿树浓密的别墅。

它们的花园直挺挺地躺在打铁炉般炙热的大地上，只有玫瑰的花茎好像刚刚离开铁砧似的还在蓝色的文火上高傲地弯着腰。我想我应该能看见一条小胡同，它位于一幢别墅的后面，并且陡直地通到山下去。我知道那里绿树成荫。我决定拐到那条小胡同里去稍微喘一口气。当我在胡同里看到海曼·柯亨教授时，我惊呆了。他也看到了我。我已经无路可退了。

我的儿子快七岁了。有时，他可能听不懂某句法语，但他会根据说这句话时的情景猜测出它的意思。他会说，我不是从词语中，而是凭因果关系听懂了这句话。这就够了。不用这样或那样的原因，仅仅凭因果关系他就能听懂这句话了。

就借用他的术语吧。我把人们这种善于“领悟”的智慧叫做有因果关系的智慧。这种智慧有别于另外的一种智慧，比如为了装模作样的保健而去散步的那种智慧。

柯亨就具备这种“有因果关系的智慧”。跟他谈话时，对方的心里多少都会有点发怵。其实，跟他一起散步本来就是一件非同小可的事情。哲学领域里的一位活着的灵魂人物正拄着手杖，不时停下脚步，气喘吁吁地走在你的身旁，这多少会给人点压力吧。大概，他也是以同样的步态一步一步地采集到自己的那些基本原理的吧。这位大学教授穿着宽大的日常礼服，戴着软帽。他好像已经被“香精”灌得有点醉意了。这珍贵香精在古代就被封存入伽利略、牛顿、莱布尼兹和帕斯卡①式的人物的头脑中。

他不喜欢边走边说，因为这样只能被动地听着同行者的空谈。

---

① 帕斯卡(1623—1662)，法国数学家、物理学家、哲学家。

马尔堡人行道呈阶梯状，因此这种空谈总是显得不够顺畅。他一步一步地走着、听着，他还会突然停下来，嘴里吐出一句挖苦的话来回答他听到的某些话。然后，他用手杖在人行道上撑一下继续走。直到下一次停下来口吐箴言时，他才会再休息一下。

我们的谈话也是以这样的方式进行的。谈论我的过失的那番话只是在加重我的过失而已。他一言不发，手杖嘲弄人般默默抵在一块石头上。这种置人于死地的姿态，突然令我领悟出了上面的那个观点。他对我未来的计划很感兴趣，尽管他并不赞同。他的意见是，在博士考试结束前的那段时间里，我应该都留在他们的学校里。而在通过考试后，我应该再回家去参加国家统考。这样做的用意是为日后能重返西方，并在那里定居下来。对于他的这种热心，我热情地表示感激。但是他也能感觉到，我对莫斯科的向往要比我对他所表达出的那种热忱大得多。从我表示谢意的方式中，他准确无误地体会到了虚情假意和敷衍造作。这似乎令他很伤心。人生如此短促，却又像谜语一般令人费解，所以他不能容忍那些人为造成的、缩短了生命的难题。于是，他克制住自己的怒火，沿着一块一块的石板拾级而下。当一个人烦人地说了一通明显的废话后，他还会不会说出正经话来呢？他在等着瞧呢。

但是我怎么能告诉他，我即将义无反顾地抛弃哲学，并打算在莫斯科修完剩下的课程呢？其实，我不过就是像大多数人那样只是为了取得一纸文凭罢了，至于日后重返马尔堡的事，我根本连想都没有想。他在退休前曾对大学生说了一通忠于伟大哲学的话作为临别赠言。许多坐在长凳上的年轻的女听众纷纷情不自禁地掏出手帕，并频频挥动着它们跟他依依不舍地告别。

十

八月初，我的父母从巴伐利亚迁到了意大利，他们叫我也到比萨去。我的钱已经用光，剩下的钱只够回到莫斯科。一天晚上(像这样的晚上以后还多着呢)，我和格某某坐在我们经常坐的那个晾台上。我向他说起我那拮据的财政状况。他和我探讨起这个问题来。他曾经真的一度穷困潦倒，而在那段时间他却周游了许多地方。他去过英国，也到过意大利，并且还知道在旅途中几乎不花钱就能度日的办法。他的计划是这样的：首先，我应该用剩下的钱去威尼斯和佛罗伦萨玩一下；然后，我应该到我父母那儿去补充一下给养，即取得回程的路费。或许，我只须精打细算就不用这一“贴补”了呢？随后，他在纸上写下一些数字，算出来的结果还真的不错。

咖啡店的领班跟我们大家的关系都很好，我们每个人的底细他都一清二楚。我弟弟曾在我考试日程十分紧张的时候来看我。当他开始妨碍我白天复习功课的时候，那个古怪的领班就十分贴心地发现了我弟弟在台球方面的卓越才能。随后，他真的使他迷上了这一游戏。所以，每天早晨一到，他就去找我弟弟切磋球艺。这样一来，整个房间就重新归我一个人使用了。

这位领班也积极参与进来，和我们一起讨论我的意大利之行。他一会儿离开，一会儿又回来，还用铅笔敲击着格某某的预算表。他甚至认为，这计划还不够节省。

起身离开一会后，他又夹着一本厚厚的旅行手册跑了回来。他把一只放着三杯草莓潘趣酒①的托盘放到桌上，然后打开了手册。他先是从头到尾继而从尾到头地把这本手册翻了两遍。在飞速翻动的

① 果汁、香料、茶、酒等掺和而成的饮料。

书页中,他终于找到了他要找的那一页。他向我宣布说,我必须乘坐当天夜里三点多钟的快车动身。他邀请我们与他共饮一杯,并祝我一路顺风。

我几乎没有犹豫。我想,我的确应该按照他说的去做。退学证书已经到手,分数也没有问题。现在是十点半,叫醒女房东问题也不大。整理行装的时间绰绰有余。我决定了——走。

他欣喜得好像第二天就能看到巴塞尔[①]似的。他舔了舔嘴唇,收拾起了空酒杯。他说:“听我说说吧。让咱们再好好地看彼此一眼吧,这是我们的风俗习惯。这样做也许会有用,任何人都无法未卜先知。”我听了这话哈哈大笑起来。我保证说,这绝对是多此一举,因为我们早就做过这事了呀。我永远也不会忘记他。

我们道了别。我跟着格某某走出了咖啡店。镀镍餐具发出的、只能被隐约听到的叮当声在我们身后停住了,永远地停住了,就像我当时所感觉到的那样。

几个小时之后,我和格某某就走到了山下那连接着火车站的城郊地区。在这之前,我们已经走遍了马尔堡本来就为数不多的街巷,我们天南海北地互诉衷肠。周围一片晨雾,我们一动不动地站在雾里,一声不响地猛抽着香烟。我们专心得就像在河边饮水的两头牛。我们一直抽到头昏脑涨、神情呆滞,香烟都会不时地自己熄灭了。

东方渐渐吐白。露水像一层鸡皮疙瘩似的蒙在菜园上。黑暗中,一片又一片闪着绸缎般光泽的秧苗露了出来。破晓时分,山坡上的马尔堡市蓦地呈现出它那高大的轮廓。那里有教堂、古堡和大学,而那里的人还在睡梦中。高大的轮廓,就像粘在湿拖把上的一小片蜘蛛网,与灰蒙蒙的天空连成了一片。我甚至觉得,这个城市好像刚一露面就开始融化了。它就像一口从离窗户半步远的地方哈出来

① 瑞士北部莱茵河上的大工业城市。

的、中断的热气留下来的印迹。“该走了。”格某某说。

破晓了。我们在石铺的站台上快步走着。越来越近的轰隆声冲破晨雾，像石块似的迎面扑来。火车已经飞奔到了我们跟前。我和老同学紧紧地拥抱了一下。然后，我把箱子往上一抛就跳上了车厢的平台。硬得像打火石般的混凝土发出尖叫般的声响。车门砰的一声关上了。我紧紧偎在车窗前。沿着一条弧形弯道行进的火车割断了我过往的一切。于是，兰河、铁路道口、公路和我不久前的住宅，在比我预想的时间还要早的时候就开始相互追逐着飞掠而过。我用力往下拉窗框，但它一动也不动。突然，砰的一声，它自己落了下来。我用尽全力把身子探出窗外，这时，火车正赶上一个急转弯，车厢摇晃得很厉害。我什么也没有看清。别了，哲学！别了，青春！别了，德国！

十一

六年过去了，一切都被淡忘了。旷日持久的战争刚刚结束，革命又爆发了。从前是物资原产地的地域，现在则患上了后方弄虚作假的坏疽病。它变得像抽象的、不存在的、闭塞的不毛之地一样了。泥泞的冻土地带使我们感到疲惫不堪，遍及整个国家的、哗啦啦地下个不停的连绵阴雨蒙住了我们的心灵。雨水开始侵蚀到骨头。没有什么东西可用来测量时间。在领略过独立生活的光景后，我不得不放弃它。生活的威严给了我一些劝诫。在这些劝诫的误导下，我进入了一个新的童年。我将久久地待在那里直到垂暮之年。是的，我又重新回到了童年。在父母的请求下，我像一台私人用的压缩机，住进了他们的家里。黑暗里，我踏着雪，爬进那只有一层半高的、又昏暗又低矮的住房。这时，房间里响起了不合时宜的电话铃声。“谁呀？”我问。“格某某。”对方答道。奇怪的是，我并没有感觉到惊讶。“你在哪儿?”我从嗓子眼里挤出这几个字。他告诉了我。真蹊跷,他就住在我家附近,隔着一个院子便是他的住处。电话是从教育人民委员会的宿舍打来的。原先,那宿舍是一家旅馆。一分钟后,我便已经坐在他那里了。他的妻子丝毫没有改变,几个孩子我却尚未见过。

使我感到意外的是,在这几年里,原来他也跟大家一样是在人世间度过的。尽管他住在国外,但还是处在战争的阴影之下。那是一场为弱小民族谋求解放的战争。我得知,不久前他刚从伦敦回来。他不是已经入了党,便是某个政党狂热的同路人。他有工作。因为政府迁到莫斯科来了,所以他也跟着被调到了教育人民委员会的相应单位。于是,他就成了我的邻居。情况大体上就是这样。

然而,我之所以急着跑去见他,是因为我把他当成一个马尔堡人。我当然想在他的帮助下,以那个遥远的、雾气腾腾的黎明为起点重新开始生活。当时,我们就像两头在浅滩前待饮的牛,伫立在昏暗中。而这一次,在没有战争的情况下(当然要小心一点),我们只能在可能的范围内重新开始生活。噢,当然,我们也不仅仅是为了这一点。我们事先就知道,见面的再现将会是一件不可思议的事情。而我跑去见他,好像就是为了证实这一“再现”在我的生活中确实是如此地不可思议。我跑去见他,其实是想去看一看,如果我走投无路了,我的处境将会是什么样的颜色。大家都会有走投无路的时候,而那时的处境是相通的。在由特殊和不公正形成的色彩中,走投无路是无色的。当然,它并不是一个适合的出路。

一句话,我就是想去看一看这种活生生的“走投无路”到底是一种怎样的处境。或许,认清这种处境的真实形态才是我此时唯一的出路。但是,事实情况却是,这种处境真是没什么可看的。这个人帮不了我的忙,他显然比我更多地受到了时代潮流的坏影响。

后来,我有幸再次见到了马尔堡。一九二三年二月,我在那里住了两天。我是带着妻子一起去的，但我却没有猜到她会真的想去接近它。这样一来，我就既对不住妻子，又对不住马尔堡了。不过，我也令我自己感到很痛苦。在战前我就去过德国，而在战后我又看见了它。世上发生过的那一幕以缩影的形式呈现在我眼前，这是最可怕的。这是鲁尔[①]被占领的时期。这时，德国正处于饥寒交迫之中。它们个个都拄着拐杖，既不自欺也不欺人。它们像乞讨似的向时代伸出了一只手。这姿势不是它所惯有的。

使我惊奇的是，房东老太太居然还活着。她们母女俩一看到我就惊讶得拍起手来。我走进屋里时，她们俩正坐在十一年前的老位置上。她们仍在做女工。她们还在出租我住过的那个房间。她们特意为我打开了她的房门。要是没有那条从奥凯尔斯豪森通往马尔堡的大道，我简直认不出它了。跟从前一样，从窗口里就能看到那条路。时值严冬，冷冰冰的空房间很不整洁，地平线上还兀立着光秃秃的白柳。这一切都极不寻常。离开马尔堡之前，我到点心店订购了一个核桃仁大蛋糕送给母女俩。

该谈谈柯亨了。再也见不到柯亨了。柯亨死了。

十二

车站，车站，车站……车站像螟蛾一样纷纷飞向火车尾部。

巴塞尔城里笼罩着一片安息日般的寂静。因此，家燕在飞行中用翅翼擦划房檐的声音也能被人们听到。灼热的墙壁宛若眼球，在黑樱桃色的瓦片屋檐下转动起来。整个城市都眯缝着眼睛，像眼睫一样直立起来。整洁又凉爽的博物馆里，原始珍品陶器上闪烁着别样的光泽，这种光泽是别墅里的野葡萄上所特有的。

---

① 德国的主要工业区，以煤田、钢铁及化学工业著称。

小铺里，一个身穿州府服饰的妇人用发音纯正的德语说了一句："Zwei francs vierzig centimes."[①]要知道，两个语言区[②]的汇合处并不在这里。汇合处在右边那低垂的屋顶的后面，在它的南端。瑞士联邦那酷热的碧空自由地延伸开来，一直延伸到山区的那边。在 St. Gothard[③] 下面，深夜里也有人在聊天。

我竟然在这么一个地方睡过了站！为了连着赶路，我已经两夜不曾合眼了。这是我一生中唯一一次不该睡觉的夜晚。这几乎有点像"西蒙，你在睡觉吗"那样了。宽恕我吧。尽管如此，我还是短短地醒过几次。

周围的层峦叠嶂一动不动地聚拢在一起，像是在开喧嚣的民众大会。哈哈，也就是说，当我发着阵阵鼾声打瞌睡时，当我们在凛冽的浓烟中从一个隧道转入另一个隧道时，大自然那种比我们高三千米的气息已经把我们包围了。

周围是一片伸手不见五指的漆黑，然而回声却用声音形成立体雕塑，它把这漆黑填得满满的。深谷肆无忌惮地、如亲家搬弄是非一般地跟大地大声地谈着话。到处，到处，到处都是溪涧潺潺。它们在聊天，它们在搬弄是非。它们是被分别挂上陡岸的，它们像一股股捻线似的垂下去，并一直垂到山谷里。这一点很容易猜到。悬崖的垂直面纷纷跳到火车上。它们坐在车厢顶上，晃荡着两条腿。它们彼此呼应着，享受着免费乘车的乐趣。

可是，我困极了。在白雪世界的入口，在阿尔卑斯山那片犹如俄狄浦斯[④]眼白的白雪的下面，在地球鬼斧神工般的绝妙高地上，我陷

---

① 德文，两法郎四十生丁。——原注

② 指讲德语和法语的两个地区。

③ 法文，圣哥达山。

④ 希腊神话中的底比斯王子无意中杀父娶母。等他发觉后，便自刺双目以求赎罪。最后流浪而死。

入了不可饶恕的梦乡。在高地上,这颗行星像米开朗琪罗笔下的黑夜一样,自恋地把一个吻印在自己的肩膀上。

醒来时,晶莹的阿尔卑斯山区的早晨已经在窥视我的车窗了。大概前方发生的山崩阻挡了火车的进程,人家叫我们转乘另一列火车。于是,我们沿着山间的铁道线徒步向前走去。铁路的路基蜿蜒曲折,形成一种被分割开来的景象。铁路似乎是被偷来的,是一段一段地被人塞到转角后面去的。一个赤脚的意大利男孩扛着我的行李。那男孩跟巧克力包装纸上印的孩子一模一样,他的羊群正在附近用音乐自娱自乐。小铃铛的叮当声像是受到懒洋洋的震动似的撒落于地。牛虻在吮吸着这乐曲。音乐的皮肤在痉挛似的抖动。野菊花散发着芳香。哗哗的拍击声到处都听得到,而不见踪影的溪水的水花在片刻不停地说着无聊的话。

睡眠不足的后果马上就显现出来了。我在米兰停了半天,却记不起它的模样,我隐隐约约地记得的只是城里的那座一直在变脸的大教堂。当我穿过市区向它走去时,每个街口都会以新的面貌呈现在我眼前。它频频地出现在八月那炎热的蓝色天空中,像一条融化中的冰川一样,向米兰市那比比皆是的咖啡馆提供着冰和水。一个不大的广场终于把我放倒在它的脚下。当我抬起头来的时候,它的壁柱和塔楼一起向我簌簌地倾泻下来,就像积雪形成的塞子沿着排水管的弯头倾泻而下一样。

然而,我只是很勉强地站稳了脚跟。我许下了到达威尼斯以来的第一个心愿:我要好好地睡个够。

十三

威尼斯车站大楼的遮阳棚看上去土里土气的,那样子就好像是海关税务局的屋檐。当我走出车站时,一个流动着的东西轻轻地滑到了我的脚下。那东西的颜色很邪恶,它黑得像泔水,上面还反射出两三星光。它不易察觉地一起一伏,像一幅因天长日久而变黑的、镶在一个摇摆着的镜框里的画。我没有马上明白过来,这其实就是威尼斯。我的确是到了威尼斯,我并不是在做梦。

车站前的一条运河,像一根盲肠似的流到拐角后面去了,它流到那座奇妙地建在阴沟上的、漂浮着的画廊的远景里去了。我急忙走向票价便宜的汽艇停泊处。在这个城市里,汽艇已经取代了电车。

汽艇口鼻呛水,气喘吁吁。它在身后那平静水面上拖起了激荡的浪花,那浪花看上去就像没入水中的大胡须。大运河两侧的宫殿也循着相同的半圆形轨迹在水面上漂浮着。它离我们越来越远了。它们被叫做宫殿,当然,它们本来也可被称作殿堂的。但是,无论什么样的称呼都无法形容那片在朦胧夜色中笔直垂入泻湖的、用彩色大理石织就的壁毯,它犹如中世纪武士竞技台上垂下的帷幔。

这是一个将要过圣诞节的、特殊的东方,前拉斐尔画派①的东方。在这里,关于星空的概念是根据古代星相家的传说而得出来的。一个圣诞节浮雕——它那喷上蓝色石蜡的表面镀着一颗金胡桃——是从上古流传下来的。这里还有这样的一些词汇:哈勒瓦②和迦勒底③,马基④和马格尼⑤,印地亚⑥和印地哥⑦。夜色中的威尼斯及其水中倒影的色调是应该被列入到这些谐音中去的。

汽艇一会儿停靠左岸,一会儿又停靠右岸。艇上的人在不断地

---

① 一个由青年美术家及文人组成的团体,活跃于十九世纪中期的英国。

② 俄国人用芝麻、花生、胡桃等配料制作的类似酥糖的甜食。

③ 旧约中的地名,在巴比伦尼亚(今伊拉克)南部。

④ 古时术士、占星家。

⑤ 镁。

⑥ 印度。

⑦ 靛蓝。

向乘客喊着："Fondaco dei Turchi! Fondaco dei Tedeschi"[①]。他们似乎想用这样的方法来把他们的胡桃木音阶更牢固地安在我这个俄国人的耳朵里。不过，街区的名字与欧洲元素真的毫无关系，它们只能使人想起多年前土耳其商人和德国商人在这里修建过客栈而已。

我听到了许许多多诸如文德拉敏尼、格利马尼、科尔涅罗、弗斯卡里和洛林达诺此类的街区名。但是，我是在哪个街区前第一次看到令人惊讶的贡多拉[②]的呢？我记不得了。这时，我已经过了丽都桥[③]。贡多拉是从旁边的一条小水巷里无声无息地驶到运河里来的。横着停在大运河上后，它便开始向最近的一座宫殿的正门靠拢过去。它像是骑在一排慢慢地滚出来的、波浪形的圆肚皮上一样。它被人牵着从院子里漂到了正门，一道黑色的裂罅留在了它的身后，那里面堆满了死老鼠和翻滚着的西瓜皮。在它面前，一条铺满月光的、空旷无人的大水道伸展出来。它大得像个女人，大得像一切形式上完美无缺、躯体却与其所占据的空间很不相称的那种东西。它那被圆滚滚的水浪高高地驮着的斧钺形的梳状船头轻灵地在天空中飞驰，贡多拉船夫那黑色的身影也同样轻灵地在星空中奔驰。贡多拉头尾之间凹陷处的船舱顶盖不时地消失不见，就像被压入了水中一般。

在此之前，根据格某某对于威尼斯的描述，我就已经决定住在国立研究院附近的区域里了。于是，我就在那里下了船。我不记得我是过桥走到左岸呢，还是留在了右岸。我只记得那儿有一个小小的广场，广场周围全都是那种威尼斯特有的宫殿，就跟在运河上看到的一模一样，不同的是，它们的色泽看上去更加灰暗和肃穆，它们也是

---

① 意大利文，土耳其街区！德意志街区！——原注

② 威尼斯的一种传统平底船。船身狭长，两端翘起，通常漆成黑色。

③ 威尼斯市中心大运河最窄处的一座石拱桥，是十六世纪末文艺复兴时期的作品。

靠在陆地上的。

在月色溶溶的广场上，有的人站着，有的人走来走去，当然，也有的人半躺着。人其实并不多，他们像是在用移动的、半移动的和不移动的身躯来装饰着这个广场。那是一个特别宁静的夜晚。一对男女映入了我的眼帘。他们没有把头转向对方，而是各自享受着默默无语的恬静境界，他们凝视着远处的对岸。这大概是一对正在休息的官邸的仆人，首先引起我注意的，是男仆那稳重的派头、剪短的斑白头发以及他那件灰色的上衣。这些东西里有一种非意大利式的情调，它们带有北欧的味道。然后，我看到了他的脸。我觉得它好像是我以前就见到过的一张脸，只是，我不记得在什么地方见过罢了。

提着衣箱，我走到他跟前。我用一种世界上并不存在的、从前在试读但丁原著后形成的方言向他倾诉了我的心事——我要找前面说过的那个地方投宿。他彬彬有礼地听完了我的话。他沉思了片刻，然后问了身旁的女仆一个问题。后者摇了摇头。他掏出一只带盖的怀表，看了看时间。只听啪的一声，表盖被他盖上了。他把它塞进西装背心的口袋里。他继续用低一下头这样的动作低调地邀请我跟着他走。我们绕过一座洒满月光的楼，然后转进拐角后面的一条漆黑的小巷。

我们沿着一些石铺的小巷走了进去。这些小巷比住宅的走廊宽不了多少，它们有时会把我们引到一些短小的拱形石桥上。桥两旁是泻湖的支流，它们看上去像是沿着双手伸展出去的脏袖子管，而里面的水则如硬塞进木箱底的一卷波斯地毯一般拥挤不堪。

有人从拱桥上迎面走来。如果来的是一位威尼斯女市民，那么在她的身影出现以前，她的鞋子踩在街区石板路上所发出的橐橐声会提早预告她正在靠近。

我们在一条条窄得像缝隙、黑得像柏油的小巷子里来回寻找着。横贯在这些小巷上方的是明亮的夜空，它好像一条结籽的蒲公英绒毛，沿着整条银河飘去，不知它正在向何处伸展。好像只是为了让这一活动的光束通过似的，小巷不时地向两旁让出路来。终于，它们形成一些广场和十字路口。我一面为同行人那张令人感到莫名熟悉的脸而感到惊讶，一面用一种并不存在的方言与他交谈。我们摇摇晃晃地从柏油走向绒毛，再从绒毛走向柏油。在他的帮助下，我们继续寻找着最廉价的下榻处。

走到运河岸边时，我们的眼前出现了一片宽阔的水域。眼前的色彩顿时就变了。混杂的人群取代了静谧的气氛，来来往往的汽艇上载满了人。黑油油的运河水激起像打碎的大理石一样的雪白的细水珠。那些水珠或在火热地运转着，或在突然停下来的那些机器的研臼中被研得粉碎。岸边的水果摊上，煤气灯在伴随着汩汩的水声嗞嗞作响。一时人声鼎沸。一串串杂乱的、没有煮熟的甜水果上下跳动着挤来挤去。

在岸边的一家饭馆里，洗碗间里的人终于给我们提供了有用的信息。他们说，我们应该回到这次远足的起点去。我们掉转头，沿着相反的方向把我们刚刚走过的路又重新走了一遍。因此，当我的向导把我安置进 Campo Morosini① 附近的一家客栈时，我觉得我刚刚走过的距离应该能够贯穿整个威尼斯的星空了。不过，我们是逆着它运行的方向行进的。如果那时有人问我对威尼斯有一些什么印象，我会说："明亮的夜色，小小的广场，以及看上去似乎很面善的安详的人。"

十四

"好吧，朋友，我会像对待亲人一样把您安顿好的！"老板是一个

① 意大利文，莫洛希尼广场。

穿着一件纽扣未扣的脏衬衫、六十来岁的健壮老头儿。他朝我大吼一声，就好像我是个聋子似的。他涨红了脸，皱着眉头打量了我一番。他先把双手伸进背带的扣环里，又用手指敲着毛茸茸的胸脯。“想要吃一点鲜嫩的冷牛肉吗?”他又吼了一声。他的目光仍旧那样严峻。他没能从我的回答中得出任何结论。

老板大概是个好心人，但他却蓄着一把拉德茨基[①]式的大胡子，硬装出一副吓人的样子。他还记得在奥地利人统治时期这里的情形，而我也很快发现他会说一点德语。在他看来，这一种语言主要是达尔马提亚[②]军士的语言，所以我那一口流利的德语反倒勾起了他的哀思。他意识到，他的德语从他开始当兵时就退化了。此外，他大概还患有胃灼热病。

他像踏着马镫似的霍地从柜台后面站了起来，然后极其凶残地朝一旁大声叫喊了一阵。他迈着很有弹性的步子走到下面的小院子里去了。在那里，我们互相作了自我介绍。院子里摆着几张小桌子，小桌子上面都铺着肮脏的桌布。“你一进来，我就对你产生了好感。”他幸灾乐祸地说出了这样一句含含糊糊的话。同时，他用一个手势示意让我坐下。他自己在与我隔着两三把椅子的地方挑了一把椅子坐了下来。他给我送来了啤酒和肉。

小院是当饭厅用的。其它客人大概早已吃过晚饭，并各自回房歇息了，要是这里还有别的客人的话。在这个吃喝的舞台的角落里，一个干瘪瘦小的老头苟且偷安地坐着。老板与他说话时，他总是唯唯诺诺地连声称是。

在吞咽小牛肉时，我盘子里那粉红色的小牛肉块会奇怪地消失又重现。我注意到，这个现象已经出现过两三次了。看来，我已然昏

① 拉德茨基(1766—1858)，奥地利伯爵、元帅，晚年任意大利北部地区总督。

② 今克罗地亚西南部地区。

昏欲睡,困得睁不开眼睛了。

突然,像神话里说的那样,桌前出现了一个可爱的干瘪的老太婆。于是,老板用简短的语言告诉她,他对我怀有一种强烈的好感。然后,他就同她一起沿着一条狭窄的楼梯爬到楼上去了。现在只剩下我一个人了。我摸索着找到了床铺,摸着黑脱掉了衣服。不再多加思考,我便钻进了被窝里。

我不间断地酣睡了足足十个小时。醒来时,已是阳光明媚的早晨。无稽之谈正在得到证实,因为我确实已然置身于威尼斯城里。反射在天花板上的一簇簇碎小的日光点使我像置身于河轮的船舱里。这些光斑还说明我马上就要起床、马上就要跑出去观赏白天的市容了。

我环视了一下我睡了一觉的这个房间:刷了漆的隔板上有一排钉子,上面挂着裙子和女短衫;一个把上带环的鸡毛掸子和一根用编带钩住钉子的木槌也在那儿;窗台上堆放着一罐罐油膏,一只糖果盒里放着一支没削过的粉笔。

整个顶楼都拉着宽宽的帷幔,帷幔后面传来鞋刷子的咚咚声和沙沙声。这声音已经响了很久了,大概是有人在给全客栈的客人擦鞋子。擦鞋声中掺杂着女人的窃窃私语和儿童的低声细语。我听出,这窃窃私语的女人正是昨晚的那个老太婆。

她是老板家的远房亲戚,并担任着他的女管家。老板把她的陋室让给我住。可是,当我想去阻止他的这个主意时,她却惊慌地哀求我说,要我不要干预他们的家务事。

穿衣之前,我伸着懒腰又一次环顾四周。霎时间,我的头脑就清醒了。我对昨天发生的事有了更为明确的判断。昨天的那个向导很像马尔堡的那位堂倌头头,就是那个希望日后还能助我一臂之力的人。

联想到他的这种心愿,我更觉得他们两个人相像了。这大概就能解释为什么我会对广场上的芸芸众生中的某一个人表现出某种偏爱了，这显然是出于来自本能的某个原因。

对于这个发现，我并没有感到惊奇。这并不神秘。如果时间不是被具有相似性的生活琐事贯穿起来的，如果时间不是被日常生活中的强烈的感召力贯穿起来的，那么我们最纯洁无瑕的“您好”和“再见”也就毫无意义了。

十五

于是，我也能享受到这种幸福了。我有幸得知，一个人可以像赴会一样，日复一日地去见证一片楼房林立的空间。

不管从哪个方向走向大广场，在快要接近它的时候，总是会出现呼吸急促、脚步加快、两脚开始自动地赶上前去的一瞬间。不管是从绸布店的方向走过去，还是从电报局的方向走过去，道路都会在某个时刻变成类似于门槛的那种地方。前方会出现一个广阔的新天地——广场敞开了怀抱，大钟楼、教堂、中世纪领主的宫殿和三面环抱的柱廊被统统展现出来。

逐渐陶醉于这些景物时，你就会感到威尼斯是一座被建筑物——上面提到的那四种建筑物和另外几种类似的建筑物——所盘踞着的城市。这种说法其实并不讲究。建筑师们用石料砌出的高雅是任何语言和修辞都无法企及的。它们的身上像粘满小贝壳似的沾满了游客们的赞美之词。与日俱增的赞誉把最后一丝矫揉造作的痕迹排挤出了威尼斯。空旷的宫殿里再也没有多余的空地了，一切都被美占领了。

那些英国游客准备租贡多拉去火车站。在登船之前，他们最后一次在大广场上摆出一副似乎是在与人话别的姿势。此时，你会产生更强烈的妒忌感，因为广场看上去与他们是如此地要好。由于众所周知的原因，没有哪种欧洲文化能像英国文化那样如此地贴近意大利。

十六

有一天，在那些帅旗的桅杆下面，聚集起巧妙地衔接起来的三个世纪。几代人像编织金线般地把它们编织在了一起。在离广场不远的地方打盹的，是这三个世纪的舰队。它们的船舰和桅杆组成了一座一动也不动的密林。它好似在继续完成着城市的规划。顶阁里露出了索具，大桡战船的划手们正在偷窥。在船上，他们行动自如，如履平地。月夜里，一艘由三层甲板组成的大船让自己的一侧朝向了街道。它一动不动地施展出可怕的威慑力，把整条街都牵制住了。一些巡航战船同样也以雄伟的姿势停泊着，它们在泊地上欣赏着那些最幽静、最深邃的厅堂。当年，这就是一支很庞大的舰队。早在十五世纪，它就拥有数目惊人的船舰。除战船外，它还配有将近三千五百艘商船和七万名水手、船工。

这支船队是属于威尼斯的。这个事实是这个城市里那些动人的传奇故事展开的背景。说得离奇一点，它那微微摇晃的总吨位是这个城市最坚实的基础，是这个城市的金脉。当然，它也是这个城市进行通商和关押犯人的地下基地。在缆绳的套索里，被俘获的空气也会感到苦闷。是的，舰队会使人感到痛苦和压抑。然而，正像两只相连通的器皿一样，岸上也会有一种类似于赎金的东西发挥着与它类似的作用。你懂得了这一点，也就懂得了艺术欺骗自己的订货人的原理。

“潘塔隆内”[1]这个词的来源很有趣。它的近代词义是裤子，可是在以前，它所指的却是意大利喜剧中的一个角色。再早些的还有“pianta lcone”。这个词语说的是威尼斯战无不胜，它的具体含意是：让旗帜上的雄狮竖立起来的人，换句话说就是“征服者威尼斯”。拜伦的《恰尔德·哈罗尔德》中就有这样的诗句：

Her very byword spung from victory,
The “Planter of the Lion”, which through fire
And blood she bore o'er subject earth and sea.[2]

观念会发生奇妙的变化。当人们看惯惨状时，这些惨状便会成为良好风度的基石。有朝一日，或许我们能够理解断头台一度变成女人胸针的样式的真正原因。

雄狮的标志同样出现在威尼斯，尽管意义不大。古代监察官的楼梯上，与韦罗内塞[3]和丁托列托[4]的壁画为邻的那个可降落的告密孔，被塑造成狮子的血盆大口。众所周知，这张“bocca di leone[5]”曾给当时的一代人带来莫大的恐惧。然而，当局并未对这种现象表示出痛心疾首。那么，提到“神秘地掉进塑造得惟妙惟肖雄狮之口”的那些话，为何会一点一点变成缺乏教养的一个特征的呢？

当艺术为奴役者兴建宫殿时，人们还是信任它的。人们会认为它持有与大家共同的见解，而且它还会在日后分担大家共同的命运。

---

① 十六世纪意大利即兴喜剧中的定型角色，一般是一个狡猾、贪婪而又滑稽可笑的老头儿。在多种欧洲语言中，这个词又当裤子讲，特别是老年人穿的那种旧式的、肥大的裤子。

② 英文，连她的绰号也来自胜利——雄狮的传播者，她通过火与血把雄狮带给被征服了的陆地和海洋。——原注

③ 韦罗内塞(1528—1588)，威尼斯画派的主要画家，原名卡里雅利，后按其出生地维罗纳改名。

④ 丁托列托(1518—1594)，文艺复兴后期著名威尼斯画家，原名罗布斯提。因其从事印染业而得名“丁托列托”(小染匠)。

⑤ 意大利文，雄狮之口。——原注

但是,没有发生的正是上面提到的这种情况。虽然潘塔隆内语并没有把自己强加到宫廷语言的位置上,但成为"宫廷语言"的那些话却已经变成了被人们遗忘的语言。潘塔隆内语的目标已化为灰烬,而宫殿却被保存了下来。

被保存下来的还有威尼斯的绘画。从童年起,我就从复制品和博物馆的大量出口展品中熟悉了它那涌泉般的韵味。但是,只有当去过它们的出生地以后,我才能看到那幅画的真本。不同于一幅幅的画,它们更像是一个金色泥塘,更像是一个产生创作的原始泥潭。

十七

远胜于我上面所描述的样子,我当时更深刻、更恍惚地望着这一景象。我并没有朝着现在说的那个方面去理解我所见到的一切。但是,这么多年来沉淀在我心中的印象却与我要说的大致相同。因此,在我扼要的叙述中,我并没有背离当时的真实情况。

我到底看到了、观察到了什么呢?首先击中我的就是绘画的本能。一个被见之物在开始被人看见时会有什么样的感受呢?如何才能突然领悟到这一点呢?在被人们发现后,大自然会赐给人们一片易于加工的自由天地,画家也会把这种朦胧欲睡的景观悄悄地移到画布上。看到卡尔伯乔[①]和贝利尼[②]的作品后,你才能懂得什么是绘画。

继而我想到,伴随着艺术技巧的繁荣,随之而来的又会是什么样的混合主义呢?当画家和他要画的自然景色达到天人合一的境界时,你就不可能指出,作画者、画出来的成品和被画对象这三者中的

① 卡尔伯乔(约 1460—1525),意大利文艺复兴早期威尼斯画派的叙事体画家。

② 贝利尼(约 1430—1516),威尼斯画派奠基人。

哪一个在画布上表现得最积极。正是由于这种含混不清,误解才能油然而生。时间会趁机在画师面前扭捏作态,并认为自己正在把他抬高到昙花一现的雄伟高度。必须在看到韦罗内塞和提香[1]的作品后,你才能懂得什么是艺术。

我当时并没能给予这些印象足够的评价,但是我认定,一个天才只需要不多的条件就能脱颖而出。

周围有狮子的嘴脸。那是一张到处都隐约可见的、热衷于嗅遍一切东西的狮子的嘴;是一张硬要过问所有人的隐私、在自己的洞穴中一个接一个地吞噬生命的狮子的嘴。周围响着"假永生"的狮子的吼声。这种"假永生"之所以能被想像出来,却没被报以讪笑,只是因为一切不朽的东西都在它的掌握之中,它们都牢牢地受着狮子的支配。你无须拥有独特的才能就能感觉到这一点。大家都看得到这一点,却又都无视这一点。既然大家都能安然接受这一点,那么,这座动物园里就应该还有一种谁也感觉不到和谁也看不到的东西。

这就是使天才的忍耐性溢出杯口的那一滴水。谁会相信呢?画家的作品、作画者和被画对象是统一的。或者,说得更具广泛性一点,那就是对直接真相的无动于衷,这就是使天才暴跳如雷的那个原因。这似乎代表着,他送给了人类一记耳光。于是,一场风暴便会进入他的画布中并被施以激情涤荡的、混乱的技巧。必须看到米开朗琪罗的作品后,你才能懂得什么是天才,什么是画家。

十八

但是那时候,我还没想到这些深入的细节。在威尼斯的时候,或者说以后在佛罗伦萨的时候,或者说得更准确些,在我旅行归来后住

---

① 提香(约1489—1576),意大利伟大画家,终生追寻并复兴古希腊艺术。

在莫斯科的那个冬天里，我想到的是另外一些更为专业的想法。

任何一个见识过意大利艺术的人都会得到这样一个印象：不管你把它看作什么东西，也不管你把它叫做什么，你都会发觉它与我们的文化有着明显的一致性。

譬如关于人道主义者的异教邪说。人们对此总是议论纷纷，而且看法又各不相同。有的说它是合法的流派，有的说它是违法的流派。真的，信仰礼拜日和文艺复兴时代之间的冲突是一个不同寻常的现象。相对于整个欧洲文明来说，它也是一个重要的现象。《圣职的推荐》、《圣子升天》、《迦南的婚礼》和《最后的晚餐》，这些作品连同它们所描绘的上流社会那放荡不羁的豪华生活都是在阐释一些合乎教律的主题。可是，画中那些时代感错乱的现象又何尝不是一种不道德时代的现象呢？这一点又有谁会看不出来呢？

我认为，我们文化中那绵亘千年的特点恰恰就来源于这种相互抵触。

意大利替我们把从摇篮时起就下意识地吸入身体中的那种东西升华成了晶体。意大利的绘画亲自替我们做完了一件本该考虑周全的事。它趁我们日复一日地从一个藏画展室踱到另一个藏画展室之际，把它那在色彩中煎熬出的现成答案掷到了我们的脚下。

比如，我明白了《圣经》不是一本有着固定经文的书，它只是一本人类的记事簿。凡是这种东西全都是永恒的，因为它是有生命力的。但这种生命力并不在它还是必读读物的时候体现出来。当它把易于接受"逝去"的那些世纪里的事全部用来回顾它所作的那些比拟时，它的生命力就体现出来了。我明白了，文化史其实是用形象排列出来的一连串的方程式。这些形象把依次出现的未知数和已知数成对地连接在一起。被置于传统基础之上的传说就是这个已知数，即整列方程的常数。那些常变动的、文化的、现实的因素则是未知数——它们每次都是新的。

这就是我当时颇为感兴趣的一件事。这就是我当时领悟到又感到非常喜欢的一件事。

我喜欢象征历史生气勃勃的那些本质。换句话说,我喜爱我们那像燕子筑窝一样筑成的世界。这个世界是一只用天和地、生与死以及在场时间和不在场时间这两种时间粘成的大窝。我现在明白了,这个世界之所以不会倒塌,就是因为组成它的各个部分所透射出的形象性中有一股凝聚力。

但当时我还年轻,还不懂这个道理。并且,这个道理也不适用于天才的命运和他的本性这样的命题上。我还不知道,天才的本质并不以形象性地折射出来的象征意义为基础,而是以真实的履历为基础。我还不知道,与初期艺术作品不同,天才扎根在粗鲁的道德鉴别力所携带的直爽之中。它有一个特点,那就是引人注意。尽管道德激情是在文化的内部爆发的,但造反者却一直觉得他的造反是在街上和文化之外进行的。我还不知道,只有当圣像破坏运动的拥护者并非两手空空时——那是种罕见的情况——他们才会留下最永恒的形象。

教皇尤里乌斯二世①曾认为西斯廷②教堂拱顶画色彩贫乏,并对此表示出不满。米开朗琪罗用画在天花板上的《创世记》为其中所有的人物辩解。他说:“那时候,人们还不大会穿金戴银,这里画的并不是腰缠万贯的人。”

这就是雷鸣般的、天真无邪的语言,它只属于这种天才。

内心隐藏着“驯服”的萨伏那洛拉③人能达到文化的顶峰,未经驯

① 尤里乌斯二世(1443—1513),为政教合一而奋斗的政治家,以鼓励艺术创作而闻名。

② 教堂的礼拜堂。其拱顶画和壁画《末日审判》是米开朗琪罗的杰作。

③ 萨伏那洛拉(1452—1498),意大利基督教多米尼克派的僧团宣传士,反对天主教教皇,谴责人道主义文化。

服的萨伏那洛拉则会毁掉文化。

十九

我离开威尼斯的前一天晚上，大广场上举行了彩灯音乐会，那里时常举行这样的音乐会。在广场四周，建筑物的正面缀满了自上而下的、尖尖的小灯泡。被从三个方向照亮的广场，变成一条由黑白两色组成的、透明的标语牌。露天的听众像刚刚走出澡堂就坐到灯火辉煌的大厅里那样满面红光。在这想像中的舞会大厅里，天花板上突然开始下起稀稀拉拉的小雨。小雨才刚刚开始下却又蓦地停住了。彩灯的反光使广场上空腾起一层彩色的薄雾。圣马可钟楼像一支红色大理石火箭插入了那片把它的尖顶遮掉一半的、粉红色的烟雾里。稍远处有一团团深橄榄色的水蒸气。像童话里一般，蒸气里神奇地隐藏着有五个圆顶的大教堂。广场的另一端则颇似一座水晶宫。大教堂的门廊上有四匹金灿灿的骏马，它们像是从古希腊奔驰而来，并像濒临悬崖似的在这里止住了脚步。

音乐会结束后，一种像是由磨盘发出来的、均匀的沙沙声开始传过来。这种声音早就在柱廊的周围回荡了，它们只不过是被原先的音乐声压住罢了。这是一群游手好闲的人在跳舞。他们的脚步声汇集在一起。这声音酷似冰盘状的滑冰场上的冰刀所发出的簌簌声。

女人们迅速地在寻欢作乐的人群中走来走去。她们的样子看上去有些怒气冲冲。与其说她们在诱惑人，不如说她们是在吓唬人。她们边走边旋转，像是要把别人推开并消灭掉一样。她们挑衅般地弯着身子，迅速地消失在柱廊下面。当她们转过头来时，对着你的却是一张因披着威尼斯黑纱头巾而变得死灰的脸。她们以 allegro irato[①] 的速度迈出快步。在钻石般的、照明灯那像抓痕一样的一道道白光下，彩灯颤抖地闪出黑光。这黑光与她们很合拍。

我曾两次试图在诗作中表达出把我与威尼斯永远地联系在一起的那种感受。临行前夜，我在客栈里被吉他的声音搅醒了。我一醒，琴声也停住了。我急忙走到窗前。窗下水波飞溅。我聚精会神地向远处的夜空张望着，好像在那里会有戛然而止的吉他声的痕迹一般。如果看到我当时的眼神，旁观者定会说我是半睡半醒的状态下在考察威尼斯的上空。我在看一个新的星座是否已经在那儿升起了。朦朦胧胧中，我准备把它称作吉他星座。

第三篇

一

冬日里，一连串林荫道式的街心花园贯穿了树冠背后的莫斯科。那树冠来自于两排发了黑的树木。房屋里的灯光黄澄澄的，它们那星光般的、一圈一圈的光环就像一个个从中间横剖开的柠檬。天空低低地压在树梢上。周围白色东西全都变成了蓝色。

林荫道式的街心花园里，衣着寒酸的年轻人像准备要抵人似的弓着腰奔跑。有几个人我是认识的，但大多数人又都不熟悉。毕竟，他们是我的同龄人。也就是说，他们是我童年时见过的、多得数不清的那些面孔中的一些。他们刚刚开始被人们用父名称呼，刚刚被赋予公民权，甚至刚刚领悟出下列词语的奥秘：攫取、有利可图、据为己有。他们表现出一种匆忙的神情，这倒很值得更加仔细地分析分析。

---

① 意大利文，快速、激昂。——原注

这世上有死亡和预见一说。未知的事对我们来说总是很亲切的，而能被事先预知到的事却总显得有些可怕。任何激情都是为了躲避即将到来的某个不可逆转的情境而向一旁做出的盲目的一跳。如果从共同的道路上走，那么激情将无处可闪、无处可跳，那么活的物种就无处生存、无处再现了。令宇宙逐渐毁灭的那种共同的时间就流逝在这条共同的道路上。

然而，生命毕竟有它独特的生存方式，激情也可以找到让它躲闪的地方，因为，这些旁路是永存的，是与时间并存的，并且它们会无止境地一再出现。任何新一代的新鲜事物都是它的一部分。

街上的年轻人弓着腰在风雪中匆忙地奔跑着，他们因为各自的原因正在匆忙地赶路。但是，驱使他们奋力前进的却不是形形色色的个人目的，而是某种共同的契机，这便是属于他们的历史的完整性，或者说，这是他们必然要贡献出的热情。无数次逃避末日的人类为了自救、为了逃离共同的道路、为了不让共同的道路碾压到他们身上而努力，他们怀着的感情正是这种热情。

为了不让他们透过必然性看到奔跑的两面性，为了不让他们发疯，为了不让他们放弃已经开始的事业并在地球上统统上吊自杀，长在林荫道上的树木的后面出现一股历尽沧桑的、非常老练的力量，这力量担任起警戒的任务，并用它那双睿智的眼睛看着他们离去。守在树木后面的便是艺术，它对我们了如指掌，所以它也会令我们一直觉得费解。那种用大体轮廓来看待历史的本领是由非历史世界中的哪些因素带给他们的呢？它酷似生活，屹立在树木背后，并因这一相似性而得以存在于生活之中。这一关系就像妻子和母亲的肖像被容许悬挂在那些献身于自然科学的（他们正在逐渐揭示死亡之谜）学者们的实验室里一样。

这到底是一种什么样的艺术呢？这是斯克里亚宾、勃洛克、科米萨热尔夫斯卡娅、别雷们的年轻的艺术，一种进步的、动人心弦的、新颖又富有独创性的艺术。这种艺术是多么出类拔萃啊。因此，它不会令人产生想要更换它的念头。为了能让它更牢靠一些，人们还会产生想要把它再重做一番的想法。不过，这次重做要做得更快、更热情、更完美。如果要一口气就把它重新做出来，就需要有点激情。而此时，激情却常常闪避一旁。这样一来，这一行动就得到了一种新的东西。然而，新东西的出现并非像通常所想的那样是为了代替旧东西。真实的情况是完全相反的。通常情况下，它的出现竟是为了要非常满意地复原原来的模板。当时的艺术就是这个样子。那么，当时的那代人又是什么样子的呢？

一九〇五年，跟我年龄差不多的男孩子是十三岁左右。到了战前，他们则快满二十二岁了。他们一生中的两个重要的人生关头都赶上了祖国历史中的两个红日子。他们那早熟的童年和应征中的成年担负起了过渡时期的重任。他们用自己的神经穿过了整个时代的厚度。他们缝合了我们的时代，并殷勤地把它奉献给老人和儿童享用。

然而，为了对他们进行充分的描述，我必须先回忆一下那种与他们息息相关的国家制度。

谁也不知道这是查理·斯图亚特①还是路易十六②在统治。为什么在大多数情况下，我们会觉得只有末代君主才是君主呢？看来，从本质上看，世袭政权天生就带有某种必然的悲剧性。

只有在那种罕见的情况下，比如，他是彼得③，政治上的专制君主才会从事政治活动。但这样的例子具有特殊性，以至于它会被人们

① 查理·斯图亚特(1600—1649)，英格兰君主，史称查理一世，一六四九年被处死。至此斯图亚特家族被排斥在王位之外，直至一六六六年查理二世复位。

② 路易十六(1754—1793)，法兰西皇帝，在位时间是一七七四年至一七九二年。在法国大革命中被处死。

③ 彼得一世(1672—1725)，俄国沙皇，一六八二年即位，一六八九年亲政。

记了几千年。更常见的情况是，统治者受到了大自然的制约。虽然它不是议会式的，但它的制约却具有绝对性。作为一条千百年来被人们奉为金科玉律的准则，那个被称作世袭君主的人必须合乎礼仪地活过王朝史记中的一章，仅此而已。这里面残留着一种舍己的精神，这种舍己精神比蜂窝里所表现出来的那种精神更为赤裸。

如果肩负这种可怕的使命的人不是恺撒[①]，如果他们的经验不会变成政治，如果他们没有聪明才智——这是唯一有利于他们在死后摆脱生前命运的东西，他们该怎么办呢？

如果果真这样的话，那么，他们不是滑行，而是滑倒；他们不是潜水，而是溺水身亡；他们不会生活，而是习惯于注意别人对自己的看法。这会使他们的生活堕落到看上去外表光鲜，实际上却是在混日子的境地。起初这种做法是以小时计算的，后来就以分钟计算了；起初它是真心的，后来就变成臆想的了；起初它是无需借助于外援的，后来它就只能借助于扶乩和占卜了。

他一看到锅炉就会害怕它的沸腾声。大臣们担保说这种情况是正常的，只是锅炉越先进，事情也就会变得越可怕。继而，他们开始阐述国家改革的方法——把热能转化为动能。他们宣称，只有在受到爆炸的威胁而又不会爆炸的情况下，国家才能繁荣发展。于是，他们吓得眯缝起双眼，并抓住警笛的把手。他们用天生的、温文尔雅的态度安排了霍登惨案[②]、基什尼奥夫大屠杀和一月九日[③]惨案。然后，他们就尴尬地走开了。他们走向自己的家属那里，然后重新写起那些暂时被中断了的日记。

---

① 恺撒（约公元前102—前44），将军、政治家、罗马帝国的统治者。

② 一八九六年五月，尼古拉二世登基。政府在莫斯科霍登广场向群众散发礼物以示庆贺。因秩序大乱，死伤两千多人。民间称此惨案为“霍登惨案”。

③ 一九〇五年，沙皇军警镇压彼得堡和平请愿的工人，死伤三千多人。此事成为一九〇五至一九〇七年革命的导火线。

大臣们都抱着头。这时，他才彻底明白：治理广袤国土的人其实都是一些不大聪明的人。于是，解释渐渐变成了空费唇舌，而建议也没有取得预期的效果。抽象的真理的广泛性他们一次也没有体验过。这是一群鼠目寸光、因循守旧的奴隶。人们想重新教育他们，但却为时已晚。结局即将来临，到时候，他们也只能遵奉罢免他们的御旨了。让他们听天由命吧。

他们已经看到渐渐到来的、无可避免的结局了。为了躲避威胁和无休止的要求，他们急急忙忙地逃到家中去，逃到那些最容易激动、最苛刻的亲人的身边去。玛丽亚-亨丽埃塔①、玛丽-安托瓦内特②和亚历山德拉③们在这场可怕的合唱中获得越来越大的发言权。他们疏远进步的贵族，并要求降低宫廷生活的舒适度。她们开始重用凡尔赛的园丁、皇村的上等兵和平民出身的无师自通者，就好像广场上的这些人真的会对宫廷生活感兴趣一样。于是，拉斯普廷④之流便浮出水面，并飞黄腾达起来。他们永远也不明白，为什么君主制会向民俗学意义上的人民群众让步。面对时代潮流时，君主制所作的让步与人们想要的真正让步、与人们想从这些让步中得到的东西截然不同，因为，这些让步是既有损于自己又丝毫不利于他人的让步。通常，暴露在“可怕的使命注定要失败”这一判断面前的荒唐情况决定着这一使命的命运，它用自身所具有的弱点发出起义的信号，这信号令人感到无比激动。

我从国外回来时正赶上卫国战争⑤一百周年纪念日。布列斯特

---

① 玛丽-亨丽埃塔(1609—1669)，英王查理一世之妻。

② 玛丽-安托瓦内特(1755—1793)，法王路易十六之妻。

③ 亚历山德拉·费多罗夫娜(1872—1918)，俄皇尼古拉二世之妻。原名阿丽莎·理查-达姆施塔特。

④ 格·拉斯普廷(1872—1916)，俄国尼古拉二世及皇后亚历山德拉的宠臣。他是托博尔斯克省的农民，以巫术及骗术入宫得宠。一九一六年为青年贵族所杀。

⑤ 指一八一二年俄国人民抗击拿破仑入侵的战争。

铁路被改名为亚历山大铁路。沿途的车站都被刷得雪白，钟楼上的打更人也换上了干净的衬衫。库宾卡的车站大楼插满了彩旗，出站口也加强了警卫。附近在举行圣上的阅兵式，站台上铺着一大片松软的、有些地方尚未被踩平的新沙。

这一切并没有使乘客回忆起他们所庆贺的那些事。周年的装潢显示出沙皇统治的主要特点，即对祖国的历史无动于衷。如果说，这天的庆典活动中的有些地方还是能反映历史的，那么这些反映显然不在人们的思想活动中。它们只存在于行驶的火车上，因为火车停车的时间比规定的时间长，而且临时停车的信号比往常更加频繁地令列车停到了郊外。我不由得想起头年冬天去世的谢罗夫①。我想起他讲过的给皇室成员画像的情景，想起画家们在尤苏波夫家的绘画晚会上所画的那些漫画，想起库捷波夫版的《沙皇狩猎》所引发的笑话，也联想起许多与此有关的关于绘画学校②的一些琐事。绘画学校归御事部掌管，我们在那所学校里住了大约二十年。本来，我是有可能想起一九〇五年的情况、卡萨特金③的家庭悲剧以及我那微乎其微的革命性的。虽然那所谓的“革命性”不过是在哥萨克骑兵的马鞭下逞能，或是在棉大衣上挨一马鞭子而已。我最后想起的是那些守卫、车站和彩旗，它们预示着一场最严峻的悲剧就要发生了。这悲剧绝非独幕轻歌剧式的，而是一连串的，也和我那轻率的、不带政治倾向胡闹大为不同。

我能接触到的只是极小的一部分人，这样少的数量甚至不足以用来评价整整一代人。在我没有意识到这一点时，我会说这一代人不问政治。我甚至会说，当我面对他们时，这一代人表现出来的正是

---

① 瓦·谢罗夫(1865—1911)，俄罗斯画家。

② 全称为绘画雕塑建筑学校。

③ 尼·卡萨特金(1859—1930)，俄国巡回展览派画家。

这样的特征。同时，他们也用这样的面貌来面对他们所处的那个时代，并在那个时代里，发表一些关于科学、哲学和艺术的声明。

二

然而，文化是不会投入到第一个想要它的人的怀抱中去的。上述的一切都必须经过战斗才能获得。把爱看作是一场决斗的观点非常适用于这一情况。少年们只有具备了斗志昂扬的爱好，才会得到艺术的垂青。这爱好必须是激动人心的，必须是能被全部身心所感受到的，就像所有亲身经历过的事情一样。初涉文坛者的作品中常常充盈着这一状态。新手结成一个个小组，这些小组又分成模仿派和革新派。在这两个部分中，激情是不可能单独存在的。这种激情使周围充满了小说的气氛，执着的人应该能感受得到。这小说已经脱离了“孕育之中”的状态，它即将被完成。模仿者们代表的则是一种没有热情和天赋的爱好。除了被阉割的仇恨外，革新者只能代表一种不流动的争强好胜、一次长谈的只言片语以及在这之后所采取的行动。也就是说，它们的话能被猴子偷听到，但其鼓舞这场风暴的那层意义却不曾被猜测到。这些话被断章取义地拆零散后又被传播了出去。

然而，被猜测中的当选者的命运已经被高悬在空中了，人们已经差不多能说出他会成为一个什么样的人物了。但是，人们还无法说出谁将会成为这个人物。从表面来看，几十个年轻人同样都是不安，同样都是在思考，同样都想标新立异。作为一场运动，革新活动具有显著的一致性。但是，正如在各个时代的种种运动中那样，这只是一连串被摇奖机卷起来的、和彩票一样的一致性。运动的命运永远是“运动”，也就是说，它是机遇在机械移位中的一个很有趣的现象。从那时起，一张彩票会滚出摇奖机，并在出口处燃起含有中彩、优胜、出面亮相和青史留名等意义的熊熊大火。这场运动就叫做未来主义。

这其中，获胜者的中签者是马雅可夫斯基。他当之无愧。

三

在带着小组偏见的不自然的情况下，我们相识了。此前很久，尤·阿尼希莫夫给我看了他收在《法官的罗网》中的诗，就像一个诗人介绍另一个诗人的作品时那样。但是，这事却是在模仿派的“抒情诗”小组里发生的。模仿派并不羞于表露自己的好恶。因此，在我们的小组里，马雅可夫斯基被认为是一个前程远大的人，甚至是一个巨人。

可是，在我不久后参加的那个革新派的“离心机”小组里（那是一九一四年春天的事），我却得知，舍尔舍涅维奇、波尔沙柯夫和马雅可夫斯基都是我们的对头。我们即将同他们认真地交换一次意见。我将要与一个已经令我折服过一次的、即使在远处也能越来越吸引我的人争吵。这样的情景一点也没有令我感到惊讶。革新派的独特性就在于此。在整个冬季里，“离心机”的诞生都伴随着永无休止的口角。在整个冬季里，我只知道要遵守小组纪律。我做的只是为了纪律而牺牲自己的趣味与良心的事。我已经做好在必要时再一次出卖点什么东西的准备了。但是，这一次我过高地估计了自己的力量。

五月底的一天，天气很热，我们正坐在阿尔巴特街上的一家糖果店里。前面提到的那三个人正大声讨论着、朝气蓬勃地走进店里来。他们把帽子交给看门人，一点也没有降低刚才被电车、出租车和运货马车的隆隆声压住的谈话的音量。他们神气活现地向我们走来。他们的嗓音都很动听（由此而产生了后来的诗歌朗诵路线）。他们的穿戴都很考究，相比之下，我们则显得很邋遢。看来，对手在各个方面都占据着上风。

事情的缘由是，有一次他们刺伤了我们，而我们则给予了他们更为粗暴的反击。这件事总该有个了结才是。趁着鲍勃罗夫和舍尔舍涅维奇激辩的时候，我目不转睛地观察着马雅可夫斯基，好像这是我当时第一次这么近地看着他。

他把“a”音读成“ê”，这种读法就像是用一小块铁板轻轻地振动着他的发音似的。这本是演员才具有的一个特点，他有意地表现出的生硬态度很容易被人误解，人们会认为这是其他职业或其他社会阶层的人的一个特点。在令人惊讶方面他并不孤独，他的伙伴们就在他的身边。他们中的一个像他一样在扮演着花花公子的角色，另一个则像他一样是个货真价实的诗人。但是所有这些相似性非但没有冲淡马雅可夫斯基的独特性，反而把他衬托得更加突出。他不是在扮演“一个”角色，而是在同时扮演所有的角色。与扮演角色相反的是，他在拿生命当儿戏。对于后面这一点，无须联想到他未来的结局就可以一目了然，而正是这一点使人们对他又眷恋又害怕。

在行走和站立时，人的全身都会被别人看到。可是，在马雅可夫斯基露面时，这一情况却显得有些奇妙，因为他会迫使大家转向他那边。自然的现象在他身上就好像是超自然的现象一样。这其中的原因并不是由于他个子高，而是在他身上有另外一个更普通、更难以察觉的特点。他会比别人更大幅度地作个全身的亮相。在他身上，已经显露出来和已经确定下来的东西有很多，但这些特点却很少在其他人身上出现。对于其他人而言，只有在受到极大震惊的特殊情况下，他们才会从由尚未考虑周全的计划和尚未实现的意图形成的黑暗天地中走出来亮相，而这种情况非常少见。马雅可夫斯基却好似刚刚度过了一段长时间的精神生活一般。为应付日后的各种情况，这段精神生活显然过于粗放了。你几乎可以用“大刀阔斧”这样的词语来形容它。他已经处于由这种精神生活带来的、那一大捆不可逆转的后果之中。你看到的正是这种状态下的他。他坐到椅子上，就像骑在摩托车的鞍座上。他身体前倾，快速地切开维也纳煎肉排，快速地吞咽着。玩扑克牌时，他斜着眼却从不转过头去。他在库兹涅茨克大街上威严地散步。他用瓮声瓮气的鼻音，像吟诵弥撒曲一般，哼着一些涵义特别深邃的片断。这些片断或来自他自己的作品，或来自别人的诗作。他皱着眉，蹙着额，他不时地登台亮相。在这一切的背后，你可以隐约地看到他开始起跑的那一天。那一天是如此地奇妙，它超越了过去一切美好的日子。他站在笔直的滑冰跑道的另一边，而滑冰运动员的起跑使他得以大幅度地、从容不迫地舒展开身子。在他那沉着风度的背后，好像存在着一种类似于“坚定”的东西。这种“坚定”已然被付诸实践，而它所产生的效果注定毋庸置疑。这种“坚定”其实就是他的天赋，与这份天才式的天赋相遇曾使他大为震惊。这一天赋也成了终其一生的选题。他毫不怜惜、毫不犹豫地献出了自己的全部心血，为的就是有朝一日能够完成这个选题。

然而，他现在还年轻。什么样的形式才能完成这一选题呢？这还是后话。然而，这个选题却像饕餮一般，因为它不能容忍任何形式的拖延。因此，在开始时，为了投其所好，他不得不先想到自己的未来。那些奇特的姿势就是他在以第一人称的方式来兑现一个一个的预言。

在自我表现的最高领域里，这些姿势是很自然的，它们自然得就像日常生活中的礼仪和规则一样。他从中选出了外表完整的姿态。对于艺术家而言，这是个很难摆的姿势；对于亲朋好友来说，这是个最高尚的姿势。他把这个姿势摆得相当完美，以至于现在都已经没有办法来评述它的底蕴了。

然而，强烈的羞怯心却是他做出那些肆无忌惮的行为的动力。在他那虚假的毅力之下隐藏着多疑、无端犯愁和优柔寡断的性格。他那黄色的棉袄的机理也同样虚假无比。他不是在用它来抑制小市民阶层的西装上衣，而是在用它来对付他那犹如黑天鹅绒般的天才本性。天才那艳丽得腻人的黑眉毛早就开始令他感到愤懑不堪了，而这种感情在天赋较低的人身上却来得很迟，因为没有人会像他那样懂得那种不会被冰水慢慢激怒的、来自天然火焰的、完整的庸俗性，也没有人像他那样知道足以传宗接代的激情对于创作来说还远不够。创作需要的是能够延续人类形象的那种激情，这种激情在内类似于其他种种激情，在新颖性上则类似于一个新的许诺。

谈判突然结束了。本该被我们消灭掉的那些对手毫发无损地走了。虽然达成了和解，但那些条件却充满着屈辱性。

外面天已经黑了。雨开始稀稀拉拉地下起来。对手撤走之后，糖果点心店里空旷得令人感到压抑。苍蝇、吃剩的点心以及因盛过热牛奶而失去光泽的玻璃杯在屋里渐渐显现出来。雷雨并没有下来。欢乐的阳光洒在印有淡紫色小花点的护墙板上。这是一九一四年的五月，历史的转折已迫在眉睫。可是，又有谁会去关心它们、想它们呢？丑陋的城市，像是在《金色的小公鸡》[①]里那样，闪耀着珐琅和金属薄片的光泽。杨树的绿叶亮得像是涂上了油漆。这是最后一次涂上刺目的草绿色了，它们很快就要与这颜色永远地分开了。我为马雅可夫斯基而发狂。我已经开始想念他了。我所背叛的根本就不是我想要背叛的那些人。难道，这一点还需要再补充说明吗？

四

第二天，我偶然在一家希腊咖啡馆的凉棚下遇到了他。一个黄色的、像宽大的林荫道式的街心花园平铺在普希金路和尼基塔路之间。几只长舌头的狗瘦瘦的，它们在伸着懒腰打哈欠，并把嘴巴非常舒适地放在前腿上。女佣们、亲家母们在闲聊，她们不时地唉声叹

① 民间故事，经常以儿童木偶剧的形式演出。

气。瞬息间，蝴蝶并拢了翅膀静静地停在那里，它好像已经融化在这一片暑热之中了。但是，忽然，它又张开了翅膀，它被不正常的热浪吸引到一旁去了。一个大概全身都被汗水湿透了的、身穿白衣的小姑娘在不停地挥动着跳绳，她用她那根呼呼作响的圆圈抽打着自己的脚后跟，她要让全身保持着腾空的状态。

老远我就看到了马雅可夫斯基。我把他指给洛克斯[①]看。他在跟霍达谢维奇[②]玩猜硬币正反面的游戏。这时，霍达谢维奇站了起来。他支付了输的钱，离开凉篷，向斯特拉斯特内街的方向走去。现在，只剩下马雅可夫斯基一个人坐在桌前。我们走了进去，并跟他打了招呼。然后，我们就彼此攀谈起来。过了一会儿，他提议大家分别朗读一段作品。

杨树葱郁，椴树则显得灰溜溜的。几条睡眼惺忪的狗被跳蚤搅得心烦意乱。它们猛地用四条腿站了起来，朝天狂吠。它们似乎是在用这种方式证明它们并没有在精神上反抗粗暴。然后，它们又在睡意的支配下愤愤不平地躺倒在沙地上了。火车头在已改名为亚历山大铁路的布列斯特铁路上发出尖锐而刺耳的汽笛声。周围的人在理发、剃须、煎烤、做买卖和走动。他们什么也没有察觉。

他读的是当时刚出版的悲剧《弗拉基米尔·马雅可夫斯基》。我屏住呼吸，全神贯注地听。以前，我从未听到过可以与之媲美的作品。

所有的东西都在这里：林荫道式的街心花园、杨树、狗和蝴蝶，还有理发匠、面包师、裁缝和火车头。何必还要再引用呢？我们大家都记得，那个文本是怎样描写这一神秘而又闷热的夏天的。现在，这本书每个人都能很容易弄到手了，它已经第十次出版了。

---

① 作者的大学同学。

② 弗·霍达谢维奇（1886—1939），俄罗斯诗人，一九二二年出国，死于巴黎。

远处，火车头在拼命地叫着。在被他大声读出来的作品里，存在着一个如同大地一样辽阔的“绝对远方”，在那里有着深不可测的崇高的精神。如果没有这种精神，那么独创性也就没有了。在那里，生活的任意一点都在向四面八方无限地伸展着。没有这种无限性，诗歌就只是一种暂时未被解除的误会。

这一切又是多么地简单。艺术被称为悲剧，它就应该被叫做这个。悲剧被叫做《弗拉基米尔·马雅可夫斯基》。这标题掩盖着一个简单得令人叫绝的发现：诗人不是作者而是一首以第一人称诉诸世界的抒情诗的表现对象。这标题不是作家的名字，而是作品内容的姓氏。

五

说实在的，从那次以后，我就想把他从林荫道式的街心花园完完整整地带到我的生活里。但是，他太庞大了，以至于我想在离别时留住他都不可能。我常常失去他。每当这时候，他就会亲自用《穿裤子的云》、《脊柱长笛》、《战争与世界》和《人》让我想起他。在离别期间里失掉的那种东西是如此之巨大，以至于我不时地会渴望一些特殊的提醒。他的提醒正是这样的。上面提及的每一个阶段都降临在我毫无思想准备之时。在每一个阶段里，他都会变得使人认不出来。那时，他整个人都好像初生似的又诞生了一次。但是，他又让人看着那么地不顺眼。那么，在他身上到底有什么东西使人看不惯呢？

他具有一些比较固定的品质，而我的热情也是相对稳定的。在这种情况下，在我看惯他的过程中，不应该有什么激烈的变化。然而事实却并非如此。

在他活着并善于创作的时候，我曾花费四年的时间去习惯他。然而，我并没有成功。后来，仅用了两小时十五分钟，我就习惯了他。

这个时间是用在朗诵和分析非创造性的《一亿五千万》上的。后来，这一“习惯”令我苦闷了十多年。再后来，在泪水中我忽然一下子就把它丢掉了。那是在他像往常那样放开喉咙让人们想起他的时候。不过那时，那声音已是从坟墓中发出来的了。

我看不惯的不是他本人，而是握在他手中的、能被他随心所欲地时而转动起来又时而停下来的那个世界。我永远也弄不明白一块磁铁的退磁对他会有什么好处。这块铁掌为了保持完整的外形，连一粒沙子也不肯移动。而在此前，它却能激起任何的想像，还能用诗行的韵脚吸住任意重量的东西。一个人在新的尝试中已经走得这么远了啊。在他亲自预报的那个时刻里，以诸多不便为代价而进行的尝试已经成为了他的切实需要。但是，他竟会如此彻底地丢弃它。这种人在历史上，恐怕也是绝无仅有。在革命中，他的地位表面上看是极其合情合理的，而本质上却极其牵强和空虚。他对于我来说永远都是个谜。

我不可能看得惯弗拉基米尔·马雅可夫斯基的悲剧，我不可能看得惯悲剧内容的姓氏，我不可能看得惯永恒存在于诗歌中的诗人，也不可能看得惯他的造诣有可能被更强的人实现。我不可能看得惯那些所谓的“有趣的人”啊。

我带着一股“看不惯”的怨气从林荫道式的街心花园走回家去。

我租了一个窗口对着克里姆林宫的房间。河对岸的尼古拉·阿谢耶夫[①]随时都可以到我这里来。他会从 C 家姐妹那儿——一个有着深厚的多种天赋的家庭——赶过来。我会在来客身上看到真正的演员的天性中的特有的滑头，还会看到以杂乱无章著称的想像力伴装出一副不懂音乐的样子。它们看上去有些多愁善感。他迷恋赫列勃尼科夫的诗。我喜欢他，但使我不解的是，他正在我身上寻找着什

① 尼·阿谢耶夫(1889—1963)，俄罗斯诗人。

么东西。对艺术，就像对生活一样，我们有着不同的追求。

六

杨树郁郁葱葱。由金顶和白石构成的建筑物的倒影在河面上像蜥蜴一样奔跑着。这时，我正乘车穿过克里姆林宫，到波克罗夫卡火车站去。在那里，我将同巴乌特鲁塞蒂斯夫妇一起到图拉省的奥卡河上去。维亚切斯拉夫·伊凡诺夫就住在河边的别墅区里。到那里避暑的人多半是演艺界人士。

丁香花还在盛开。远远地，它就从庄园里跑到了马路上。它们刚刚在庄园那宽阔入口处举办了一场既没有音乐又没有面包和盐的热闹的欢迎会。它们背后是一个空荡荡的、被牲畜践踏得坑坑洼洼的、长满分布不均的青菜的院子。从院子里往下走很久才能走到楼房跟前。

看样子，夏天炎热而富庶。我在为当时兴起的室内剧翻译克莱斯特的喜剧《破瓮记》①。花园里有很多蛇。我们每天都会谈论关于他的问题。喝鱼汤时谈，洗澡时也谈。当有人建议我谈谈自己时，我就会开口讲马雅可夫斯基的事。没错，我崇拜他。我把他视作精神上的天际线。我记得，第一个把他同雨果的夸张手法相提并论的是维亚切斯拉夫·伊凡诺夫。

七

宣战后，阴雨天气就开始了。下大雨的时候，女人们开始流出第一批眼泪。那时，战争对人们来说还是件新鲜事。正是因为有新意，

---

① 亨利希·封·无莱斯特(1777—1811)，德国剧作家，《破瓮记》是诗体独幕剧。

战争才显得格外可怕,它可怕得令人发抖。大家在还不知道该怎么对付它的时候,就像踏进了冰冷的水里似的投进了它的怀抱。

旅客列车都是按原先的列车时刻表开出的。本地人纷纷从乡里前往集合地点,就是为了乘坐它。火车开动了。像花楸果般苦涩的咕咕声一边滚动着尾随它而去,一边用头撞击着铁轨。这声音既不像是一阵哭声,又温柔得不大自然。一个上了年纪的女人穿着不合季节的打扮被人们用双手搀扶着。应征入伍者的亲属们一边用一些极简洁的话安慰她,一边把她搀扶到车站的拱顶下面去。

在宣战后的头几个月里的送别曲,比新媳妇和老妇女的那些绵延不绝的悲痛更加强烈。它在铁路沿线形成一道特殊的风景线,到处都可以看得到。每当听到它时,站长们就会举手敬礼,而电线杆也会自动给它让路。它披着阴雨天的锡色服饰,国土都为之改变了模样。这是一种亮得刺眼的东西,从过去的几次战争开始,这东西就从未被触碰过。它是昨夜被人从密室中取出来的。在清晨,它会被马匹运送到火车旁。在被人押送出车站的拱顶之后,它会沿着凄凉泥泞的乡间小路被运回家去。人们就是这样送走那些人的。他们或是孤零零的一个人,或是与老乡们一起坐在绿色车厢里进城。

那些受训后被编入增补部队的老兵们,人们反倒能不用哭声迎送他们,即使他们将直接奔赴到最恐怖的世界里去。身穿一套紧紧箍住全身的军装,他们从高高的暖气货车上跳入沙土中,这种姿势农民们就做不出来。他们把马刺震得叮当作响,还在空中拖曳着斜搭在身上的军大衣。另一些人则站在车厢内扶着栏杆,并不时地拍打着马匹。这些战马傲慢地用蹄子刨着肮脏的、有些地方已经腐烂的车厢地板。小车站不会白白地献出苹果,也不会伸手到口袋里去取答谢金,但它却会把脸涨得通红,并用紧紧地别在一起的手帕角捂着嘴窃笑。

九月将尽。河边的谷地里有一片脏兮兮的金黄色的榛树林,榛树林里堆满了垃圾，它的样子像极了大火已被浇灭的火灾现场。那是顽强地抵抗灾难后的杂乱无章，那是被弄伤所有的关节后的破败相。它的枝桠是被狂风折弯的，是被偷坚果的人折断的。

八月里的一天中午，台上的刀叉碗碟泛出了绿光。花圃被罩上了一层暮色，鸟儿也停止了啁啾。天空开始像摘掉隐身帽似的扯下那块被人骗着披上身的、明亮的网状夜幕。空无人烟的花园恶狠狠地向上斜看着，它看的是那些有损于它的自尊的谜语。这谜语即将把大地变成一种无关紧要的东西，而花园曾以它全部的根须感受到了巨大的荣耀。这份令人自豪的荣耀来自这一整片大地。一只刺猬滚到了小径上。一条死蝰蛇伏在它身上，像一根打了结的绳子，又像一个埃及象形文字。刺猬轻轻地摇晃了一下，突然把它甩掉，并一动不动地停下来。它把一身的枯针收拢又撒开，它把自己的小脸伸出去又藏起来。在整段犯糊涂的时间里，这个带刺的疑心病者一会儿把身体舒展成一只小靴子，一会儿又把自己缩成一只刺果。直到重新感到毫无疑问时，它才掉头钻进窝里去。

八

冬天，C家的一个姊妹M夫人迁居到了特维尔林荫大街。出入她家的客人真是不少。出色的音乐家伊·多布罗维因(我和他是朋友)常去她家。马雅可夫斯基也到过她家，那时候，我已经习惯于把他看成是当代首屈一指的诗人了。时间证明我没有看错。

不错，赫列勃尼科夫及他细腻的原作也非常不错。但是，直到今天我也无法理解他的一部分优点。因为，我所理解的诗歌是在历史中完成的，并且是与现实生活相协作的。还有谢维里亚宁[①]。他是个

① 伊·谢维里亚宁(1887—1941)，俄罗斯诗人。

抒情诗人，是像莱蒙托夫那样用现成的形式、用直接分节的方式来抒发自己感情的诗人。他正以自己那坦率而开放的天赋倾倒众生，尽管他的作品中混杂着粗制滥造的用语。

然而，马雅可夫斯基却是诗坛的顶峰，这一点后来也得到了证实。当后来的一代人充满矛盾冲突地表现自己时，当他们把发言权交给诗人时——无论是叶赛宁、谢里文斯基，还是茨维塔耶娃[①]，我们都能在他们的代际联系中，即在他们代表时代向世界发出的呼吁中，听到与他们同血缘的马雅可夫斯基的腔调的回声。在这里，我不提诸如吉洪诺夫和阿谢耶夫此类的大师。今后我会将言论仅限于这条令我感到较为亲切的、充满矛盾冲突的路线，而他们给自己选定的则是另外一条路线。

马雅可夫斯基很少一个人露面。他的随行人员通常是一些未来派诗人，即搞运动的人。在M夫人家里，我生平第一次看到了煤油炉。那时，这个新玩意儿还不会散发出臭气。谁能想到，它会使生活变坏，并会在生活中得到如此广泛的应用呀。

干净的、呼呼作响的炉体喷射出高压火焰。女主人和她的帮手们在煤油炉上一块接一块地煎着肉排。在她们的臂肘上蒙着一层高加索人特有的黑巧克力色。当我们走出饭厅去看望女士们时，我们也像未开化的巴塔哥尼亚[②]人一样俯身去看那只发面煎饼状的铜炉面。它一时成为了阿基米德[③]式的光辉发明之化身，而冰冷的小厨房也变成了火焰国。于是，我们跑去拿啤酒和伏特加。客厅里，一株高大的圣诞树，像是与林荫路上的树木秘密串通好了似的，把树枝伸向

---

① 玛·茨维塔耶娃(1892—1951)，在俄罗斯时出版过《黄昏纪念册》(1910)、《神灯》(1912)、《两本书的摘录》(1913)、《少年诗篇·1912—1915》(1915)、《里程标》(1921)。一九二二年流亡国外，一九三九年夏天回到苏联，一九四一年自杀身亡。

② 阿根廷南部地名，土著居民为印第安人，开化较晚。

③ 阿基米德(约前287—约前212)，古希腊数学家、科学家、发明家。

大钢琴。虽说圣诞树的颜色是阴沉沉的，但它的样子还算是庄严肃穆。在整个长沙发上，堆满了像甜点似的、亮闪闪的金银丝。其中有一部分还装在硬纸盒里。从早晨起，主人就特地请人来精心装饰这棵圣诞树了。现在也不过是下午三点钟左右。

马雅可夫斯基在朗读他的作品，并逗得在座的人发笑。在仓促吃完晚饭并迫不及待地等着大家坐上牌桌的那一刻，他客气得令人觉得难受。他会很巧妙地掩饰自己常有的紧张心情。出了一点事，而他身上也正在发生着一种转变。他弄清楚了自己的使命，并公开地摆出了姿态。但是，他又暗怀着焦虑和狂热的情绪，所以，在他的姿态上还分布着一滴一滴的冷汗。

九

然而他并不总是在革新派的陪伴下来到 M 家。有一位诗人常常跟随着他，这个人光荣地经受住了与马雅可夫斯基为邻所带来的考验。在他身边的许多人中，我可以毫不勉强地把波尔沙柯夫与马雅可夫斯基并列在一起。他是当此殊荣的唯一人选。在任何排列中，我都可以听着他俩的诗作而不觉得有损听觉。就像后来他与莉・尤・勃里克[①]结合一样，这一友谊也很容易理解。这是很自然的一件事情。当马雅可夫斯基跟波尔沙柯夫在一起时，你就不必为马雅可夫斯基揪心了。他不会出格，也不会做出有损于自己的事。

他的喜好通常会使人感到困惑。这位诗人具有惊人强烈的自我意识，在揭示抒情诗的要素方面，他走得比任何人都要远。他以中世纪的勇气使这一要素贴近诗歌，他用近乎宗派主义的、用“同一”的语言极力修饰着这个主题。但是，他也同样接住了另一个更具地域性

① 马雅可夫斯基的女友。

的传统。

他看到自己的脚下有一座城市，它是从《青铜骑士》、《罪与罚》和《彼得堡》的底部渐渐地升起来的。这是一座披着薄纱的城市，这层薄纱被毫无必要地、含混地叫做“俄国知识分子问题”。事实上，这是一座正在对未来作着无穷猜测的城市，一座在十九世纪和二十世纪前途未卜的城市。

他紧抱着这种设想，并怀着这些深远的自省，像忠于职守一般忠于自己那个侏儒式的把戏。它形成于偶然的、组建得异常仓促并被永远禁锢在平庸得有失体面的小圈子里。他对真理有一种近乎动物般的向往。但是，这向往却让一些任性的小人、一些浪得虚名的人以及一些追求虚伪的人簇拥在他的身边。还是说出重点吧。他自始至终一直都在运动老将们的身上寻找着某样东西，可是，他本人却早已永远地摈弃了这场运动。这大概就是“致命的孤独”的后遗症，这种孤独状态是一下子就被确定下来的，而在这以后，它又被迂腐地加深了。有时，迂腐会使人的意志朝着不可避免的命运的那个方向发展。

十

不过，这一切都得在以后才能见分晓。马雅可夫斯基后来的那些古怪行径在当时还只是很轻微的、征兆式的。马雅可夫斯基朗读过关于战争和城市的诗作，它们是阿赫玛托娃[①]、谢维里亚宁、他自己和波尔沙柯夫的作品。夜里，我们离开朋友的家。之后，我们踏入战争大后方的这座城市。

充满崇高精神的大俄罗斯在交通和食品供应这两个科目上永远都难以考得高分。其实，我们已经不及格了。早期投机倒把的幼虫

① 安·阿赫玛托娃(1889—1966)，俄罗斯女诗人。

已经从一些新词儿——单据、药剂、许可证和冷藏事业中——破茧而出了。早期的投机倒把分子想到了火车。于是，这些车厢便在歌声的伴奏下，日夜不停地把大批精力充沛的本地居民运出去，并把乘救护车回来的残废居民换了回来。最优秀的少女和妇女们也纷纷去当护士了。

前线是最能反映真实情况的地点，后方只会被置于虚假的位置上。不管它有没有另外制造假象，其实结果都一样。城市躲在空话的背后，像一个被捉住的窃贼。那时，还没有人想去捉它。像所有的伪君子一样，莫斯科过着一种从表面上被拔高的生活。它是鲜艳的，不过，这是冬季鲜花橱窗里的那种不自然的鲜艳。

到了夜里，它就好像化身为由马雅可夫斯基的声音铸造出来的城市。城里发生的那些事，和这个声音所堆砌、抨击的那些事，如同两滴水汇集到了一起。它们是如此地相似，然而，这并不是自然主义者所向往的那种相似。它是把阴极和阳极、艺术家和生活、诗人和时代合二为一的一种联系。

莫斯科警察局长住在M家对面的一幢房子里。秋天，因为报名参加志愿兵需要办理一项手续，我在那里连续好几天都碰到了马雅可夫斯基。我好像也碰到过波尔沙柯夫。我们彼此心照不宣。尽管有父亲的支持，我还是没能把手续办完。不过，如果我没有记错的话，那时同伴们也都毫无所获。

说服我放弃从军念头的是舍斯托夫①的儿子。他是一个美男子，也是一位陆军准尉。他清醒而肯定地向我介绍了前线的情况。他警告我说，我看到的将会与我所期待的截然相反。这次休假结束后不久，他就在返回前线后的第一次战斗中为国捐躯了。

波尔沙柯夫进了特维尔骑兵学校，马雅可夫斯基后来也应征入

① 列·舍斯托夫(1866—1938)，原姓施瓦尔茨曼，俄国存在主义哲学家、作家。

了伍，而我则在发生大战前夕的那个夏天的几次体格复查中获得了免役的资格。

一年后我去了乌拉尔。在这之前我到彼得堡住了几天。这里的战争气氛还不如莫斯科的浓。马雅可夫斯基早就住在这里了，当时，他已经应征入伍。

像往常一样，首都热闹的交通被它那好幻想的、不会被生活需求耗尽的、来自广阔天地的慷慨气度掩饰得不大明显了。街道本身的颜色就是冬季和黄昏的颜色。此刻，无需为它们那炽烈的银光添上很多路灯和白雪，它们就已经能驰向远处尽情嬉戏了。

我和马雅可夫斯基在利季约区闲逛。他迈开大步踏着街道的里程标，而我则一如既往地对他那甘当配角的能力万分惊奇。他几乎就是一道任何风景都能用得上的画框，在这一意义上说，闪闪发光的灰色的彼得堡和他更相配。

他在这时创作了《脊柱横笛》和《战争与世界》的初稿。那时候，他那本橘黄色封面的《穿裤子的云》已经出版了。

他给我讲他的那些新朋友的情况，他要带我去见他们。他讲他结识高尔基的经过。他还讲社会题材正在越来越广泛地渗透进他的构思中，并使他以新的方式在固定的时间里均匀地工作。就在那时，我初次造访了勃里克家。

应该把我对他的想法安放在《上尉的女儿》那半亚细亚式的冬季景色中，安放在乌拉尔山区和普加乔夫[①]的卡玛河[②]畔。这比把它们安放在两个首都里要自然得多。

二月革命后不久，我就回到了莫斯科。马雅可夫斯基从彼得堡赶过来。他在斯托列什尼柯夫胡同下榻。早晨，我到旅馆里去看望

---

① 普加乔夫（约 1742—1775），俄国农民起义（1773—1775）领袖。

② 伏尔加河最大的一个支流。

他。他刚起床。他一边穿衣服，一边给我读《战争与世界》的新篇章。我没有过多地谈及我对这部书的印象。他从我的眼睛里读到了我的反应。此外，他对我有多大影响，他心中是有数的。我开始谈论未来主义。我说，要是他现在能公开声明“让这一切都见鬼去吧”，那就太好了。他笑了。看样子他差不多已经同意我的意见了。

十一

前面已经提到过马雅可夫斯基给我的印象和他带给我的影响。然而，没有伤痕和牺牲的爱是不存在的。我已经讲述过马雅可夫斯基是以怎样的姿态进入我的生活的。还需要谈一谈的是，我的生活在这种情况下发生了什么样的变化。现在我就来填补这一空白。

那天，从林荫路上回到家里后，我的心情就开始激动不安。我不知道今后该怎么办。我意识到自己毫无才华。这还不算什么。可是，我觉得自己有愧于他，而且我又无法弄明白自己到底错在哪里。如果当时我的年纪再小一点，我就会放弃文学的。可是，我的年龄已经不允许我这样做了。在多次转换专业之后，我已下不了第四次改行的决心了。

发生了另外一件事。时间和影响的一致性使我与马雅可夫斯基亲近起来了。我们有一些相同之处。我渐渐意识到这一点。我觉得，如果我自己不采取什么行动，这些相同之处就会越来越多。我必须保护好它，使它不会受到庸俗的影响。我不会说出这一点，所以我决定放弃那种把我引领到他身边去的东西。我放弃了浪漫主义风格，于是非浪漫主义的诗作《超越街垒》产生了。

然而，就此我不再允许自己使用浪漫主义风格下面隐藏着的那一整套世界观。这种观点把生活看作是诗人的一生，它是由象征主义者传递给我们的，而象征主义者则是从浪漫主义者——主要是德国浪漫主义者——那里继承下来的。

这种观点只在某一段时期里支配过勃洛克[①]，但它又无法满足他。要么，他加强它；要么，他抛弃它。终于，他舍弃了这个观点。马雅可夫斯基和叶赛宁则加强了这一观点。

在自己的象征体系中，即在“形象”与俄耳甫斯教[②]和基督教相通的一切中，在这个认为自己就是人生的标准、并为此付出生命的诗人身上，浪漫主义的人生观得到了充分的体现。在这个意义上，马雅可夫斯基的一生和叶赛宁那种用任何修饰语都形容不了的、想要自残和逃离到童话里去的命运都体现出一种极易消逝的东西。

然而，在传说之外，浪漫主义的这个计划却是假的。把它视作基础的诗人在没有非诗人在场的情况下是不可能存在的，因为这个诗人并不是一个沉浸于道义认识中的活人，而是一个可供人观看的、传记式的“标志”，它要求一个背景来突出自己的轮廓。与那些通过上苍才能被人听到的耶稣受难曲不同，这场悲剧需要有庸才式的“恶意”才能被人们看到。这就正像失掉小市民习气就会失掉自己一半内容的浪漫主义一样，它永远都需要有一个庸俗的表现形式。

“从供人观赏的角度来理解传记”，这一观点是我生活的那个时代所特有的，我曾跟大家一样持有这种观点。它在象征派那里还算宽容随和，它既没有提出英雄主义的要求，也没有散发出血腥味。就在这个阶段，我与它分道扬镳了。首先，我是在抛弃以它为基础的浪漫主义手法的同时，无意识地摆脱掉它的。其次，我也在有意识地躲避它，就像躲避与我不相称的光辉一样，因为我想让自己局限于干死板的手工活。我害怕任何一种形式的理想化，因为它会把我恰当地

---

① 亚·勃洛克(1880—1921)，俄罗斯诗人。

② 希腊的一种秘传宗教，其教义的基础是古代传奇的半神半人俄尔斯斯的训诲和箴言。该教强调因果报应和灵魂转世。

放到一个错误的地位上去。

当《生活,我的姐妹》问世时,人们发现了一些异样。它表达的根本就不是在那个革命的夏季里,展现在我面前的诗歌中的现实的问题。于是,我便能够比较泰然地面对“写出这本小书的那种力量叫什么”这个问题了。它比我和那些包围着我的诗学概念都要强大,而且强大得无法估量。

十二

冬天的黄昏、恐怖的气氛、阿尔巴特街附近的屋顶和树木都在窥视着经年累月无人收拾的饭厅。住宅的主人是一个留胡子的新闻工作者。他为人善良,疏懒成性。他的家小住在奥伦堡省,但他却给人一种老光棍的印象。只有在有空的时候,他才会收拾一下桌子。桌子上,汇集着各种观点的报纸已经摊开足足有一个月了。早读期间积存下来的早餐的残渣、整齐得像沉积层似的猪肉皮边和面包头已经硬得像石头。他把它们拢在一起,一次又一次地抱到厨房里去。每月的三十日,炉灶下面就会出现呼呼作响的熊熊火焰。然后,阵阵香气便扑面而来。狄更斯在圣诞节故事中描绘的公司办事员和烤鹅便是这样的情景吧。天黑以后,民兵岗哨会热情地用左轮手枪开火。他们时而一阵接一阵地射击,时而朝着夜空发出杀伤力低得可怜的探询性的点射。要是他们不能击中要害,那么死于流弹的人就会更多。所以,为了安全起见,我很想把街巷里的民兵都撤走,并在那里换上钢琴的节拍器。

那噼噼啪啪的射击声有时会变成发狂的号叫声。那时候,我会无法一下子弄清楚这声音是在外面还是在屋里。一架带插头的便携式电话机是我家书房里的唯一住户。在我从完全失去知觉的状态中清醒过来后,它便呼唤我去接电话。

有人打电话请我去参加一个诗坛人士的集会。集会在特鲁勃尼柯夫胡同的一幢别墅里举行，此时身在莫斯科的所有诗人都会参加。当年，我正是通过这部电话与马雅可夫斯基发生争执的，不过这事发生的时间要早得多，那是在科尔尼洛夫①暴乱之前。

马雅可夫斯基通知我说，他把我的名字列到他的海报上了。我的名字跟波尔沙柯夫和里普斯凯罗夫排在一起。名单里还有几个马雅可夫斯基的忠实追随者，其中就包括那个好像能用前额撞碎厚木板的人。那木板能有一俄寸厚吧。那次我感到很高兴，因为我有幸同我爱戴的、像另一个"外我"似的人一同讲话。并且，我还可以越说越气地驳斥他的理由来为我自己辩护。他的无礼并没有使我感到我诧异，但是他在这时表现出来的匮乏的想像力却令我有些意外。问题的实质并不在于他擅自使用我的名字，而在于他深信在我离开的这两年里我并没有改变自己的命运和职业。这一点着实令人感到遗憾。他应该先关心一下我是否还活着，关心一下我是否已经抛弃文学去干其它的行当了。对此，他理直气壮地反驳说，我从乌拉尔回来后就已经跟他见过一面了。更为奇怪的是，连我自己也无法用这样的理由说服自己。我毫无必要地一再坚持要他纠正海报，甚至要他登报声明。会期已近，这事肯定是办不到了。当然，这里还有另一个原因：我在当时毫无名气。纠正海报不但毫无意义，而且还会显得装腔作势。

那时，我一直把《生活，我的姐妹》这部书藏着，并试图掩盖我的变化。但是，如果周围的人仍旧一厢情愿地认为我一如既往毫无改变，那我就受不了了。此外，马雅可夫斯基毫无成效地提到的那次春季谈话也在我内心深处暗暗地起了些作用。那次，我们明明已经交换过意见，他应该能察觉到我的变化。可是，他竟然还会发出这种不

① 拉·科尔尼洛夫（1870—1918），沙俄将军，反革命首领之一。

合逻辑的邀请。这就令我大为光火了。

十三

几个月以后，在业余诗人A家，马雅可夫斯基使我再次想起了这场电话中的争吵。当时在座的有巴尔蒙特、霍达谢维奇、巴尔特鲁沙依基斯①、爱伦堡②、薇拉·英贝尔③、安托科尔斯基④、卡缅斯基⑤、布尔留克⑥、马雅可夫斯基、安德列·别雷⑦和茨维塔耶娃。当时，我还不知道茨维塔耶娃将来会成为一位无与伦比的诗人。那时，我还不知道她已经有了像《里程碑》这样优秀的作品。由于她朴实得有些过于显眼了，我本能地对她另眼相看。我可以感觉到，她身上有一种使我感到很亲切的性格，即只要有某种能使她感到兴奋和心醉的高尚的东西出现，她就会随时放弃一切习惯与特权。于是，我们友好而坦诚地交换了几句话。在那次晚会上，屋里拥挤着两个派别的人物——象征主义者和未来主义者，她成了一尊我用来对付这些人的、活的智慧女神。

开始诵诗了。诵读的顺序是按照年龄来排列的。这样安排显然没有收到什么情感上的效果。轮到马雅可夫斯基朗诵了。他站起来，用一只手抱住沙发靠背顶端的一块空搁板的边缘，他读的是他的《人》。他像一幅浅浮雕作品似的（在这段时间里，我一直认为他是这

---

① 尤·巴尔特鲁沙依基斯（1873—1944），立陶宛诗人。

② 伊·爱伦堡（1891—1967），俄罗斯作家。

③ 微·英贝尔（1890—1972），俄罗斯女诗人。

④ 帕·安托科尔斯基（1896—1978），俄罗斯诗人。

⑤ 瓦·卡缅斯基（1884—1961），俄罗斯诗人。

⑥ 达·布尔留克（1882—1967），俄罗斯诗人、画家，俄国未来主义派诗歌代表人物之一。

⑦ 安·别雷（1880—1934），俄罗斯作家，象征主义理论家与代表人物。

样的)，高高地伫立在坐着和站着的那些人中间。他充满激情地朗读着那篇深邃的诗作，时而用一只手支着他那漂亮的脑袋，时而用一只膝盖抵住沙发长圆形的扶手。

安德列·别雷和玛格丽塔·萨巴什尼科娃坐在他的对面。战时，别雷客居瑞士，革命过后他才回国。他可能是初次见到马雅可夫斯基，也可能是初次听到他的朗诵，他听得入了神，丝毫也没有流露出欣喜之情。然而，他的面部表情却更加清楚地说明了一些问题。那张充满惊讶和感激的脸正对着朗读者。我看不见茨维塔耶娃和爱伦堡，所以我就观察着其余的人。大多数人都没有摆脱自尊的框框，大家都觉得自己是名人。大家都是诗人，但只有别雷一个人在忘情地倾听。他的思绪已经被喜悦之情带到很远很远的地方去了。这种喜悦是不会吝啬任何东西的，因为，在那座令它感觉像在家里一样自如的高峰上，除了牺牲和随时准备牺牲的决心之外，便别无他物了。

在这次集会上，分属两个流派的文学天才们当着我的面起了冲突。他们竭尽全力进行着自我辩护。有别雷在近旁，我感到一种带着自豪感的喜悦。可是，我却同时也能双倍强烈地感受到马雅可夫斯基也在场。他的本质给予我初次相会时的那种新鲜感。在那次晚会上，我最后一次感受到了这一点。

那次集会后，很多年又过去了。一年后，我把马雅可夫斯基当作第一个听众，给他朗读了《生活，我的姐妹》中的片断。从他那儿我听到了比我原先指望的多十倍的称赞。又过了一年，他在小范围内朗读了《一亿五千万》。这是我第一次没有什么话可对他说。又过了很多年。在这段时间里，我们经常在国内和国外见面，并曾试着友好相处，试着在一起工作。可是，我越来越理解不了他了。这一阶段的情况还是让别人去叙述吧，因为在那些年里，我遇到了我理解力的极限，看来还是个不可逾越的极限。硬要我回首那段往事，那么这段回忆将会是苍白无力的，它不会给我已经说过的那些话添上任何有价值的东西。因此，我将直接转入那个我还未说完的话题。

十四

我来说说那种可以被称作“诗人的最后一年”的怪事吧。这一现象世世代代一再重现。

人会突然终止无法完成的构思，并不再给它们的未完成式增加任何新东西。当然，现在人们可以相信，它事实上已经完成了。这种信心当然也会流传给后代。

人会改变习惯，并喋喋不休地谈论新计划，还会对重新振奋起来的精神赞不绝口。可是忽然间，完了。这样的结局有时是由外力强加上去的，有时又往往是自然而然形成的。在那种情况下，由于不愿意自卫，他看上去就像是在自杀。于是，人们醒悟过来，并开始进行比较；人们喋喋不休地谈论新计划，出版《当代人》，甚至还打算出一本农民杂志；人们举办二十年的作品展览会，并想尽办法搞到出国护照。

可是，正如结果所发现的那样，另一些人在同样的岁月里却把他看作是一个受压迫的人、一个怨天尤人的人和一个爱哭诉的人。几十年来甘居寂寞的人也会忽然像小孩子怕黑屋子那样害怕寂寞，甚至，他还会握住那些意外来客的手不放，只要不再让自己孤单一人就行了。听到这种情景时，人们简直不敢相信自己的耳朵。生活给了“一些人”很多保证，但它并不会对每个人都这样。其实，他们判断是非时，就好像从未经历过真实的生活一样，而且，也没有什么经验和依据可供他们借鉴。

可是谁会相信，一八三六年的普希金会突然被告知，自己和随便哪一年的普希金其实并无区别——譬如说，一九三六年的普希金。这真的不好理解，但是，这样一种时刻真的会降临。在这一时刻，活下去的那颗“主要心脏”的跳动产生了反响，这反响在一颗再生的、扩大的心脏里融会贯通。一直在不断加剧的、心律不齐的心脏，终于跳动得均匀起来，并与那“主要心脏”的频率一致了。从此，它们就非常合拍地、共同地生活在一起了。这并不是一种譬喻的说法，这是通过感受得到的事实；这是一种年龄——热血沸腾的真实的年龄，即使这种年龄现在还没有名字；这是一种不属于人类的青春。它会怀着极其强烈的喜悦之情扯破过往生活的连贯性，甚至，它还会由着自己的烈性子而变得非常接近死亡。因这年龄尚未被命名，因为它还需要经历比较，所以它更像死亡。它像死亡，但它其实根本就不是死亡，绝对不是死亡。只要，只要人们别希望二者全然相像就好。

与心脏一起改变的还有回忆和著作、著作和希望、已经建成的精神世界和应当创建的那个精神世界。有时，有人会问：他的私生活究竟是怎样的？现在，他的私生活已经豁然明了了。一个巨大的、极其矛盾的地区在紧缩，在聚拢，在被整齐地排列。忽然，它的各个组成部分同时猛烈地抖动了一下。然后，它开始有血有肉地生存了。它睁开眼睛，深深地呼吸，把临时助它一臂之力的那种姿态抖落得一干二净。

如果你忽然想起来，这一切的主体是一个夜里睡觉、白天活动并用两条腿走路的人，那么，你自然就会期待在他的行为中出现相应的表现。

一个真实的、真实存在的大城市。那里正值严冬。那里的天黑得很早。所以，那里的工作日是在暮色沉沉的光照下度过的。

很久很久以前的这座城市是非常可怕的。必须征服它。必须要摧毁它那种绝不认输的傲气。光阴荏苒，流年似水。“认输”终于被逼出来了，而“顺从”也已经变为它的习惯。需要经过极其努力的回忆后，它才能回想起当年到底是什么东西引起了那样的动乱。城里灯光闪闪，有人一边用手帕捂着嘴咳嗽，一边在噼里啪啦地打着算盘。大雪覆盖了整座城市。

要不是这种新的、古怪的感受力存在，它那使人惊心动魄的庞大躯体就会从旁边一闪而过。它不会被人察觉的。少年时代的羞怯与这一新生儿的脆弱相比又算得了什么。于是，像在童年时一样，一切东西又都被再次发现了。电灯、打字员、成套的门和胶皮套鞋，乌云、月亮和雪。一个可怕的世界。

这座城市竖起皮袄的后片和雪橇的靠背，它像一枚在地板上滚动着的硬币似的侧立着。它沿着铁轨向前滚去。滚到远处后，它便温柔地从侧立状态倒下来，跌进雾气中。雾中，一个穿老羊皮袄的女扳道工正俯下身子拉它起来。它又继续滚下去。它越滚越小了。许许多多偶然发生的事故待在它的里面。稍不留心，它就会被扎破。这些不愉快的事是被故意想像出来的。即使被吹得天花乱坠，它们也不过是一些被故意地、无中生有地吹出来的事。与不久前被人得意地践踏的那些屈辱相比，这些事显得非常微不足道。但是，问题就在于不能做这种比较，因为后者是在以前的那种生活里发生的事，而粉碎那种生活会令人感到兴高采烈。噢，但愿这份喜悦能变得更稳定、更真切。

这份喜悦不可思议而又无与伦比。但是，它会把人从一个极端抛向另一个极端。在生活中，还从来没有哪样东西能把一件东西抛到其它东西中去。

这时，人们会多么灰心丧气啊。这时，安徒生和他那不幸的小鸭子又会整个地浮现出来。这时，小题目会被人们拿去大做文章。

不过，也许是良心在撒谎吧。也许可怕的世界是对的吧。

“请勿吸烟。”“请扼要地说明一下情况。”难道这些不是真实情况吗？

“是这个人吗？他会上吊吗？请放心，他不会的。”“是爱吗？这个人会爱吗？哈——哈——哈！他只爱他自己。”

一个真实的、真实存在的城市。那里正值冬天，那里十分寒冷。零下二十度的空气尖声呼啸着，它像柳条制品一样挂在了夯入地下的木桩上，它横贯马路。一切都蒙上了薄雾，一切都隐匿不见了。在心情如此喜悦的时候，难道还会有谁会感到悲伤吗？这难道不是第二次诞生吗？那么，这难道不是死亡吗？

十五

户籍登记处没有测试真实性的仪器，真诚也不可能用 X 光透视出来。为了使登记有效，办手续的人只需要有一只结实有力的手就够了，除此以外，他就什么也不需要了。这样一来，人们就不会再有任何疑义，也不会再审议任何事情了。

他会亲笔写下临终前的一封信，并把自己的那些宝贵财富明确地交给世界。他会以迅速的、不做任何修改的行动来测试和透视自己的真诚。于是，周围的人就会开始展开讨论、怀疑和对比。

他们把他同他的前辈们相比较。其实，他只能同他自己一个人相比，只能同他的全部过去相比。他们揣测他的感情，却不知道他不但可以在一段时期里去爱，甚至可以永远地去爱。虽然不是永远地爱，但却可以在逝去的时日里爱。

然而，天才和美女这两个词早就变得一样庸俗了。两者之间到底有多少共同之处啊？

从幼年起，美女的行动就会受到限制。她长得很俊俏，她很早就领悟到这一点了。唯一可以完全无拘无束地跟她相处的那个人就是所谓的“上帝世界”，因为与别人同行难免会使他们伤心，或者让自己伤心。

她在长成少女后走出大门。她有什么企图？她已经收到寄到邮局的那些信了。她让两三个女友了解了她的秘密。她拥有了这一切。现在，让我们来设想一下，她是出去幽会的。

她走出了大门。她希望夜晚能注意到她，她希望空气能为她心颤，希望星星能对她有所了解。她想要享有这种盛名。这是树木、栅栏以及世上的万物置身户外时，而不是被放在床头时，所享有的盛名。但是，如果有人硬说她有这种愿望，那么她就定会报之以大笑。她不会去想这种事的。她在世界上还有一位疏远的兄弟，他是一个极其寻常的人，但他比她本人更了解她，并且，他会对她彻底负责。她喜爱健全的大自然。她还没有意识到她永远也不会抛弃与宇宙友好相处的念头。

春天的傍晚里，你可以看到坐在长凳上的老太太们，可以看到矮矮的栅栏和毛茸茸的白柳，还可以看到暗淡的天空、尘土、故乡以及干涩而刺耳的谈话声。周围的声音干枯得像碎木片一样，一片宁静像浑身扎满刺似的变得热辣辣的。

有个人正沿着大路迎面走来。很自然，这就是她应该与之碰面的那个人。她高兴地反复说，我出来正是为了见他一个人的。这话有一部分是对的。在某种程度上，谁又不是尘土、故乡、春天宁静的夜晚呢？她忘记走出大门的真正目的了，可是她的腿还记得。他和她向前走去。他们两人结伴而行。他们走得越远，碰见的人就越多。由于她全身心地爱着这个同伴，所以她的腿使她感到非常难受。可是，它们继续把她带向前去。他和她勉强跟得上彼此。突然间，路变宽了，行人好像也变少了。可以憩息一下、眺望一下四周了。但常常就在这个时候，她疏远的兄弟也会来到这里。这样，他们三人就会碰到。这时，不管发生什么事，反正都是一样的。反正，一句完美的“我，就是你”会通过人间可能有的丝带把他们系在一起。并且，他们会自豪地、充满青春活力地用一枚奖章把一个侧面像印到另一个侧面像上去。

十六

四月初的莫斯科正处在回潮冬天特有的那种白雪皑皑的呆滞状态中。从第七日开始,第二次融雪就开始了。到了十四日,即马雅可夫斯基开枪自杀的那一天,春季里万物复苏的新景象让人觉得有些看不习惯。

听到噩耗,我叫奥丽嘉·席洛娃去了现场。我下意识地觉得这个令人震惊的事件会使她摆脱自己的哀痛。

十一点到十二点之间,被枪声激起的、一圈一圈的波纹还在向四面八方扩散。噩耗摇着电话机,它使人们的脸瞬间就变得毫无血色,它驱赶着人们奔向卢比扬斯基胡同。他们穿过院子,进入一座楼房。楼里的整条楼梯上都挤满了早已从市里赶过来的熟人。楼里的邻居也都到了。他们流着眼泪,相互挤在一起。他们好像已经被这事所产生的巨大压力逼得贴到墙壁上去了。最早通知我这个不幸的消息的人是亚·契尔尼亚克和罗马金。他们走到了我跟前,与他们一起过来的还有任尼娅[①]。看到她,我的面颊痉挛地抖动了起来。她哭着叫我赶快上楼去。可是,就在这时,人们用一副担架从楼上抬下了遗体。遗体连同头部都已被蒙上罩单。大家跟着蜂拥而下,把门口都堵住了。等我们挤出人群时,救护车已经驶出了大门。我们跟着它奔向根德里柯夫胡同。

大门外,生活在照常进行。它根本就对此无动于衷。好像,如果不这样,它就白被人们称做生活了。那个柏油铺就的院子老是参与着这类悲剧,它已经留在我们身后了。腿脚虚弱无力的春风在橡胶般泥泞的地上徐徐拂动,它好像是在学步。公鸡和孩子们大声叫嚷

① 帕斯捷尔纳克当时的妻子。

着，想让大家都听到他们的声音。早春时节，城里有着喧嚣嘈杂的谈生意的声音，这声音奇怪地传到大家的耳朵里。

电车慢慢地爬上什维瓦雅山坡。那里有一段路，先是右边的人行道，接着是左边的人行道。它们离电车很近，这使得你会不由自主地抓住车上的吊环，并俯下身子去看一眼莫斯科，就像俯身去扶一位滑了一跤的老婆婆那样。它突然就四肢着地般地落下去了。它百般无聊地把自己身上的钟表匠和修鞋匠全部拿走，又把一些屋顶和钟楼拾起来重新排列。然后，它蓦地站了起来，抖了抖衣襟，并把电车驱赶上一条平坦无奇的街道。

它的这个动作是开枪自杀者的作品中的一个片断。这个片断非常好识别，因为它像极了他本质中的那个重要方面。我不由得浑身颤抖了起来。《云》①里面的那阵著名的电话铃声在我的心里自动地响起来。这就好像有人在我身边大声地发出声音一样。我站在穿堂里，站在席洛娃身旁俯下身去。我想给她提示那首八行诗，但是，我感觉到“我”对于我来说是渺小的……

我的嘴唇像手指那样紧紧地合拢着，我激动得连一个字也说不出来了。

根德里柯夫胡同尽头的那个大门外停着两辆空汽车，一群看热闹的人围在它们四周。

在前厅和饭厅里，有人站着，有人坐着，有的戴着帽子，有的没有戴帽子。他躺在里边，躺在自己的书房里。前厅通往莉丽娅②的房间的那扇门敞开着，门口站着阿谢耶夫，他把头紧靠在门框上哭泣着。在屋子的深处，站在窗前的是吉尔萨诺夫③，他缩着头，全身颤抖着。

---

① 即《穿裤子的云》。

② 即莉丽娅·勃里克。

③ 谢·吉尔萨诺夫（1906—1972），俄罗斯诗人。

他也在无声地啜泣。

这里，像湿漉漉的愁云般的哀悼时常被忧虑的低声谈话打断。就像追悼结束后经常发生的那样，在一场像果酱般甜腻的祈祷后，人们低声细语地说出几句干巴巴的话，这话就像是从地板底下冒出来的一样，并且还带有一股老鼠味儿。在一次这样的中断中，马统靴里插着一把木工凿子的看门人轻轻地走进房间。他卸下冬季御寒用的窗框，毫无声响地慢慢打开了窗户。外面这样的天气，不穿大衣还是会冷得瑟瑟发抖，所以，麻雀和孩子们都在用无缘无故的叫声激励着自己。

告别遗体后，人们踮着脚走出了房间。有人轻声问，是否给莉丽娅拍了电报。П Ar 回答说拍了。任尼娅把我拉到一旁。她注意到了П Ar 在承受这次灾难的重荷时所表现出的那股勇气。她哭了起来。我紧紧地握住了她的一只手。

从窗口投射进来的是世界无限的虚幻和冷漠的神情。天空里，一排灰色的树木似乎在大地与海洋之间守卫着疆界。我望着那些布满待放的叶芽的树枝，尽力去想像它们后面遥远的、要拍电报才能到达的那座难以置信的城市——伦敦。在那里，很快就会有人尖叫一声，向这边伸出手来，然后晕倒。我的喉咙哽咽了。我决定再一次走进他的房间，这次，我要尽情地去痛哭一场。

他侧卧着，脸朝着墙，面色阴沉，身材高大。床单一直盖到下颏。他像睡着了似的半张着嘴。他高傲地扭过头去不再理睬大家。就连躺着，就连在这一梦乡中，他还顽强地想要站起来冲出去，并逃到某个地方去。他的脸使人想起他称自己是个二十二岁的美男子的那个时期①。死神使他那种几乎永远也不会落入它的魔掌之中的表情变得僵硬了。这是人们用来开始生活而不是用来结束生活的一种表

① 马雅可夫斯基二十二岁时写的长诗《穿裤子的云》开头有这样的话。

情。他在生气和发怒。

过道里忽然活跃起来。避开早已在人群中无声地悲痛着的母亲和大姐，单独到来的人是亡者的妹妹奥莉加·弗拉基米洛夫娜。她的亮相显得既威严又热闹。人未到，她的声音却先传来了。独自一个人走上楼梯时，她像是在与某个人大声谈话。显然，她是在跟哥哥说话。然后露面的才是她本人。她像走过一堆垃圾似的从大家身边走过去，一直走到哥哥的房门前。她举起两手轻轻一拍，又站住了。"沃洛佳！"[①]她叫了一声，这声音响彻全楼。过了一小会，她用更大的声音叫了起来："他不吱声！不吱声呀。他不回答。沃洛佳呀，沃洛佳！多么可怕！"

她要倒下去了。人们扶住了她，并急急忙忙地帮她恢复知觉。刚一苏醒过来，她就迅速地走到遗体旁边。她在床脚的一头坐了下来，急匆匆地恢复了她那得不到回应的、单方面的对话。我像我早就想要做的那样失声痛哭起来。

在出事现场是不能这样痛哭的，因为在那里，悲剧那随大流般的精神很快就取代了开枪自杀这个事实的新鲜感。那个柏油铺就的院子像硝石般散发出一股在劫难逃的恶臭味，也就是城市里流行的那种伪宿命论的恶臭。这种虚假的宿命论以猿猴的模仿性为根据，它认为，生活就是一连串顺从地被铭记下来的强烈印象。那里的人们也在恸哭，但那只是因为他们受到震惊的喉咙在伴随着无理性的动作再现。楼房、救火楼梯、手枪枪套和一切会令人因绝望而感到恶心、因杀人而想要呕吐的东西都在做出痉挛的动作。

妹妹是第一个尽情地以自己的方式哭他的人。她就像人们哭伟人一样。在她的哭诉词的伴奏下，大家也像在管风琴声的伴奏下似的哭得惊天动地。

---

① 马雅可夫斯基的名字，昵称。

她哭个没完。“给他们准备澡堂子!”马雅可夫斯基用自己的声音愤懑地说。这声音已被改成很适用于妹妹的女低音。“再可笑些。大家都哈哈大笑过了,大家都呼唤过了,可是,他居然这样儿了!你为什么不到我们家来玩呢,沃洛佳?”她哽咽着,拉长着声音说。但她又立即控制住了自己。她着急地坐到了离他更近一点的地方,像是要突然提醒一个活人似的。她说:“你还记得吗,记得吗,亲爱的沃洛佳,”随即开始朗诵:

我感觉到“我”对于我来说是渺小的,
有人执拗地要从我体内挣脱出来。
喂!
是谁呀?是妈妈吗?
妈妈,您的儿子病得很重。
妈妈,他心中起了大火。
请告诉姐妹们,柳达和奥莉雅,
他已走投无路。

十七

晚上我到他家的时候,他已经躺在棺材里了。白天里把房间挤得满满的那些人已经换成了另一批。周围相当地安静,差不多没有人在哭了。

忽然间,我似乎看到了他的一生。他的一生就在下面,就在窗下。它现在已是彻底逝去的一生了。在窗下,它以一种类似于波瓦尔斯卡亚街两旁栽满树木的、宁静的街道的样子通往另一边去了。第一个站在位于墙脚旁的这条大街上的,是我们的国家,那个硬要我们闯进时代并已被时代永远地接纳了的、前所未有的、难以置信的国家。它就站在下面，甚至你叫它一声，就可以拉住它的一只手。它有着看得见和摸得着的异常之处，这使它看上去有些像死者。两者之间的联系如此醒目，简直可以把他们当成一对孪生兄弟。

于是，我同样非必然地想到，说真的，虽然其他人也斗争过，牺牲过，也创造过生命，或者也忍耐和困惑过，但对这个国家来说，这个人是唯一的一位公民。然而，他们都是逝去的那个时代的土著居民。尽管他们有差别，但他们都是它的好乡亲。只有在这个人身上，时代的新现象才会像气候般地溶入到他的血液之中。时代那一半尚未实现的古怪行为使他整个人都显得很奇怪。我开始回忆他的性格特点。他在许多方面都有很独特的独立性。它们可以用驾驭事态的熟练技巧来解释。虽说这些事态是针对我们这个时代而言的，但同时也是尚未产生出来的轰动效应。他从小就被“未来”宠坏了，而“未来”则相当早地就已被他掌握住。他没费很大力气就把它握住了。

一九三〇年